André Winter

Die schöne Unbekannte

Zu diesem Buch

Isabelle Silva führt zusammen mit ihrem skurrilen Großvater Julien die Galerie Lumière in Paris. Doch nur zur Tarnung, denn die wahre Leidenschaft des erfinderischen Gespanns gilt dem Aufspüren von verschollenen oder gestohlenen Gemälden. Als Isabelle eines Tages von dem attraktiven, jedoch etwas mysteriösen Kunst- und Antiquitätenhändler Andrew Palmer beauftragt wird, ein Gemälde von John Singer Sargent zu ersteigern, sieht alles nach einem Routineauftrag aus. Doch ihre Geschäftsbeziehung wird kompliziert, als Palmer sich in Isabelle verliebt und ihr nicht mehr von der Seite weicht. Und sie wird vollends undurchsichtig, als er behauptet, er habe das alte Gemälde nur deshalb gekauft, weil er der Mitte des neunzehnten Jahrhunderts gemalten schönen Unbekannten auf dem Bild erst vor einiger Zeit in persona in einem Nachtzug nach Barcelona begegnet sei. Für Isabelle ist klar, dass das Gemälde nur eine Fälschung sein kann. Doch dann wird es gestohlen – und die Spuren des Bildes und seines geheimnisumwitterten Sujets führen über Wien, Paris und Barcelona bis nach Venedig – in die Stadt, in welcher Liebe und Gefahr zugleich warten. Und wo Isabelle Silva an der Auflösung des Rätsels zu scheitern droht …

André Winter lebt als freier Autor in der Schweiz. »Die schöne Unbekannte« ist der erste Roman des Antiquitätenhändlers und Sammlers mit beeindruckendem Spezialwissen über Kunstkriminalität.

André Winter

Die schöne Unbekannte

Roman

Piper München Zürich

Mehr über unsere Autoren und Bücher:
www.piper.de

MIX
Papier aus verantwortungsvollen Quellen
FSC® C083411
www.fsc.org

Ungekürzte Taschenbuchausgabe
April 2015

Umschlaggestaltung: semper smile auf der Grundlage des Hardcoverumschlags von Christina Krutz, Biebesheim am Rhein
Umschlagmotiv: Rainer Martini/LOOK-foto
Satz: Christine Paxmann • text • konzept • grafik, München
Gesetzt aus der Bembo
Papier: Munken Print von Arctic Paper Munkedals AB, Schweden
Druck und Bindung: CPI books GmbH, Leck
Printed in Germany ISBN 978-3-492-30558-7

Nichts ist trügerischer
als eine offensichtliche Tatsache.

SIR ARTHUR CONAN DOYLE

1

LA ROCHE-GUYON, VILLA LEDOYEN

Die Frau lief mit dem Gemälde unter dem Arm die Treppe der Villa herab, als ginge von dem Bild eine plötzliche Wärme, ja Hitze aus. Die Halle lag in diffuses, schwaches Licht getaucht, wie eine Bühne, die im nächsten Augenblick in gleißendem Scheinwerferlicht aufstrahlen konnte. Unwillkürlich presste Isabelle das Bild fester an sich, und obwohl das Haus menschenleer war, trat sie vorsichtig auf, übertrieben fast, und versuchte so leise wie möglich zu atmen. Eine Meisterdiebin hätte es nicht besser machen können.

Sie erreichte den Seiteneingang, der früher wohl den Dienstboten vorbehalten gewesen war, und öffnete die Tür ebenso behutsam wie vor wenig mehr als einer halben Stunde, als sie die Villa betreten hatte. Der Park mit den zahlreichen Marmorgöttinnen und -heroen, dem sorgfältig gepflegten Rasen und dem kleinen Pavillon, über dem sich eine Baumgruppe wölbte, lag still und friedlich da. Der Himmel wies nicht nur einen prächtigen Vollmond, sondern auch ein Sternenzelt auf, an dem es glitzerte und funkelte wie in einem *Tiffany*-Schaufenster. *Diamonds are forever*, dachte Isabelle unsinnigerweise. Dann meinte sie erneut die Hitze zu spüren, die von dem Bild auszugehen schien. *Heiße Ware*, schoss es ihr durch den Kopf, *nicht unpassend*.

Sie hatte ihren kleinen roten Citroën C3 Pluriel etwas weiter entfernt vom Haupttor geparkt und bemühte sich um einen ruhigen, gleichmäßigen, keinerlei Verdacht erregenden Schritt, als sie die Straße entlangging. Mit einem Seufzer der Erleichterung deponierte sie das in eine maronenfarbene Decke eingeschlagene Bild auf dem Rücksitz, wo es hoch aufragte und ihr einen Teil der Sicht versperrte. In dem winzigen Kofferraum hätte es niemals Platz finden können. Nicht zum ersten Mal dachte Isabelle, dass sie für diese Art von Arbeit vielleicht das falsche Auto fuhr. Dann schlug sie mit Schwung die Tür zu und startete durch. Es war nicht damit zu rechnen, dass ihr hier mitten in der Nacht jemand begegnete.

Sie ließ ein Fenster herunter und genoss den kühlen Nachtwind, der mit ihren Haaren spielte. Dann drückte sie das Gaspedal herunter und nahm Fahrt auf, bremste selbst in den Kurven kaum ab. Sie lächelte zufrieden. Es war einfacher gewesen, als sie gedacht hatte. Die Tür – zwei, drei geübte Griffe. Die Alarmanlage – ein Kinderspiel. Das Personal – in den Ferien, wie die Besitzer der Villa auch. Und zwar für längere Zeit, die Möbel waren sogar mit weißen Tüchern verhüllt worden. Der Park allerdings war äußerst gepflegt, tagsüber war da wohl ein Gärtner am Werk. Und auch der Briefkasten war geleert worden, die Fensterläden standen offen; nichts wies darauf hin, dass die Besitzer der Villa Ledoyen abgereist waren.

Isabelle nahm die Kurven der Straßen von La Roche-Guyon sportlicher, als es die Vorsicht gebot. Wenn Julien mit ihr fuhr, rang er ihr jedes Mal das Versprechen ab, ihrer kostbaren Fracht Rechnung zu tragen und mit äußerster Umsicht zu fahren – ruhig und stetig, ohne diese abrupten Beschleunigungen und Bremsungen, die er nicht ausstehen konnte. Sie fuhr dann sozusagen gegen ihre Natur, die draufgängerisch zu nennen nicht verkehrt gewesen wäre.

Kein einziges Auto kam ihr entgegen, auf der ganzen Strecke bis Paris nicht. Allein zog sie ihre Bahn, wie ein Komet, der sein Ziel finden würde, auf seinem Flug durch die nachtblaue Dunkelheit. Als das Morgenlicht die ersten Streifen über das Land warf, atmete sie auf. Ein Schild surrte an ihr vorbei. *Paris – 25 Kilometer. Nur noch eine knappe halbe Stunde*, dachte sie. Noch bevor die Sonne über der Seine aufgegangen wäre, würde sie bereits in ihrem kleinen Salon sitzen, einen *Café crème* trinken, eine Zigarette rauchen und in den Anblick des Bildes, das sie vor sich hingestellt hatte, versunken sein.

2

PARIS, SECHSTES ARRONDISSEMENT,
RUE DES BEAUX-ARTS

Sie hörte seine schlurfenden Schritte in der Wohnung, seinen Gang zur Toilette, seinen Weg in die Küche, wo er sich den ersten Kaffee des Tages – dem noch viele weitere, ganz gegen den dringenden Rat seines Arztes, folgen würden – zubereitete, bevor er sich in seinem burgunderroten Morgenmantel in die Bibliothek setzen würde, um ein paar Seiten Montaigne zu lesen oder in einer Kulturgeschichte der antiken Mysterien zu blättern. Wie immer würde Agnès alles vorbereitet haben, denn Julien Silva war unfähig, in der Küche mehr zu bedienen als den Schalter der Kaffeemaschine. Agnès war die gute Seele des Hauses, sie kam jeden Morgen gegen zehn Uhr und blieb bis zum Abend, nachdem sie das Souper aufgetragen hatte. Ohne sie wären Julien Silva und seine Enkelin Isabelle vollkommen hilflos gewesen.

Sie hatten eine gemeinsame Firma, die *Galerie Lumière*. Eine Kunstgalerie von einigermaßen solidem Ruf, mitten in

Saint-Germain-des-Prés gelegen, wie es sich in Paris gehört. Die Straße hieß sinnigerweise Rue des Beaux-Arts. Im Erdgeschoss befanden sich die Ausstellungs- und Büroräume, am Hauseingang war ein Messingschild, auf dem in gravitätischen Versalien *Silva & Co. Art Inquiries* eingraviert war. Die Galerie betrieben Julien und Isabelle Silva mit viel Lust und Liebe, doch ihre wahre Leidenschaft galt einem anderen Metier: dem Aufspüren von verschollenen, verlorenen oder gestohlenen Gemälden. Hinter der seriösen Fassade der Kunsthändler und -experten verbarg sich noch eine andere Profession, die mit »Kunstdetektive« vielleicht besser zu beschreiben war und die sich nicht mit Pflichtübungen wie Expertisen oder wissenschaftlichen Abhandlungen aufhielt. Diese Profession erforderte einiges rhetorisches Geschick, gutes Reaktionsvermögen, enorme Hartnäckigkeit und natürlich ein gewisses Gespür dafür, in welchem staubigen Winkel dieser oder jener Sammlung die Leinwand hing, für die ein Vermögen bezahlt werden würde. Der Kundenkreis war klein und erlesen: Kaum mehr als zwanzig Kunstsammler und Galerien in Rom, Paris, London, Wien, Barcelona oder Genf waren es, welche die Dienste von *Silva & Co.* in Anspruch nahmen. Und einige der berühmtesten Museen des Kontinents.

Was Isabelle betraf, so fühlte sie sich bisweilen einer Reliquienjägerin wie Lara Croft ähnlicher als einer in irgendeinem Museum vor sich hin verstaubenden Kuratorin. Ihre Arbeit war abwechslungsreich, aufregend, ja oft genug richtig spannend. Man hätte auch sagen können: ihr Leben, denn neben der Jagd nach verlorenen Schätzen konnte bei ihr von einem normalen Privatleben eigentlich keine Rede sein. Und von einem romantischen Leben erst recht nicht.

Mittlerweile hatte Julien – inzwischen über siebzig – sich weitgehend aus dem Geschäft zurückgezogen und Isabelle den größten Teil der Verantwortung übertragen. Für Recherchen stand ihr seine riesige Bibliothek zur Verfügung. Teils geerbt, teils jahrzehntelang zusammengetragen, war sie wohl eine der umfangreichsten und bestsortierten Privatbibliotheken des europäischen Kontinents. »Nur Umberto hat mehr«, pflegte Julien zu sagen; für ihn war sein Freund Umberto Eco das Maß aller Dinge. Und Julien Silva war – noch immer – einer der gefragtesten Experten für Kunstgeschichte, mit einem kaum zu übertreffenden Spezialwissen in Sachen Kunstkriminalität – angefangen von Raub über Fälschung bis hin zu den fragwürdigen Aspekten des Handels mit Kunst. Sein Rat war ebenso teuer wie mittlerweile auch selten, seit er vor fünf Jahren seine einst weltweite Tätigkeit mehr oder weniger an seine Enkelin abgetreten hatte, die gerade ihren fünfundzwanzigsten Geburtstag und ihren Studienabschluss an einem Tag feierte.

Isabelle hatte alles von ihrem Großvater gelernt, alles, was ihr die Universität nicht beibringen konnte, also das Wichtigste. Für sie war ihr Großvater ein Glücksfall: Er lebte seit Jahrzehnten in Paris, hatte diese riesige Wohnung, einen unüberschaubar großen Bekannten- und Freundeskreis, einen Salon, in dem sich die kulturelle Elite der Hauptstadt traf, die besagte Bibliothek, die ihr zum Studium offenstand (so dass sie tatsächlich während ihrer ganzen Studienjahre nicht einmal einen Fuß in die *Bibliothèque Nationale* und andere Büchereien setzte). Er wurde ihr Mentor, ihr Förderer und auch ihr Lehrer. Bei ihm lernte sie mehr als in Vorlesungen und Seminaren, die sie pflichtbewusst besuchte. Sie lernte von ihm Kunst – in einem ganz umfassenden Sinn. Nicht nur das Wesen und die Geschichte der Kunst, sondern die Kunst zu schauen, die Kunst zu verstehen, die Kunst zu leben.

Das war mehr, als ihr Vater ihr jemals beizubringen vermocht hatte. Dessen ganz mit roten Seidentapeten ausgestatteter Laden mit dem Namen *La Donna dei Sogni* lag mitten in Florenz, unweit des Ponte Vecchio, jedoch nur in einer Seitengasse der großen Flaniermeilen, auf denen sich die Touristen zwischen Duomo und Signoria und den Uffizi drängten. Die versteckte Lage des kleinen Geschäfts, das den Traum der Belle Époque am Leben hielt, passte zu dem Geschäftsverständnis von Signor Giancarlo Silva und seiner französischen Frau Mélanie: Er war nämlich der festen Überzeugung, dass all der antike Schmuck, die schon verblichenen Seidenstoffe, die Preziosen und Posamenten, die entzückenden Ballettschühchen, die mit verwegenen Federn geschmückten Hüte, die Roben und Rüschen am besten mit Ausrufen freudiger Überraschung entdeckt werden sollten. Und nicht von jedermann. Doch Touristinnen verirrten sich nicht zufällig in sein Geschäft; wenn, dann kamen sie ganz gezielt vorbei, weil sie von *Donna dei Sogni* als einem Geheimtipp gehört hatten. Ihnen bot Signor Silva eine Bühne zum Ausleben dramatischer, skurriler, surrealer, nostalgischer Wünsche.

Aus dieser Welt kostbaren Trödels und heimlicher Sehnsüchte nach schönen Stoffen und Gegenständen war Isabelle Silva im Alter von achtzehn Jahren nach Paris gekommen, zu ihrem Großvater, der sich hier seit seinem vierzigsten Geburtstag, nach dem allzu frühen Tod seiner Frau, niedergelassen und seinen Vornamen Giuliano seiner französischen Wahlheimat angepasst hatte. Seinen einzigen Sohn hatte er in der Obhut einer Tante zurückgelassen, da er in sich keinerlei Talent für erzieherische Bemühungen spürte. Er bezog das Haus seiner Schwiegereltern in der Rue des Beaux-Arts und war heilfroh, dass mit herannahendem Alter, das er fürchtete, plötzlich eines Tages seine Enkelin Isabella vor der Tür stand, ihn bat, bei ihm während des Studiums wohnen zu dürfen, und sich – der Tradition folgend – fortan Isabelle nannte.

Obwohl sie am liebsten sofort in seine Zimmer gelaufen und ihm triumphierend das Bild entgegengehalten hätte, bezähmte Isabelle sich – sie wusste, dass Julien zu solch früher Stunde in keiner Weise ansprechbar, sondern im Gegenteil grantig und abweisend war. Sein berühmter Charme schien erst mit dem wachsenden Morgenlicht zu erwachen. Wenn die Sonne ihre Strahlen durch die hohen Sprossenfenster fallen ließ, würde er die Bücher zuklappen und sich rasieren gehen, und die Bettflucht, zu der ihn sein Alter trieb, würde vergessen sein, die Missstimmung des frühen Morgens auch, einer Tageszeit, die – wie er oft zu sagen pflegte – nicht ohne Grund Morgengrauen hieß.

Wir leben wie ein altes Ehepaar, dachte Isabelle belustigt, als sie durch die Wohnung ging. Aufeinander eingespielt, vertraut mit den Launen und Marotten des anderen, nicht ohne Zuneigung und Zärtlichkeit, aber durchaus auch mit dem sicherem Wissen, wie man den anderen verletzen konnte. Eine seltsame Menage, diese Wohngemeinschaft, die sie auch nie in Frage gestellt, sondern immer als einen der großen Vorzüge angesehen hatte, die das Leben ihr zugestand. Ein Großvater und seine Enkelin als *entente cordiale*, wo gab es so etwas?

Sie hätte nach dem Studium ausziehen, sich eine eigene Wohnung suchen, auf eigenen Füßen stehen können, mit all den Freiheiten, die das mit sich brachte, aber auch mit all den Risiken und Gefühlen der Einsamkeit. Doch warum hätte sie das tun sollen? Julien Silvas Wohnung im *Carré Rive Gauche* war riesig, selbst für großbürgerliche Pariser Verhältnisse. Sie verfügte nicht nur über Gesellschaftsräume wie einen Salon, der einem kleinen Festsaal glich, sondern auch über eigene Arbeits-, Schlaf- und Badezimmer; die Bibliothek – das Herzstück der Wohnung – erstreckte sich über zwei Räume, deren Flügeltüren weit offenstanden. Isabelles Reich war ein wenig abgetrennt, hatte vom Hausflur aus sogar einen separaten Eingang, den sie jedoch nie benutzte; es war durch einen schmalen Durchgang mit dem Rest der Wohnung verbunden, wie eine Brücke das Festland mit einer Halbinsel verbindet. *Eine Insel der Seligen*, wie sie zugab. *Und die Glückliche bin ich.*

Über eine Wendeltreppe gelangte man in das loftartige Dachgeschoss, das sie sich als Atelier und Arbeitszimmer ausgebaut hatte.

Etwas außer Atem stemmte sie das Bild die enge Treppe hinauf und stellte es auf eine Staffelei nahe dem Fenster. Sie knipste die Lampe aus, die sie immer brennen ließ, zog die Jalousie des Dachfensters hoch, und das stahlgraue Licht des Aprilmorgens fiel auf die übervollen Regale, füllte den Raum, in dem man lauter Bücher sah und DVDs und Papierstapel, alte Skulpturen und Statuetten, Rahmen und Gemälde, die auf dem Boden standen, als warteten sie auf dem schon etwas verschlissenen, aber kostbaren Kelim geduldig auf ihre Bestimmung. In einer Ecke, auf einer Louis-quinze-Kommode, stand eine Stereoanlage, daneben eine iPod-Station. Flankiert von stapelweise CDs. Von der Wand warf ein altgolden gerahmter, stellenweise blinder venezianischer Spiegel ihr Bild zurück. Isabelle blieb einen Moment davor stehen. Sie trug das braune Haar schulterlang, und je nach Lichteinfall bekam es einen ganz eigenen Schimmer, den man tizianrot hätte nennen können. Um die noch ungeschminkten großen Augen lagen leichte Schatten, die ihr nicht gefielen. Schön wie ein Modell von Raffael, pflegte Julien Silva zu sagen, *ma più bella*, wenn der Spiegel wie jetzt ihr Gesicht einrahmte und seine Augen wohlgefällig auf seiner Enkelin ruhten. Er hielt sich längst für »jenseits von Gut und Böse«, wie er immer wieder versicherte, also konnte Isabelle sich auf sein ästhetisches Urteil und auf die Treffsicherheit seiner Komplimente verlassen. Beim Gedanken an ihren Großvater musste sie lächeln. Das war seit jeher so, seit ihren Studienjahren – ein inniges Lächeln, manchmal schelmisch und komplizenhaft. Und obwohl sie seine Komplimente immer mit einem leicht dahingeworfenen »Ach, du bist verblendet!« oder »Nichts mit Renaissance – ich bin präraffaelitisch« abtat, freute sie sich doch jedes Mal wie ein Kind darüber.

In der kleinen Küche fauchte die Kaffeemaschine. Isabelle löste sich von dem goldgerahmten Spiegel, ging hinüber und goss sich eine große Tasse Kaffee ein, ohne Milch und Zucker. Sie mochte ihn schwarz und bitter, nur so, glaubte sie, würde der Kaffee seine belebende Kraft entfalten können. Vorsichtig balancierte sie die Tasse in der einen Hand und trocknete sich die andere Hand an dem weiten Pullover ab, den sie sich übergestreift hatte. Ein leichter Druck mit der Kuppe des Zeigefingers auf eine Taste, und im Raum ertönten die Klänge von Vivaldis *Konzert für Laute und Viola d'amore*. Isabelle setzte die Tasse an die Lippen und schlürfte von dem starken, heißen Kaffee, der ihr fast die Zungenspitze verbrühte. Das tat er immer, so dass sie befürchtete, irgendwann beim Küssen nichts mehr zu spüren. *Wenn ich überhaupt jemals wieder küsse.* Barfuß ging sie über den Teppich, zurück zur Staffelei, wo sie das Bild abgestellt hatte, und setzte sich in einen davor stehenden

Sessel in einer Haltung, die sie auch in Museen immer bei der Betrachtung von Gemälden einnahm.

Da sie ihn schon rumoren gehört hatte, schrak sie nicht hoch, als sie plötzlich von der Tür her seine Stimme hörte. Julien verirrte sich nicht oft in ihr kleines Reich, es war eines seiner zahlreichen Zeichen immensen Taktgefühls, welches ihn auszeichnete und das Zusammenleben mit ihm so angenehm machte. Heute hatte ihn die Neugier hergetrieben, ächzend war er die enge Treppe hinaufgestiegen. Isabelle wandte den Blick von dem Gemälde ab, das sie betrachtet hatte, und ihm zu, der noch in seinem Morgenmantel, jedoch schon rasiert und gekämmt am Geländer stand.

»*Bonjour, ma belle*«, sagte er. »Kann es sein, dass diese Treppe mit jedem Mal um ein paar Stufen wächst?«

»Wohl kaum.« Sie lachte, stand auf und ging zu ihrem Großvater, um ihm einen Kuss auf die rasierwasserduftende Wange zu geben.

»Und … wie war es?«, erkundigte er sich.

Sie zuckte die Schultern. »Beleidigend leicht. Überhaupt nicht mein … nicht unser Kaliber.«

»Sei nicht so herablassend, Isabelle. Es kann immer etwas passieren.« Sein Lächeln jedoch strafte den tadelnden Blick, den er ihr zuwarf, Lügen.

Sie hob noch einmal die Schultern, aber etwas weniger keck.

»Darf ich?«, fragte er und deutete auf das Bild. »Es mir anschauen?«

Sie nickte eifrig und rückte ihrem Großvater den Sessel zurecht. Julien nahm Platz, bettete das Kinn auf die gefalteten Hände und nahm das Gemälde mit einer Konzentriertheit in Augenschein, als gelte es, seine Echtheit festzustellen oder eine Expertise abzugeben.

»Ich hatte es mir größer vorgestellt«, sagte er nach einer Weile. »Ist das Original nicht größer?«

»Ein wenig schon … mehr als ein Drittel, würde ich sagen.«

Es war eine frühe Fassung der *Flora* von Tizian, die der Maler hier etwas freizügiger dargestellt hatte als auf dem Bild in den Uffizien, das Isabelle sich so oft angeschaut hatte, als sie noch in Florenz lebte. Das Gesicht der Göttin schien um eine Winzigkeit schmaler zu sein, das verrutschte Hemd entblößte eine wohlgeformte Brust, und die Blumen in den Händen waren noch etwas üppiger. Aber es war ein Tizian, keine Frage. Ein atemberaubendes Bild. Ein gestohlenes Bild. Und nun ein wiederbeschafftes Bild.

»Giovanni wird begeistert sein, dass du es geschafft hast, ihm seine *Flora* zurückzuholen. Zweifellos das Herzstück seiner beeindruckenden Sammlung. Und dort wird sie nun wieder ihren zentralen Platz einnehmen. Unsere Freunde von der Abteilung Kunstkriminalität werden über die private Konkurrenz, die du ihnen bereitest, allerdings nicht erbaut sein.«

»Sie waren schon über *deine* Konkurrenz nicht erbaut. Und sie werden es nie erfahren.«

»Aber vielleicht ahnen.«

»Na, wenn schon.« Isabelle winkte ab, als sei das nicht der Rede wert. Julien seufzte wohlig auf, als sie jetzt hinter den Sessel trat und begann, ihm die Schultern zu massieren.

»Meine Güte, wie verspannt du wieder bist«, sagte sie in einer Mischung aus Fürsorglichkeit und Tadel. »Ich wette, du warst nicht einmal spazieren in der ganzen Zeit.«

Julien beschloss, ihre Bemerkung zu überhören. Das Alter brachte so manches Wehwehchen mit sich, und man konnte froh sein, wenn es nur ein verspannter Rücken war.

»Wo hatte dieser Winkeladvokat das Bild denn aufbewahrt?«, fragte er stattdessen. »In einem Tresor, wie üblich?«

»Nein.«

»In einem Schrank auf dem Dachboden?«

»Nein.«

»Nun, wo denn?«

Isabelle lächelte und setzte sich ihm gegenüber rittlings auf einen Stuhl. »Es war einfach hinter einem größeren Bild versteckt. Beide Bilderrahmen waren aneinandergeschraubt, man klappte ein Scharnier auf ... *et voilà*.«

Es schien ihr, als würde ihr Großvater eine Spur blasser, aber das mochte auch am Lichteinfall liegen.

»Oh«, sagte er nur.

»Ja, es ist so simpel, dass man fast nicht draufkommt. Wir erwarten gestohlene Meisterwerke immer in Tresoren und Bankschließfächern, weggesperrt in ultimativer Sicherheit. Hier war es anders. Und weißt du, warum?«

Julien nickte. »Ich ahne es ... Er wollte es sehen, wann immer ihm danach war. Einfach so ... unkompliziert.«

»Genau.«

»Wann bringst du es unserem Conte zurück?« Julien reckte seine steifen Glieder.

»So bald wie möglich. Ich werde wohl mit dem Wagen nach Venedig fahren und es ihm persönlich aushändigen. Aber du kannst schon mal anrufen und ihm unseren Erfolg melden.«

»Deinen Erfolg, *carissima*! Er wird begeistert sein. À propos Erfolg … Wir haben eine neue Anfrage …«

»Julien, bitte … ich bin gerade mal ein paar Stunden zurück. Da kannst du mir doch nicht schon wieder mit einem neuen Auftrag kommen.«

»Auch nicht, wenn er mit einer Einladung zu einem fabelhaften Souper verbunden ist? Es handelt sich bei dem Klienten um einen englischen Kunst- und Antiquitätenhändler, allerdings einen ziemlich unbedeutenden, ich habe seinen Namen noch nie gehört. Einer meiner Freunde hat mich ihm empfohlen.«

Einer seiner Freunde! Immer wieder erstaunte es Isabelle, über welch ein beneidenswert weit gespanntes Netzwerk ihr Großvater verfügte, von Leuten, die ihn kannten und ihn ständig »empfahlen«. Sie musste wirklich aufpassen, dass er sich nicht wieder übernahm. Immerhin hatte er sich inzwischen angewöhnt, die meisten Anfragen gleich an sie zu delegieren.

»Und was will dieser Engländer genau?«

»Das wird er dir alles persönlich sagen. Ich bin sicher, er wird dein Interesse wecken können. So oder so.« Julien schmunzelte. »Morgen abend um zwanzig Uhr.«

Isabelle stand abrupt auf und wandte sich zur Treppe. Sein Schmunzeln ärgerte sie.

»Wo willst du hin?«, fragte ihr Großvater überrascht.

»Ich nehme ein Bad. Um mir die Spuren meiner verbrecherischen Tat abzuwaschen.«

»Gütiger Himmel!«

So klein ihre Wohnung unter dem Dach war, am Badezimmer hatte Isabelle nicht gespart. Sie war stolz auf ihren kleinen Badetempel, den sie phantasievoll eingerichtet hatte wie einen orientalischen Traum: Die Fliesen hatten marokkanische Muster, an der Wand hingen zwei verzierte Spiegel, in einer Ecke waren Bade- und Handtücher aufgetürmt, es gab eine runde Badewanne, auf deren Rand unzählige Flaschen und Flakons Platz gefunden hatten. Duftessenzen, Massageöle, Badezusätze. Große und kleine Schwämme. Und dicke Kerzen, die auf türkis angestrichenen Kerzenständern in verschiedener Höhe standen. Isabelle zündete sie alle an, nachdem sie die Vorhänge zugezogen und den nassgrauen Pariser Morgen ausgesperrt hatte.

Drei kleine Stufen führten hinauf zu der Badewanne. Sie setzte sich auf den Rand, ließ Wasser in die Wanne laufen und regelte die Temperatur. Aus einer Flasche gab sie reichlich von dem Badeöl zu, das Hélène ihr geschenkt hatte. Unter dem warmen Wasserstrahl entfaltete sich sofort ein betörender Duft nach Tuberosen und verwandelte das Badewasser in ein unglaubliches Blau. Der aufsteigende Dampf hüllte sie ein; eingewickelt in ein weißes Badetuch saß Isabelle wie eine

Odaliske am Beckenrand und prüfte mit der Hand die Temperatur. Ja, so war es gut. Sie stellte in dem kleinen Tivoli-Radio einen Sender ein, der altmodischen Jazz spielte.

Als die Wanne halb voll war, drosselte sie die Wasserzufuhr etwas und ließ sich in das heiße, ultramarinblaue Wasser gleiten. Wenige Augenblicke später gab sie sich, den Schaum auf der ganzen Oberfläche verteilend, den Klängen von Duke Ellingtons *Come Sunday* hin.

In der nächsten Stunde würde sie für niemanden zu sprechen sein, auch nicht für ihren Großvater. Sie schloss die Augen und ließ noch einmal die vergangenen Tage und Wochen Revue passieren.

Es war weniger ein Auftrag gewesen als die Klage eines seiner besten Freunde, des Conte Giovanni D'Amario, über den Diebstahl seines schönsten Gemäldes, die ihren Großvater bewogen hatte, initiativ zu werden. Sich persönlich auf die Spur des Diebes zu setzen, dazu fühlte Julien Silva sich beim besten Willen nicht mehr in der Lage. Für ein solches Unterfangen war er inzwischen deutlich in zu fortgeschrittenem Alter. Zudem waren seine detektivischen Fähigkeiten immer schon mehr wissenschaftlich-akribischer Natur gewesen denn operativ-abenteuerlich. Also hatte er »den Fall« kurzerhand an Isabelle abgegeben, die sofort Feuer und Flamme gewesen war und vorschlug, das Bild einfach »zurückzuholen«. Was ihrem Großvater zunächst ganz und gar nicht recht gewesen war.

Isabelle lächelte und betrachtete zufrieden ihre rotlackierten Fußnägel, die aus dem Badeschaum hervorlugten.

Im Grunde war es ein Kinderspiel gewesen. Die Spur lag deutlich vor ihnen, nachdem Conte D'Amario ihnen sogar einen Verdächtigen auf dem Silbertablett serviert hatte – Maître François Ledoyen, prominenter Wirtschaftsanwalt mit mehreren Kanzleien in Paris. Schwerreich, Sommervilla in La Roche-Guyon. Der hatte ihm schon mehrfach Unsummen für das Gemälde geboten und war überaus verärgert gewesen, dass der Conte jeden Gedanken an einen Verkauf mit enervierender Unzugänglichkeit von sich gewiesen hatte.

»Es reicht, wenn du den Dieb beziehungsweise seinen Auftraggeber enttarnst«, hatte Julien zu ihr gesagt, als sie über das gestohlene Bild sprachen. »Den Rest kann die Polizei erledigen.«

»Kann sie …«, hatte Isabelle entgegnet, »aber ich wage es zu bezweifeln. Maître Ledoyen ist der gerissenste Anwalt dieses Landes, er hat seine Verbindungen überall, wahrscheinlich sogar bis in die Abteilung Kunstkriminalität. Höchst fraglich, dass die *Flora* ihren Weg nach Venedig zurückfindet. Nein, lass es mich versuchen. Ich mache mich doch nicht strafbar, wenn ich Diebesgut stehle, oder?«

Ihr Großvater hatte gelächelt. »Keine Ahnung, wie das Delikt juristisch korrekt heißt. Jedenfalls wird dich niemand anzeigen, nehme ich an.«

»Na, siehst du. Lass es mich versuchen, ja?«, wiederholte sie.

»Schön«, hatte Julien geseufzt. »Im Namen der Frühlingsgöttin – schaffe sie wieder herbei!«

Es war wirklich leicht gewesen, und diese Einfachheit hätte sie skeptisch gestimmt, wäre sie weniger gut vorbereitet gewesen. Nicht besonders schwierig war es gewesen, alles über Ledoyen und seine Familie herauszufinden, über seine kapriziöse Tochter, welche die Klatschspalten nicht nur als Kolumnistin füllte, ebenso wie über den Maître und seine oft dubiosen Machenschaften, die ihm hartnäckig nachgesagt wurden. Das Frühjahr verbrachte Ledoyens Familie mit den Seinen meist in Paris; die Villa in La Roche-Guyon blieb in einer Art Dornröschenschlaf zurück. Und wer immer für ihn das Bild in dem vermutlich völlig ungesicherten Palazzo des Conte in Venedig »organisiert« hatte, dürfte es in La Roche-Guyon, dem Familiensitz, abgeliefert haben. Also quartierte sie sich dort in dem kleinen Hotel *Les Bords de Seine* ein, unternahm einige diskrete Erkundungsgänge, beobachtete die Villa und surfte abends im Internet nach Informationen über den Anwalt, seine Aktivitäten und Gewohnheiten. Schließlich war es nur eine Frage der Zeit, das Gemälde aufzuspüren und es aus den gierigen Fängen des Usurpators zu befreien – wenn Ledoyen der neue Besitzer war. Und das war er, wie sich herausstellte.

Isabelle malte sich aus, wie Maître Ledoyen nun vor den aufgeklappten Scharnieren des Deckbildes stünde, hinter dem es keine *Flora* mehr gab, und das Lächeln, das ihre Lippen umspielte, als sie jetzt einen dicken Naturschwamm zusammendrückte, sprach Bände …

Das Badewasser hatte sich abgekühlt und wurde allmählich ungemütlich. Isabelle stieg aus der Wanne, trocknete sich ab und schlang sich das Badetuch um. Dann versuchte sie, ihr noch feuchtes Haar hochzustecken, aber es wollte ihr nicht so recht gelingen, also ließ sie es bleiben.

Sie fühlte sich erfrischt, und doch hatte eine wohlige Müdigkeit von ihr Besitz ergriffen, der sie sich, ohne zu zögern, hingab. Ein bisschen aufregend war die Nacht ja doch gewesen. Gedankenverloren ging sie in ihr kleines Schlafzimmer, ließ sich auf das Bett fallen und schlief augenblicklich ein.

3

PARIS, ERSTES ARRONDISSEMENT,
LE GRAND COLBERT

Das *Grand Colbert* lag zwischen dem Palais Royal und der Bourse und war eine schöne Brasserie, die vorwiegend klassische Küche bot. Man erreichte sie sowohl von der Rue Vivienne als auch von der Passage Colbert aus. Isabelle war eine Viertelstunde vor dem vereinbarten Treffen gekommen. Bei Zusammenkünften mit neuen Auftraggebern war sie gerne als Erste vor Ort. Mit einem amüsierten Lächeln blickte sie sich in dem Restaurant um, das der englische Klient ausgewählt hatte.

Die verschwenderische Ausstattung mit Fresken, Säulen, Spiegeln, Palmen, Marmorboden und Jugendstilstühlen sollte wohl das perfekte Ambiente für seinen Auftrag bieten, wie sie vermutete. Oder wollte er sie auf ihrem eigenen Terrain beeindrucken, wo sie doch selbst schon Jahre in Paris wohnte? *Ein Engländer, meine Güte!*, dachte sie.

Die Tür des Restaurants öffnete sich, und sie wusste augenblicklich, dass er es war. Ohne der spektakulären Ausstattung der Brasserie auch nur einen bewundernden Blick zu schenken – was vermuten ließ, dass er entweder abgebrüht oder angespannt war –, musterte der Ankömmling die Gäste im Restaurant und schaute verdrossen die Tischreihen ab. Vermutlich erwartete er eine altjüngferliche Assistentin, die nicht gerade sprühte vor Energie. Isabelle wusste, dass er eigentlich Julien Silva hatte sprechen wollen, den Mann, der ihm so wärmstens empfohlen worden war. Doch der legendäre Silva war nicht zu erweichen gewesen, also musste er die Sache eben mit dieser Mademoiselle Silva durchziehen. »Wer ist denn diese Mademoiselle Silva? Kann sie was?«, hatte er am Telefon immer wieder misstrauisch gefragt.

Mademoiselle Silva! Er hätte sich nicht darauf einlassen sollen. Er seufzte und sah noch einmal zur Tür in Erwartung einer älteren kleinen Dame, die verspätet und etwas außer Atem hereingewackelt kommen würde und an der er seinen Charme nutzloserweise würde abarbeiten müssen. Dann erst bemerkte er den großgewachsenen Mann neben sich.

»*M'sieur?*«, sagte der Kellner und zog die Augenbrauen hoch. Schon seltsam, was Pariser Kellner mit einem einzigen Wort alles ausdrücken konnten. Der einfachste Gruß konnte so viel Herablassung, ja Verachtung verströmen, dass man die Lust aufs Speisen verlor und als Fremder die entsetzlichsten kulturellen Minderwertigkeitskomplexe bekam.

»Palmer. Ich hatte einen Tisch reserviert«, sagte Andrew kurz angebunden.

Abermals zog der Kellner seine dunklen Augenbrauen hoch. Dann nötigte er sich ein *»S'il vous plaît«* ab und führte

Palmer an einen Tisch, wo eine junge Dame schon demonstrativ entspannt in einer *Vogue* im Tabloid-Format blätterte.

Isabelle Silva war nicht klein, sie war nicht alt, sie war nicht altjüngferlich. Und wenn Andrew Palmer, Kunst- und Antiquitätenhändler aus London, nun den ganzen Abend lang sein Äußerstes an Charme und Zuvorkommenheit aufbieten sollte, dann nicht, weil er dazu gezwungen war, sondern weil er nicht anders konnte.

In ihren selbstbewussteren Stunden war Isabelle sich durchaus bewusst, dass sie zu den Frauen gehörte, die auch den reifsten und ausgeglichensten Mann dazu bringen, sich – sagen wir – ein wenig merkwürdig zu benehmen. Sie begegnete allzu männlichem Gebaren oft mit einer gewissen Verschlossenheit, wohl wissend, wie unfair das war. Doch sie brachte es einfach nicht über sich, auf Interesse mit Verführung zu reagieren. Komplimente und andere charmante Vorstöße konterte sie mit Ironie.

»Isabelle Silva, *enchantée*«, sagte sie formell und mit einem angedeuteten Lächeln. »Monsieur Palmer, nehme ich an. Möchten Sie etwas trinken?«, fragte sie und nahm gleich das Heft in die Hand.

»Oh … Ja. Natürlich.«

»Und was hätten Sie gerne?«, fuhr sie geduldig fort und sah ihn aus ihren grünen Augen an.

Es war offensichtlich, dass Andrew Palmer nicht mit einer Frau gerechnet hatte, die gleich das Ruder in die Hand nahm. Dabei war Isabelle Silva nicht einmal von exquisiter Schönheit, auch eher kleiner als der große, strahlende Grace-Kelly-Typ, der normalerweise sein Beuteschema war. Diese Frau, oder genauer ihre leicht gewellten braunen Haare mit dem rötlichen Schimmer, ihre feingliedrigen Hände, die überschlanke Figur, das verhaltene Marion-Cotillard-Lächeln, die grünen Augen, die unprätentiöse, jedoch selbstbewusste Kleidung – diese Frau trieb Andrew Palmer das Blut ins Gesicht und ließ ihn plötzlich an ganz andere Dinge denken als an Antiquitäten. Dabei war ihre etwas mysteriöse Attraktivität keineswegs frei von kleinen Makeln oder Ungereimtheiten. Was sie aber in Palmers Augen nur noch interessanter machte. Hinter ihrer zurückhaltenden Gelassenheit verbarg sich ein Temperament, das ab und zu aufblitzte und ihn sofort faszinierte.

Als Palmers Apéritif endlich gebracht wurde, hatte er bereits vollkommen die Kontrolle über die Situation verloren. Dies würde kein Abend selbstgefälligen Abtastens, energischen Werbens und geschickten Verhandelns von seiner Seite aus werden, vielmehr war unversehens er es, der abgetastet, ausgehorcht und verhört wurde. Das war ihm nicht nur unbehaglich. Isabelle jedoch hatte den Eindruck, dass dieser Mann mit seinem gelockten schwarzen Haar, der imposanten Statur, dem scharf geschnittenen Gesicht und den gepflegten Manieren sich nicht ganz wohl in seiner Haut fühlte.

Sie sprach Englisch mit ihm, nachdem sie schon an seinen ersten Sätzen erkannt hatte, dass sein Französisch zwar ganz brauchbar, aber kaum von racinescher Gewandtheit war. Wie alle Italienerinnen sprach sie Englisch mit Akzent. Es waren ihr Akzent und ihre leicht angeraute Stimme, die Palmer den Rest zu geben schienen: Diese Frau *klang* sogar schön.

Normalerweise gehörte Palmer zu den Menschen, die lieber andere erzählen lassen als selbst zu reden, doch nun war plötzlich er es, der Farbe bekennen musste. Isabelle fragte ihn aus über das Leben in London, über die Imponderabilien seines Berufs und die Schwierigkeiten mit dem angespannten Markt. *Small Talk* auf hohem Niveau. Sie hörte ihm aufmerksam zu, so höflich, wie man es tut, wenn etwas erzählt wird, das einem längst bekannt ist. Sie merkte erst auf, als Palmer die Rede endlich auf den Anlass ihrer Verabredung brachte – etwas zu ersteigern, ohne dass sein Name ins Spiel kam.

»Etwas ersteigern?«, fragte sie gedehnt. »Das ist eigentlich nicht mein Metier.«

»Nun ja.« Palmer räusperte sich überrascht. »Monsieur Silva sagte mir, ich könnte mich mit meinem Anliegen an Sie wenden«, erwiderte er. »Er meinte, es sei sozusagen auf Sie zugeschnitten.«

»Auf mich *zugeschnitten*? Das hat er gesagt?« Isabelle schnappte nach Luft.

»Wortwörtlich.«

»Hören Sie, Monsieur Palmer, ich möchte Ihnen nicht zu nahe treten, muss Ihnen aber sagen, dass Sie drauf und dran sind, meine Zeit zu verschwenden. Und Ihre auch, wenn ich das anfügen darf.«

Palmer schluckte. Was um Himmels willen ging hier vor? Schon sein erster Anlauf wurde ausgebremst, ja geradezu empört zurückgewiesen.

»Aber … Monsieur Silva hat mich doch direkt an Sie verwiesen. *Reden Sie mit Isabelle, meiner Assistentin*, hat er gesagt.

Das hätte er wohl kaum getan, wenn es hier darum ginge, Ihre Zeit zu verschwenden. Was das Letzte ist, was ich möchte, das müssen Sie mir glauben.«

Sie blickte ihn an, etwas versöhnlicher jetzt, sogar ein kleines Lächeln spielte sie ihm zu.

»Na schön, wenn mein Großvater so explizit der Meinung ist, ich sollte mir Ihr Anliegen anhören, will ich das natürlich gern tun. Um was geht es denn? Was soll ich für Sie ersteigern?« Sie bemerkte, dass er bei dem Wort »Großvater« überrascht die Augenbrauen hochzog – offenbar hatte Julien es nicht für nötig gehalten, ihre verwandtschaftlichen Beziehungen genauer auszuführen. Aber dann entspannte sich Palmers Miene und er erwiderte ihr Lächeln.

»Ein Gemälde. Von John Singer Sargent.«

»Einen Sargent«, wiederholte Isabelle erstaunt.

»Das Bild trägt den Titel *Die schöne Unbekannte*. Es wird in der Auktion *Malerei des neunzehnten Jahrhunderts* des Dorotheums angeboten, die in drei Wochen in Wien stattfindet.«

Isabelle verkniff sich die Bemerkung, dass ihr durchaus bekannt war, dass sich das Dorotheum-Auktionshaus in Wien befand. Bei John Singer Sargent jedoch hatte sie tatsächlich aufgemerkt.

»Das ist ja … interessant«, sagte sie schließlich.

»Nicht wahr? Ein Bild im Auftrag zu ersteigern – das mag sich für Sie erst einmal tatsächlich nicht spannend anhören. Doch wie Sie sicherlich wissen, sind in den vergangenen Jahren nicht unbedingt viele Sargents auf den Markt gekommen. Dieses Bild ist eine absolute Rarität.« Palmer wirkte mit einem Mal angespannt. »Für mich … für mich … ich meine, ich muss dieses Bild haben. *Ich muss.*«

»Sie … *müssen*?«, fragte Isabelle etwas despektierlich.

»Ja, in gewisser Weise schon. Ich bin nicht unbedingt ein Sargent-Fan oder überhaupt ein Liebhaber der Porträtmalerei des neunzehnten Jahrhunderts. Doch es besteht sozusagen eine persönliche Notwendigkeit, dass ich das Bild bekomme. Ich kann, wie gesagt, nicht persönlich bei dieser Auktion in Erscheinung treten und das Bild ersteigern. Ich möchte einfach … kein Aufsehen erregen.«

»Das klingt sehr kryptisch, finden Sie nicht?«

»Kryptisch? … Nein.« Palmer fing an, mit der weißen Stoffserviette herumzuspielen. Seine kleine Ausrede war wohl alles andere als glaubwürdig. »Ach was, warum soll ich es Ihnen nicht sagen? Am Tag der Auktion feiert meine Mutter ihren sechzigsten Geburtstag. Ich muss dahin … es wird ein großes Fest … in Bridlington. Der halbe Ort kommt, sie ist Vorsitzende des Tourismusvereins … auch mein Bruder wird mit seiner Familie da sein. Es ist selten genug, dass wir alle zusammenkommen … jetzt … Meine Mutter hätte nicht das geringste Verständnis … wenn ich nach Wien führe statt zu ihr nach Yorkshire … ich meine, nur wegen eines Bildes …«

»Ach so«, sagte Isabelle und bemühte sich, den etwas zerstreut wirkenden Sohn, den seine Gefühle ins Stottern brachten, nicht mit allzu viel Ironie zu verunsichern. *Irgendwie rührend*, dachte sie. »Dann ist das Rätsel ja gelöst.«

»Kein Rätsel, nein … oder doch … Aber nicht um mich, sondern um das Bild.«

»Ein Rätsel um das Bild? Das müssen Sie mir schon etwas genauer erklären, wenn ich für Sie die Bilderjägerin spielen soll.« *Bilderjägerin*, das hatte sie nun doch in ironischem Tonfall gesagt. Doch Palmer ließ sich nicht davon irritieren.

»Erklären, ja ... wie soll ich Ihnen das erklären? Ich ... werde es Ihnen vielleicht später erklären ... wenn das Bild in meinem Besitz ist.«

»Wurde es gestohlen?«, hakte Isabelle nach, obwohl sie es für äußerst unwahrscheinlich hielt, dass Diebesgut in einer Dorotheum-Auktion angeboten wurde.

»Nein, nein, nichts Kriminelles.« Palmer strich seine Serviette glatt. »Ich hätte es nur gern. Können wir es vielleicht vorerst dabei belassen?«

Isabelle trank einen Schluck Rotwein und drehte das Glas dann nachdenklich zwischen ihren Fingern.

»Ich verstehe«, sagte sie, obwohl sich ihr Verstehen in Grenzen hielt. »Das klingt nach einer spannenden Geschichte ...«

Sie beugte sich ein wenig vor, lächelte ihn auf eine aufmunternde Art an und schwieg erwartungsvoll. Aber Palmer ließ sich nichts entlocken.

»Ich verstehe«, wiederholte sie. »Das Dorotheum bietet in seiner Gemäldeauktion ein Bild von John Singer Sargent an, mit dem Titel *Die schöne Unbekannte*. Doch Sie können nicht persönlich in Erscheinung treten, sondern wollen jemanden verpflichten, es für Sie zu ersteigern. Aber ich verstehe nicht, warum Sie das nicht einfach telefonisch machen. Sie könnten doch über eine Telefonleitung mitbieten.«

»Ich bin mir nicht sicher, ob das möglich ist.«

»Oder Sie geben schriftlich ein Gebot ab.«

»Dann kann ich aber überboten werden. Es gibt keine Garantie, dass das Bild mir zugeschlagen wird. Und ein telefonisches Mitbieten … das erscheint mir nicht sicher zu sein.«

Isabelle nickte. »Und da ist es einfacher für Sie, eine vertrauenswürdige Person zu beauftragen, die die Sache diskret abwickelt und so weit mitbietet, dass das Los auf jeden Fall Ihnen zufällt.«

»Genau.«

»Monsieur Palmer … verstehen Sie mich bitte nicht falsch … aber dafür brauchen Sie doch nicht *mich*.«

»Doch, ich brauche jemanden mit Sachverstand. Der das Bild vorher auch in Augenschein nimmt … es prüft, sozusagen.«

»Ich kann Ihnen unmöglich die Echtheit eines Gemäldes garantieren, das ich mir allenfalls vorher in den Schauräumen ansehen kann. Falls Sie das damit meinen.«

»Garantieren nicht«, insistierte Palmer. »Aber ich hätte doch ein besseres Gefühl dabei. Ein sehr viel besseres Gefühl.«

»Na schön«, sagte sie etwas brüsk.

»Also werden Sie für mich nach Wien fahren?« Die Erleichterung in seiner Stimme war unüberhörbar.

Isabelle lehnte sich zurück.

»Nein.«

4

PARIS, ERSTES ARRONDISSEMENT, LE GRAND COLBERT

Andrew Palmer glaubte sich verhört zu haben, jedenfalls trat auf sein Gesicht der Ausdruck ungläubigen Erstaunens.

»Aber …«

»Nein, ich fürchte, nicht … Es tut mir leid.«

»Und … warum nicht?«

»Ich weiß nicht …«, setzte Isabelle an. »Es ist nur ein Gefühl. Irgendetwas stimmt da nicht mit diesem Bild, mit Ihnen, mit Ihrem Auftrag, das spüre ich. Und mein Gespür trügt mich nie. Ich wittere – muss ich Ihnen gestehen – sogar so etwas wie Gefahr.«

In diesem Augenblick trat der Kellner an den Tisch und servierte die Vorspeise – *Salade Maison* für Madame, *Foie gras* für Monsieur – mit enervierender Langsamkeit und Sorgfalt, wie Palmer fand. Als der Kellner schwungvoll abdrehte, lehnte sich der Kunsthändler kühl zurück und ging aufs Ganze.

Noch bevor Isabelle Silva ihre Ablehnung weiter begründen konnte.

»Auch nicht für … fünfundzwanzigtausend Euro?«

»Sagten Sie fünfundzwanzigtausend?«

»Sagte ich … ja. Die Hälfte überweise ich Ihnen morgen auf Ihr Konto, den Rest erhalten Sie bei Ablieferung des Bildes.«

»Monsieur Palmer … Für dieses Honorar könnten Sie schon einen talentierten Killer aus Tschetschenien anheuern, der solide Arbeit abliefert. Aber, ich gebe zu: Sie können recht überzeugend sein.« Der Spott in Isabelles Stimme war nicht zu überhören. Doch es lag auch etwas Neugier darin, ein neu erwachtes Interesse, das ihm signalisierte, dass Mademoiselle Silva geneigt war, die Tür, die sie ihm soeben vor der Nase zugeschlagen hatte, wieder ein wenig zu öffnen.

»So überzeugend, wie Geld eben sein kann.« Er grinste.

Nachdenklich stocherte Isabelle in ihrem Salat und nahm schließlich ein Häppchen.

»Nun gut … Ein bisschen überbezahlt, dieser Auftrag, finden Sie nicht?«

»Sie brauchen sich wegen meiner Kosten nicht den Kopf zu zerbrechen.«

»Hm«, machte Isabelle, die immer noch überlegte. »Und …«, sagte sie schließlich.

»Ja?«

»Sie setzen also kein Limit? Ich kann … sozusagen als Ihre Kunstberaterin … bei der Auktion so hoch gehen, wie ich will und muss?«

»Kein Limit, nein.«

»Und wir machen das schriftlich, dass Sie mir die Zuschlagssumme sozusagen blanko garantieren? Ich habe – das werden Sie verstehen – keine Lust, das Gemälde für eine Unsumme zu ersteigern, und dann bleibe ich darauf sitzen, weil Sie über alle Berge sind.«

»Mademoiselle Silva! Ich hinterlege diese Garantie bei einem Pariser Notar Ihrer Wahl. Und Sie bekommen einen Blankoscheck. Es ist für Sie ohne jedes Risiko.«

»Na schön …«, sagte sie wieder, diesmal jedoch etwas munterer.

Palmer war die Erleicherung deutlich anzumerken.

»Das heißt, Sie sind mit von der Partie?«

Isabelle genoss es, sich mit ihrer Antwort einige Augenblicke Zeit zu lassen.

»Das heißt es, Monsieur Palmer«, sagte sie schließlich, wobei es ihr gelang, ihrer Stimme einen gewissen resignierten Tonfall zu geben. »Obwohl ich zugeben muss, dass das Ganze zutiefst enigmatisch ist. Ich will Ihnen nicht verschweigen, dass ich für Sargent eine gewisse Schwäche habe. Und mich letzten Endes Ihre *Schöne Unbekannte* sogar mehr interessiert als das Honorar, das Sie soeben bildlich gesprochen auf den Tisch gelegt haben.«

»Es wird in Wien ein heftiges Bietgefecht geben, davon bin ich überzeugt. Das Bild ist wirklich … exquisit …«

»Schauen Sie, da kommt unser Hauptgang«, unterbrach Isabelle ihn.

»Oh«, sagte Palmer, als er auf die Teller blickte, die der Kellner durch das schwungvolle Anheben der riesigen silbernen

Cloches enthüllte. »Das sieht ja sehr ... übersichtlich aus.« Ihn schien besonders der Dialog der fünf Tonka-Bohnen mit den sieben frittierten Zucchini-Stiften zu amüsieren, die sich an eine Rinderlende von der Größe eines Golfballs schmiegten, welche sich wiederum in den Schatten einer dampfenden Winzigkeit Kartoffelgratin drückte. »Der schönen Unbekannten hätte es gefallen. Sie aß wohl immer wie ein Spatz. Dafür war sie mit einer superschlanken Taille belohnt.«

»Na, Sie kennen sich ja aus.«

»Achtundvierzig Zentimeter, schätze ich.«

»Beneidenswert«, sagte Isabelle.

Während Palmer dem Rinderlendchen zu Leibe rückte und Isabelle in ihre Hummerravioli pickte, als gelte es, diese zu bestrafen, lenkte sie die Konversation wieder auf unverfänglicheres Terrain. Und bald schon parlierte Palmer geradezu aufgekratzt über Kunst und Krempel, Artefakte und Auktionen, Museen und Machenschaften, als wolle er Isabelle einen Schnellkurs seiner Branche geben. Er tat dies mit routiniertem Charme, nicht ohne Witz, bisweilen sogar mit anekdotischem Furor, und Isabelle musste zugeben, dass all diese kleinen Geschichten über das Kunstgeschäft mit seinen Strategien und Skandalen sie belustigten. An den passenden Stellen sah sie angemessen beeindruckt aus, gelegentlich lachte sie laut auf und legte ihrem Gegenüber, wenn er eine Geschichte besonders gut erzählt hatte, anerkennend die Hand auf den Arm.

Solcherart animiert von ihren Reaktionen, geriet Palmer in Fahrt und tischte eine Story nach der anderen auf – von Kunden, vom Kaufen und Verkaufen von Bildern, von Kopien und Fälschungen und dem ganz normalen Wahnsinn, der alle erfasste, die sich professionell mit Malerei abgaben. Isabelle hörte mit wachsender Faszination zu, als Palmer ihr schließlich doch ein paar Details über sein Leben und seine Londoner Galerie verriet.

»Ein paar Antiquitäten und Bilder. Nichts Besonderes«, sagte er. »Zunächst war es nur eine Spielwiese, weil ich mich in der Firma meines Vaters so langweilte. Aber dann steckte ich doch viel Engagement, Fleiß und harte Arbeit in dieses Geschäft. Aber stellen Sie sich die Galerie nicht so elegant vor wie Ihre *Lumière* in Paris. Sie ist klein und ein bisschen schäbig, schlecht beleuchtet und durchaus nicht schick. Ein viktorianischer Zauberladen, keine Galerie, die einem einfallen würde, wenn man einen Monet sucht. Dass sie überhaupt noch existiert, ist allerdings nicht etwa meinem blendenden Geschäftssinn zu verdanken, sondern allein der Tatsache, dass ich sie mir leiste. Ich sponsore mich sozusagen selbst. Die paar Möbel und Bilder sind, wie gesagt, nicht der Rede wert, aber es gibt durchaus einige Besonderheiten, um derentwillen das Lädchen von einigen geliebt wird. So zum Beispiel die ziemlich beeindruckende Sammlung von alten Papiertheatern und Marionettenbühnen, die ich zusammengetragen habe und dort ausstelle. Manchmal verkaufe ich auch das eine oder andere Objekt, doch der Markt dafür in England ist, wie Sie sich denken können, sehr begrenzt, nicht mehr als eine Handvoll passionierter Sammler. Oder die kleine Grafikabteilung mit den großformatigen Genrestichen vor allem aus dem achtzehnten und neunzehnten Jahrhundert – da verkaufe ich doch jede Woche zwei, drei Exemplare aus den beiden großen Architektenschränken …«

»Wer führt denn Ihr Geschäft, wenn Sie nicht da sind … jetzt zum Beispiel?«

»Oh, das ist Alexander Vandervere. Stellen Sie sich Hugh Grant in einem perfekt sitzenden Anzug vor, dann haben Sie ihn etwa vor Augen. Ein etwas in die Jahre gekommener Beau, allerdings den Damen zugetan, nicht den Herren, wie man vermuten könnte. Er ist ein wahrer Meister darin, vermögenden, ausgabefreudigen Londonerinnen einzureden, dass nichts anderes als die wundervollen Exponate der von ihm repräsentierten Galerie geeignet sind, die Einrichtung ihres Hauses mit eben der Patina zu versehen, die Innenarchitekten niemals zustande bringen.«

Isabelle kannte durchaus den Wert solcher Geschäftsführer. Sie wusste nur zu gut, was sie an Gabrielle Obéron hatten, der guten Seele der *Galerie Lumière*. Ihr Großvater ließ sich nicht mehr allzu oft in seinem Laden blicken, eigentlich nur noch, um dort Kaffee zu trinken und zu plaudern, und Isabelle war oft unterwegs. Sie erzählte ein bisschen von Gabrielle Obéron, die es geschafft hatte, trotz ihrer vergleichsweise jungen Jahre und auch vielleicht wegen ihres strahlenden Aussehens, vor allem aber wegen ihrer nie versiegenden und ziemlich geschäftstüchtigen Ideen die Galerie zu einer festen Größe im Kunst- und Antiquitätenviertel von Saint-Germain-des-Prés zu machen.

»Sie scheint ja unentbehrlich zu sein«, konstatierte Palmer. »Aber auch ich weiß, was ich an Alexander habe … Vielleicht sollten wir Ihre Gabrielle und meinen Alexander mal zusammenspannen. Sie hätten sich vermutlich sehr viel zu erzählen.«

»Und könnten herrlich über ihre Arbeitgeber lästern.« Isabelle kicherte. Ihr gefiel die Vorstellung sichtlich.

»Und was ist mit Ihnen?« fragte Palmer, als er allmählich genug davon hatte, nur über sich und seinen Beruf zu erzählen. »Wie lange arbeiten Sie denn schon für Monsieur Silva?«

»Schon einige Jahre. Ich bin sozusagen die Geschäftsführerin der Firma meines Großvaters. Darüber hinaus organisiere ich sein Leben für ihn und helfe ihm bei seinen … Aufträgen.«

»Das klingt bescheidener, als es wohl ist. Haben Sie auch Kunstgeschichte studiert wie er?«

»Ja, ein wenig«, untertrieb sie, »in Paris und Rom. Doch mein Großvater ist gar kein Kunsthistoriker.«

»Ist er nicht?« Palmer hob erstaunt die Augenbrauen.

»Nein. Aber das soll er Ihnen alles selbst erzählen. Wenn er dazu aufgelegt ist, was leider nicht immer der Fall ist. *Grand-Père* ist sehr … eigensinnig … Seit er im Ruhestand ist, kümmert er sich nur noch um kleinere Geschäfte. Und mehr, damit er etwas zu tun hat, als aus anderen Gründen. Ich habe ihm vieles abgenommen.« Isabelles Blick fing sich irgendwo hinter Palmer. »Alles fing damit an, dass mich *Grand-Père* eines Tages – ich hatte mein Studium beendet und dilettierte lustlos in einer kleinen Galerie in Saint-Germain-des-Prés herum – bat, ihm beim Ordnen seiner Bibliothek zu helfen. Sie können sich vorstellen, wie viel sich bei einem wie ihm im Lauf der Jahre angesammelt hat. Auch Dokumente, geschäftliche und private. Er wollte nicht, dass ein Fremder sich damit beschäftigte. Geplant war es ja nur für eine Weile, als er krank und überlastet war, aber jetzt bin ich immer noch bei ihm. Die Organisation seines Archivs habe ich schon vor Jahren abgeschlossen, aber inzwischen kommt er ohne mich auch in der *Galerie Lumière* nicht mehr aus. Er sagt immer, dass niemand so effizient sei wie ich. Und so an seine Art gewöhnt.«

»Und Sie arbeiten gern für Ihren Großvater?«

»Oh, ja«, entgegnete sie schnell. »Natürlich. Er ist ein so wunderbarer Mann! Und er braucht mich. Ich bin alles, was von seiner Familie noch übrig ist, bis auf seinen Sohn ... meinen Vater, der in Florenz lebt. Als seine Frau, meine Großmutter, starb, eine Französin ... Wir haben hier in Paris nur uns, verstehen Sie. Es gibt sonst niemanden, der sich um ihn kümmern würde. Und jemand muss darauf achten, dass er sich nicht überanstrengt. Er kann nie Nein sagen, wie man ja auch an Ihrem Fall sieht. Dauernd wird er gebeten, irgendwelche Nachforschungen anzustellen, und er sagt immer zu. Außer wenn ich seine Post abfangen und vorher ablehnen kann.«

»Das tun Sie?«

»Das Privileg einer sogenannten ›Assistentin‹«, antwortete sie mit einem spitzbübischen Lächeln. »Ja. Meistens bin ich es, die seine Post öffnet und seine Mails beantwortet. Aber manche Anfragen dringen auch direkt zu ihm durch. Ständig Reisen und Besprechungen. Das erschöpft ihn, aber hört er deswegen auf und lässt es sein? Oh, nein. Er ist so freundlich und hilfsbereit, dass er nie auch nur eine Minute für sich hätte, wenn ich nicht die Leute davon abhalten würde, seine Zeit zu verschwenden.«

Sie spürte, dass sie in ihrer Begeisterung etwas über das Ziel hinausgeschossen war. Es sollte nicht nach Heldenverehrung klingen. Auch wenn *Grand-Père* für sie nicht nur ein naher Verwandter, sondern auch eine Koryphäe und ein großzügiger Arbeitgeber war, wollte sie es nicht übertreiben.

»Sie bewundern ihn sehr«, stellte Palmer fest.

»Ich liebe ihn«, sagte Isabelle freimütig. »Er ist freundlich, großzügig und mutig, und er ist immer gut zu mir. Er ist ein Mann, der Zuneigung und Vertrauen weckt. Wie könnte ich ihn nicht mögen? Jeder mag ihn.«

»Aber es muss doch auch Leute geben, die ihn nicht mögen«, bemerkte Palmer. »Bei seiner Profession ...«

»Was meinen Sie damit?«

»Na ja«, sagte er, wohl ein wenig überrascht über die Schärfe, die sich in ihre Stimme geschlichen hatte. »Er ist erfolgreich ... eine Legende, wenn man so will. Und wenn man genauer hinsieht, immer noch sehr einflussreich. So etwas erzeugt Neid. Niemand in einer solchen Position wird von allen geliebt.«

»Ich verstehe. Vielleicht haben Sie recht. Neider gibt es immer. Aber ich bin jedenfalls noch keinem begegnet, der eine persönliche Abneigung gegen ihn hatte. Von allen geliebt wird er vielleicht nicht. Aber respektiert ... ich glaube, das kann man sagen.«

Eine Pause entstand, in der jeder den anderen ansah und sich fragte, wie es nun weitergehen würde. Palmer löste die

Spannung, indem er die Rechnung verlangte und zahlte. Dann half er Isabelle in den Mantel, und gemeinsam traten sie hinaus in die kühle Nachtluft.

»Es war sehr freundlich von Ihnen, dass Sie sich Zeit genommen haben …«, begann er. Dann trat er näher, legte Isabelle die Hand auf den Arm und sah ihr tief in die Augen. »Warum gehen wir nicht noch auf einen Drink ins *Ritz*? Dann könnte ich Ihnen auch den Auktionskatalog mit dem Sargent-Bild zeigen, den ich in meinem Zimmer habe; mein Hotel ist nicht weit vom *Ritz*. Es sind ja nur ein paar Schritte«, sagte er und deutete auf eine Straße zu seiner Linken.

Isabelle schwieg.

»Also?« insistierte er, als sie nicht gleich antwortete.

»Tut mir leid. Ich habe überlegt.«

»Was gibt es da groß zu überlegen?«

Isabelle seufzte und berührte ihn an der Schulter. »Eigentlich nichts.« Sie lächelte ihn an. »Vielen Dank«, sagte sie dann und ging die Straße hinunter, ohne sich noch einmal umzudrehen.

5

PARIS, SECHSTES ARRONDISSEMENT, RUE DU BAC

Bei Hélène konnte sie immer klingeln, zu jeder Tages- und Nachtzeit. Ohne zu überlegen, entschied Isabelle, den Rest des Abends bei ihrer Freundin zu verbringen, vielleicht noch ein bisschen Wein zu trinken und ihr von diesem seltsamen Auftrag zu erzählen, um den ihre Gedanken kreisten. Sie rief ihre Freundin an, ja, es war kein Problem, sie sollte nur kommen …

Hélène wirkte immer ein bisschen verschlafen, jedenfalls nicht, als sei sie geradewegs einem Modemagazin entstiegen. Doch obwohl sie einen ganz anderen Geschmack hatte, schien sie Isabelles tägliche Modenschau stets mit Spannung zu erwarten.

»Du siehst großartig aus heute Abend«, sagte sie lächelnd, ließ ihre Freundin herein und umarmte sie mit den üblichen Luftküssen.

»Danke.«

»Dolce & Gabbana?«

»Ich bitte dich … *nein*! Romeo Gigli natürlich!«

»Die Schuhe sind der Wahnsinn. Manolo Blahnik?«

»Jimmy Choo.«

»Lass mich raten. Fünfhundert?«

»Frag besser nicht.«

Hélène wäre keine Pariserin gewesen, hätte sie nicht die Namen sämtlicher Heroen weiblicher Couture parat gehabt. Fast jede ihrer Unterhaltungen begann mit der anerkennenden Beurteilung von Isabelles jeweiligem Outfit. Es war fast wie ein Ritual.

»Und du?«, fragte Isabelle. »Warst du wieder auf dem Flohmarkt?«

Hélène drehte sich wie ein Modepüppchen. »Der Rock ist frühe dreißiger Jahre, ein bisschen schlicht, zugegeben; das kleine goldbestickte Gilet hingegen Golden Twenties, reizend, nicht wahr; der Schal von einer Abendrobe meiner Mutter, also Sixties; die Stiefel sind Belle Époque, Cléo de Merode, mindestens. Und dieses entzückende Nichts« – sie wies auf das zarte Dessous, dessen Spitzen unter dem Gilet hervorlugten – »ist *Princesse Tamtam*, frühes einundzwanzigstes Jahrhundert.«

»Ich hätte es für *Victoria's Secret* gehalten.«

»Ja … *du*!«

»Kommt mir so bekannt vor. Hab ich's dir vielleicht mal geliehen?«

»Niemals!«

»Na schön. Alles andere: *adorable*!« Isabelle ließ sich auf dem dunkelblauen Plüschsofa nieder, der Hauptattraktion in dem kleinen Appartement, in dem es keinen Schrank gab, der nicht offenstand, und keine Schublade, aus der nicht irgendetwas hervorquoll. »Könnte ich denn wohl einen Rotwein bekommen? Nicht so ganz frühes einundzwanzigstes Jahrhundert, bitte …«

Nachdem sie es sich auf dem Sofa bequem gemacht hatten, war der denkwürdige neue Auftrag das Thema des Abends. Ausführlich erzählte Isabelle von dem Ansinnen des Monsieur Palmer und seinem rätselhaften Bild, wobei Hélène sich ganz offensichtlich mehr für den englischen Gentleman zu interessieren schien als für sein geschäftliches Angebot. Doch Isabelle wehrte alle ihre hartnäckigen Nachfragen ab.

»Wie sieht er denn aus? Das wenigstens kannst du mir ja sagen.«

»Hélène … bitte … stell mir nicht solche Teenie-Fragen!«

»Na, sag schon! Gut?«

»Herausfordernd gut, wenn du mich schon fragst. Aber was ist das überhaupt für ein Kriterium? Wenn ich mir so deine Männer anschaue – sämtlich Missgriffe, aber allesamt Schönlinge, die dein Herz gebrochen und dir das Leben zur Hölle gemacht haben.«

»Stimmt. Aber so lange sie da waren, haben sie mein Auge erfreut.«

»Nicht nur dein Auge, würde ich sagen.«

Hélène Méraillon war schon etwas Besonderes, Isabelles beste, und wenn sie ehrlich war: ihre einzige Freundin. Natürlich hatte es Kommilitoninnen und Studienfreunde gegeben, aber wirklich freundschaftliche Gefühle entwickelte sie im Laufe ihres Studiums nur für Hélène, die zierliche Studentin, die in einer Cafeteria als Aushilfskellnerin jobbte und in diesem Job so ungeschickt war, dass sie ihr als Erstes einen Kaffee über die Jeans kippte. Sie geriet darüber in so komische Verzweiflung, dass Isabelle nicht anders konnte, als in Lachen auszubrechen, und Hélène daraufhin nicht anders konnte, als die Befleckte kurzerhand in ihre Wohnung einzuladen, die nur wenige Schritte um die Ecke lag.

Dort forderte Hélène Isabelle auf, sich etwas zum Anziehen auszusuchen. Und die fühlte sich plötzlich auf einer Art Zeitreise, denn Hélènes Kleiderschränke und -truhen waren ein wahrer Vintage-Fundus. Es schien, als hätte ihre neue Freundin das gesamte modische Erbe ihrer lange verblichenen Vorfahrinnen gesammelt. Sie bestritt aus diesen *sapes*, den »Klamotten«, wie sie es nannte, ihre komplette Ausstattung, entwickelte ihren ganz persönlichen Stil. Nie sah Isabelle sie anders als in diesen verrückt-verblichenen Sachen, die sie so kombinierte, dass es immer ganz bezaubernd wirkte. Hélène war stets *une fée*, ein bisschen verträumt, ein bisschen irritiert, nie ganz von dieser Welt. Dazu war sie zu sehr eingegraben in ihre Bücher.

Sie las alles, was man ihr gab oder was sie fand – Antonia S. Byatt, Audrey Niffenegger, Marisha Pessl, Carlos Ruiz Zafón –, mit der konstanten Geschwindigkeit von fünfzig Seiten in der Stunde, versunken und mit leisem Genuss. Sie las gleich nach dem Aufwachen oder auf der Toilette, in der Badewanne oder im Auto, auf dem Rücksitz ausgestreckt. Wenn sie die Métro bestieg, nahm sie ein Buch mit und klappte es erst zu, wenn sie ihre Station erreichte, manchmal aber auch nicht, dann fuhr sie weiter und rieb sich irgendwann verwundert die Augen, weil sie zu weit gefahren war. Es war nicht ungewöhnlich, sie mit einem Buch in der einen und einem Löffel in der anderen Hand vor dem Herd stehen zu sehen, wo sie einen *Pot au feu* aufwärmte, während sie sich beispielsweise zum x-ten Mal den *Liebhaber ohne festen Wohnsitz* zu Gemüte führte.

Doch an diesem Abend auf dem Sofa ging es nicht um die schöne Welt der Bücher, um die Abenteuer schöner Frauen und verwegener Männer, auch nicht um die Liebe.

»Wann fährst du nach Wien?«, fragte Hélène.

»Bald schon. Ich muss schauen, wann die Auktion angesetzt ist. Aber wahrscheinlich fahre ich schon früher los. Die letzten Wochen waren ziemlich anstrengend. Da wird das hier ein Spaziergang. Trotzdem muss ich dir gestehen, dass ich ein komisches Gefühl bei diesem Auftrag habe …«

»Aber wieso denn? Du jettest nach Wien, holst dir den alten Schinken, lieferst ihn bei deinem hübschen Engländer ab und kassierst dein Honorar, von dem du mich dann hoffentlich zu einem schicken Essen einlädst. Ein wunderbarer Auftrag.«

»Irgendetwas stimmt da nicht«, sagte Isabelle nachdenklich und trank ihr Glas aus.

»Ach komm schon, was soll denn da nicht stimmen? Für *das* Geld!«

»Eben. Das Honorar ist viel zu hoch. Als wär ein Gefahrenzuschlag dabei … Kannst du … Willst du vielleicht mitkommen?«

»Würd' ich gern. Aber die netteste Buchhändlerin von Paris ist leider unabkömmlich. Die Frühjahrssaison hat gerade begonnen, sie ist kurz genug. Nein … leider … ich muss ein paar Bücher verkaufen, fürchte ich.«

Isabelle schüttelte langsam den Kopf. »Ich werd' dieses dumme Gefühl nicht los …«

»Du hättest nicht diesen schweren Rotwein trinken sollen. Du siehst Gespenster! Komm … wir gehen jetzt schlafen, *ma princesse* … Ich geb dir deine Lieblingsdecke und Kissen in Hülle und Fülle, und du legst dich aufs Ohr. Und wenn du heute Nacht einen Albtraum hast, weckst du mich und ich vertreibe deine Geister.«

»Ach, Hélène …« Isabelle seufzte. Mit einem Mal war sie schläfrig geworden, wohlig müde.

»Ja?«

»Ich fürchte, ich muss dir ein Geständnis machen.«

»Ja?«

»Ich liebe dich!«

»Um Himmels willen!« Hélène lachte. »Zu großen Taten der Liebe bist du gar nicht mehr in der Lage. Spar sie dir für deinen geheimnisvollen Briten auf!«

6

PARIS, SECHSTES ARRONDISSEMENT, RUE DES BEAUX-ARTS

Es waren noch vierzehn Tage bis zur Auktion in Wien, die wie jedes Jahr im April stattfand, doch Isabelle fand keine Ruhe in Paris. Durch die Stadt fegten unangenehme Frühjahrsstürme, die ihr Kopfschmerzen bereiteten. Sie erwog, für ein paar Tage in die Bretagne zu fahren, aber dort würde das Wetter noch rauer sein als in Paris. Und sie musste ja auch erst noch den *Tizian* nach Venedig zurückbringen.

Andrew Palmer hatte sich als speditiver und zuverlässiger Geschäftspartner herausgestellt. Wenige Tage nach ihrer ersten Begegnung hielt sie schon den von einem Notar beglaubigten und mit Kurier zugestellten Vertrag in Händen. Und wenige Klicks auf ihrem Online-Konto belegten, dass auch die erste Honorarrate mit geradezu beängstigender Pünktlichkeit eingetroffen war. Es konnte losgehen.

Vielleicht ganz gut, überlegte sie, für eine Weile dem Menschengewimmel, dem Lärm und dem schlechten Wetter in Paris zu entgehen. So verstaute Isabelle die *Flora* wohlverpackt in ihrem Citroën und fuhr Richtung Süden, über Avignon, Marseille, Nizza, Menton und schließlich San Remo, wo sie ein paar Tage blieb, doch ohne sich wirklich zu entspannen. Es fiel ihr schwer, sich auf das, was vor ihr lag, zu konzentrieren. Eine seltsame Unruhe hatte sie erfasst. Und sie war auch irritiert über die plötzlichen und ziemlich verworrenen Gefühlszustände, die wohl mit Andrew Palmer zu tun hatten, wie sie sich schließlich widerwillig eingestand.

Er sieht gut aus, sagte sie sich, wie um eine Erklärung zu finden, und musste lächeln, dass sie drauf und dran war, sich Hélènes Kriterien zu eigen zu machen. Er hat Charme und Witz, ein sehr einnehmendes Lächeln. War das Lächeln nicht das Wichtigste an einem Mann? Eine Grundvoraussetzung, dass man sich von ihm geliebt fühlen konnte? Palmers Lächeln hätte gleich für drei Liebesaffären ausgereicht … Auch das diffuse Gefühl der Gefahr war noch da, doch sie versuchte es abzuschütteln. *Alles eine Frage der Verdrängung,* dachte sie. *Darin bin ich wohl wirklich perfekt.*

Morgens ging sie spazieren in der eigentümlichen, sich steil den Hügel hinaufschichtenden Stadt. Die alten gepflasterten Straßen erschienen ihr besonders reizvoll. Sie stieg höher und höher in die Altstadt hinauf, unten schimmerte das blaue Meer, die Bäume zeigten sich in ihrem ersten Grün.

Nach einem Mittagsimbiss zog sie sich zu einer Siesta in ihr Zimmer zurück. Dann unternahm sie vor dem Abendessen im schwindenden Licht des untergehenden Tages einen weiteren Streifzug, diesmal ans Meer. Sie ging früh zu Bett, las aber meist noch lange. Sie hatte *Portrait of a Lady* von Henry James mitgenommen, eines der wenigen Bücher, die sie wirklich mochte. Mit einem Mal schienen ihr die Herzensturbulenzen der Heldin Isabel Archer, jener Amerikanerin, die ihr Glück in Europa suchte, es aber nicht wie erhofft in der Liebe fand, wie ein Spiegel ihres eigenen Lebens. Ihr hoher Anspruch, was Männer betraf, stand dem von Isabel Archer in nichts nach. Und wenn sie ehrlich war, war bislang nur ein Mann diesem Anspruch gerecht geworden. Die Liebe zu ihm war heftig, stürmisch und vor allem verzweifelt gewesen. Eine *amour fou*, die ein vorhersehbares und dennoch abruptes Ende gefunden hatte und deren Nachbeben Isabelle noch immer spürte.

Sie hatte Richard Amberly stets als typischen Professor gesehen, in seinem Auftreten ebenso wie in seiner Kleidung: freundlich, um die vierzig, englische Tweedsakkos, nichtssagende Krawatten, die stets ein wenig nachlässig gebunden waren. Außerdem rauchte er Pfeife, was sie vollends schwach machte – all das begeisterte sie in einem Maße, dass sie damals, in der ersten Vorlesung – *Porträtmalerei im neunzehnten Jahrhundert* war an jenem Tag sein Thema gewesen – die ganze Zeit über kein Ohr für seinen Vortrag gehabt hatte, erstaunt, ja überwältigt, dass ein noch so jung aussehender Mann Professor sein konnte. Der Engländer war für ein Jahr als Gastdozent an die Sorbonne berufen worden. Nach der Vorlesung, als er sich von seinen Zuhörern verabschiedet hatte und diese zum Hörsaal hinausdrängten, war sie wie absichtslos an ihn herangetreten und hatte ihn in ein Gespräch verwickelt, im vollen Bewusstsein dessen, was geschehen würde: Es war die ewig sich wiederholende, wenig originelle Geschichte, der klassische Flirt zwischen Professor und Studentin, eine schon in dem Augenblick sich anbahnende Liaison, als Amberly in der Nähe der Tür eine halbe Drehung machte und Isabelle erstmals zulächelte. In alledem – das zumindest fand die junge Studentin, war etwas Unvermeidbares, die flackernden Anzeichen eines *coup de foudre*, der sich auf einem schicksalhaft vorgezeichneten Weg Bahn brach. Und eine Sache, die sie lange für sich behielt.

Erst Wochen später hatte sie Hélène ihre ebenso hilflose wie heftige Affäre mit dem Professor gestanden, auf den in London eine liebende Ehefrau wartete, und noch später beschlossen, ihrem Großvater, der in Liebesdingen die Rolle ihres Vertrauten und Trösters übernommen hatte, von ihren völlig aufgelösten Gefühlen zu erzählen. Julien hatte in diesem Fall lediglich die buschigen Augenbrauen hochgezogen und mit den Schultern gezuckt. »Was für ein Klischee«, hatte er gesagt. »Das haben wir bereits in hundert Romanen und ebenso vielen Filmen unerträglich kitschig gefunden. Was spricht eigentlich dagegen, dass du dich in einen netten Studenten deines Alters verliebst?«

»Dass er nett und in meinem Alter ist«, hatte sie trotzig geantwortet, und damit hatte es sein Bewenden gehabt.

Julien sparte sich ernste Vorhaltungen oder großväterliche Ermahnungen, die im Übrigen, das wussten beide, ohnehin nicht fruchten würden. Irgendwann in seinem Leben war Julien Silva wohl zu der Gewissheit gelangt, dass der Mensch nur durch eigenen Schaden klug wird. Also tat er das Einzige, was ihm möglich und angemessen erschien: Er setzte sich zu seiner Schutzbefohlenen, ergriff deren Hand und hörte sich unendlich nachsichtig ihre Geschichte von Liebe und Schmerz an.

»In Liebesdingen«, pflegte er zu sagen, »soll man nie mit Ratschlägen und Lösungen kommen, allenfalls mit einem weißen Taschentuch im rechten Augenblick.«

Und genau das hatte er dann auch zur Hand, als alles zu Ende war, an jenem Abend, als Richard – ohne größeres Bedauern, wie Isabelle schien – in den Zug zurück nach London gestiegen war. Dies aber geschah lange nach jener ersten Begegnung im Hörsaal, wo es erwähnenswerte oder gar bedeutsame Abweichungen vom üblichen Drehbuch nicht gegeben hatte. Die Geschichte hatte sich mit geradezu beängstigender Vorhersagbarkeit entwickelt. Isabelle hatte schon manches Liebesabenteuer hinter sich, aber bis zu dem Nachmittag, als sie mit Richard erstmals im schmalen Bett seines Appartements lag, hatte sie nie den Drang verspürt, innerlich so zerrissen und voll süßem Schmerz *Ich liebe dich* zu sagen, sich glücklich verdutzt Worte stammeln zu hören, und dies in einem ihr unbekannten Ton, der sich fast nach einer Klage anhörte.

Eines Morgens, als sie mit dem Kopf an Richards Brust aufgewacht war, hatte sie sanft das Haar aus seinem Gesicht gestrichen, den Schlafenden lange betrachtet, auf das leise Herzpochen gehört, bis er die Augen aufgeschlagen und ihr zugelächelt hatte. Da war sich Isabelle absolut sicher gewesen, dass sie ihn liebte. Natürlich war ihr bewusst, dass diese verzehrende Gewissheit keinen Bestand haben konnte. Richard würde irgendwann wieder zurückgehen, daraus hatte er nie einen Hehl gemacht. Und vielleicht würde auch sie später andere Liebhaber haben, doch für keinen würde sie das empfinden können, was sie für Richard empfunden hatte.

Es vergingen Monate, die sie fast Tag für Tag bewusst durchlebte. Dann kam der Moment des schmerzlichen Erwachens, als sie spürte, wie das ist, wenn einem das Herz gebrochen wird. Einfach, weil jemand ging.

Sie hatte ihren Großvater bitten müssen, sein berühmtes weißes Taschentuch hervorzuziehen. »Dieses schreckliche Tuch«, hatte er wie immer theatralisch gesagt, halb im Scherz, aber hellsichtig wie ein Prophet, »dieses Tuch, das wir schwenken wie zur Kapitulation, wenn wir einander für immer *adieu* sagen.«

Es dauerte Monate, um die Wunden verheilen, und Jahre, um die Erinnerungen verblassen zu lassen. Erinnerungen, auf die Isabelle allerdings auch um nichts in der Welt verzichten mochte.

»Das Leben«, sekundierte Julien Silva mit einem seiner treffsicheren Aperçus, »ist ein Restaurant, in dem einem am Ende stets die Rechnung präsentiert wird.« Was aber kein Grund sei und auch keiner war, all den Augenblicken voll erlebten, ja erlittenen Glücks abzuschwören, selbst wenn sie später für immer Geschichte waren.

Einige Momente blieben ihr und gaben ihrer Erinnerung Nahrung. Wie oft hatte sie Richard dabei beobachtet, wie er über den Tisch gebeugt Bücher aufschlug und sich ganz altmodisch Notizen auf weißem Briefpapier machte. Immer mit gefasstem und klugem Blick. Diese Augen und seine feingliedrigen langen Hände hatte sie besonders gemocht. Sie hatte diese Hände betrachtet, während die Finger die Seiten glätteten oder den altmodischen *Waterman*-Füllhalter führten, und stets hatte sie die Melancholie ignoriert, die sie bei der Erinnerung an deren Berührung auf ihrer Haut empfand. Alle folgenden Liebschaften hatten diese Spur nicht auslöschen können. Doch nun … das Irritierende, das wirklich Beunruhigende auf dieser Reise nach Venedig und Wien war die nicht zu bestreitende Tatsache, dass Isabelle zum ersten Mal seit Jahren spürte, wie ein Mann mehr als eine oberflächliche Wirkung auf sie auszuüben begann. *Ich muss auf der Hut sein vor Andrew Palmer*, dachte sie. *Sonst bin ich verloren.*

Diese und ähnliche Gedanken gingen Isabelle durch den Kopf, als sie einen Tag vor ihrer Weiterreise eine Fahrt zu dem alten Bergstädtchen Ceriana unternahm. Der Ausblick war unvergesslich und gehörte wohl zu den Bildern, die man für immer in Erinnerung behält: die hellen Berge, das lange, zum Meer hin schwimmende Tal, die Olivenwälder, tief unten das Leuchten der Riviera, die prächtige Stille, die unermessliche Lichtfülle schon jetzt so früh im Jahr.

Sie hatte mit dem Gedanken gespielt, auf der Weiterfahrt auch in Mailand Station zu machen. Doch sie blieb nur eine Nacht, in einem gesichtslosen Luxushotel, das zwar zum erheblich reduzierten Nebensaison-Preis alle Annehmlichkeiten bot, jedoch nicht die geringste persönliche Handschrift zeigte, auf die sie sonst immer so viel Wert legte. Früher einmal war sie gern in dieser Stadt gewesen, hatte sich durch das *triangolo d'oro* der Modehäuser geshoppt. Jetzt erschien Mailand ihr kalt, trist und weniger anziehend als früher. Doch je weiter sie sich von Paris, von ihrem französischen Leben entfernte, umso mehr Abstand gewann sie und umso gespannter wurde sie auf ihren nächsten Auftrag. Sie fragte sich, was sie bei der Auktion wohl erwarten würde, und ertappte sich dabei, dass sie immer wieder an den Augenblick dachte, da sie Andrew Palmer das ersteigerte Bild überreichen würde. Und nicht nur das ansehnliche Honorar, sondern auch sein Lächeln sie belohnte.

7

VENEDIG, RIVA DEGLI SCHIAVONI, PENSIONE DEL SOLE

Venedig empfing sie mit einem geheimnisvollen Gespinst aus feuchten Nebeln. Isabelle stellte den Wagen am *Piazzale Roma* ab und beschloss, nicht nur dem Conte ihre Aufwartung zu machen, sondern sich auch ein paar Tage in der auf den Wassern schwebenden Stadt umzutun, bevor sie nach Wien weiterfuhr. Sie hatte wieder ein Appartement bei Signora Raffaelli reserviert, der Besitzerin der charmanten *Pensione del Sole*, die zentral lag, nahe der Riva, aber so klein war, dass die Signora alle ihre Gäste nicht nur persönlich kannte, sondern mit ihnen befreundet war. Barbara Raffaelli gab Isabelle das schönste ihrer kleinen, mit rosenübersäten Stofftapeten ausstaffierten Appartements, *quarto piano*, unter dem Dach. Der mühsame Aufstieg durch das enge, knarrende Treppenhaus wurde mit einem atemberaubenden Blick belohnt: die weit schimmernde Lagune, die blassroten Mauern von San Giorgio, der weit gespannte Bogen der Riva, die fernen Inseln im Dunst, der Trubel auf dem Kai, die dunklen Gondeln, die auf und ab schaukelten. Manchmal stellte sie das Gemälde vor das Fenster – und die *Flora* schien ihr dann nicht nur die Göttin des Frühlings, sondern auch Venedigs zu sein. Isabelle bedauerte fast ein wenig, dass sie das Bild bald schon zurückgeben musste.

Ihre absichtslosen Streifzüge durch die Serenissima brachten ihr wie stets eine Überfülle von Eindrücken. Manchmal fragte sie sich, ob es nicht eine glückliche Idee wäre, hier eine kleine Wohnung, ein Appartement zu mieten oder sogar zu kaufen, und malte sich aus, jedes Jahr ein paar Mal hierher zu fahren. Sie ging an keinem Schaufenster eines *Immobiliare* vorbei, ohne die dort aushängenden Angebote zu studieren und sich lebhaft vorzustellen, wie es wäre, sich ein *pied-à-terre* in Venedig zuzulegen.

Ein herrliches Leben für ein paar Tage, fand sie; es schien ihr manchmal zu unwahrscheinlich, zu unwirklich. Am späten Vormittag ging sie aus, zuerst die wenigen Schritte zum Markusplatz, am *Florian* vorbei, wo schon die Musiker in ihren dunklen Anzügen spielten, dann weiter zum Campo di Stefano, wo sie frühstückte; dann flanierte sie durch die *sestiere*, besuchte Museen und *scuole* und sah sich Bilder an, bis zum Mittag zum Cappuccino in irgendeiner Bar. Danach ging sie zur Siesta in ihre Pension zurück und legte sich hin, fand jedoch keinen Schlaf. Womöglich war sie schon *zu* entspannt. Nachmittags ließ sie sich Tee im flamboyanten, von bordeauxroten Farbtönen trunkenen *Hotel Metropole* servieren; der zauberhafte Garten war schon geöffnet und bot ihr im noch blassen, aber schon durchaus angenehm warmen Sonnenlicht eine Oase der Ruhe.

Auch abends bummelte sie durch die *calli*, ging in Bars, wo sie aber nie lange blieb, jedenfalls nie so lange, um das Interesse irgendeines Gastes zu erregen und angesprochen zu werden. Es war an einem dieser Abende, als Isabelle zufällig in die Nähe des Palazzo D'Amario kam. Dann steuerte sie darauf zu, nicht um dort zu klingeln, sondern einfach, um ihn sich anzuschauen.

Der Palazzo lag so zentral, wie es sich in Venedig gehört, schien jedoch ziemlich heruntergekommen zu sein, so dass er Gefahr lief, in nicht allzu ferner Zukunft mit unnachahmlicher Grandezza in den Canal Grande zu sinken. Isabelle fand, dass er irgendwie unheimlich aussah, als sie vor den dunkelroten Toren stand und den Blick nach oben richtete. Es war kein Licht zu sehen, kein Anzeichen, dass das Gebäude überhaupt bewohnt war. Die Fenster waren mit Holzläden zugesperrt und wirkten bedrohlich und abweisend.

Eine schwüle Frühjahrswärme hatte sich schon seit Stunden über die Stadt gelegt, die Vorboten eines Gewitters waren den ganzen Nachmittag unübersehbar gewesen. Isabelle zog ihren Mantel aus und legte ihn über den Arm. Eine Inschrift über dem Tor fiel ihr auf, von grüner Feuchtigkeit bereits verwittert, aber noch zu lesen:

FORTUNA NON OMNIBUS AEQUE.

Das Schicksal ist für jeden anders, übersetzte sie halblaut. Ein seltsamer Spruch. Welche Bedeutung sollte er haben? Er schien ihr banal zu sein, ein Allgemeinplatz, und doch meinte sie zu spüren, dass eine leise Bedrohung von ihm ausging.

Dann fielen die ersten Tropfen, begleitet von einem Grollen, das von weither, von der Lagune kam. Sie zog rasch den Mantel wieder an, doch irgendetwas hielt sie hier fest, hielt sie davon ab, in raschen Schritten zu ihrer Pension zurückzugehen und sich vor dem Gewitter in Sicherheit zu bringen. Sie blieb wie angewurzelt stehen, suchte auch keinen Schutz vor dem prasselnden Regen, trat vielmehr noch ein paar Schritte zurück und ließ den Blick über die Fassade hochwandern, als erwartete sie von ihr einen Fingerzeig. Heftige Windböen peitschten das Wasser des Canal Grande auf, und der Regen rauschte laut auf das mit Pfützen übersäte Kopfsteinpflaster. Schwere Tropfen trieben ihr ins Gesicht. Sie klappte den Kragen des Mantels hoch und schien gar nicht zu bemerken, dass sie innerhalb weniger Sekunden nass bis auf die Haut geworden war. Die Stadt war völlig ausgestorben und lag in Dunkelheit gehüllt. Niemand mehr war unterwegs. Nur dann und wann erhellte ein Blitz die engen Gassen, schnitt die Dächer der Palazzi aus der Finsternis aus und warf ihren Schatten auf das nasse Pflaster. Von infernalischen Donnerschlägen begleitet, schlugen die gezackten Lichtbahnen ins Wasser ein.

»Morgen bringe ich ihm das Bild«, sagte sie halblaut zu sich. *»A domani, Conte.«*

Der nächste Vormittag war so warm und rosenfarben, wie er nur in Venedig sein kann. Isabelle verpackte das Bild sorgfältig und ließ sich dann von einem Wassertaxi zum Palazzo

D'Amario fahren, der völlig unschuldig und wie frisch gewaschen vor ihr lag. Nichts von der düsteren Stimmung der vergangenen Nacht war übrig geblieben, die Sonne tanzte über die Steine, jagte ein Glitzern über das den Palazzo umspülende Wasser. Und sogar die seltsame Inschrift sah nun wie eine Einladung aus. Noch etwas war anders: Im *piano nobile* waren die Fensterläden geöffnet worden. Zwei Fenster standen sogar offen und ließen die milde Frühlingsluft herein.

»*Ecco*«, sagte der Taxifahrer, als sie anlegten. Er sah aus wie Giancarlo Giannini aus dem James-Bond-Film *Casino Royal*, ein Schauspieler, der Isabelle stärker beeindruckt hatte als der sich zumeist mit unbewegter Miene durch die Handlung prügelnde Daniel Craig. Seine Hand, die ihr beim Ausstieg behilflich sein wollte, ergriff sie geradezu mit Lust. Und das Lächeln, mit dem der Fahrer das üppige Trinkgeld quittierte, das sie ihm zu dem ohnehin übertriebenen Fahrpreis spendierte, spürte sie in ihrem Rücken wie einen willkommenen Schauder.

Sie betätigte den Türklopfer – einen Klöppel, der auf einen Löwenkopf aus Messing schlug und im Innern des Palazzo mit einer Wucht widerhallte, als gelte es, noch den letzten schlafenden Geist des Hauses zu wecken – und musste wider Erwarten nicht lange warten, bis ihr geöffnet wurde. Von einem kleinwüchsigen alten Signore, der zwar durchaus korrekt, aber altmodisch und etwas nachlässig gekleidet war. Er hatte verstrubbeltes silbriges Haar, das ihm in putzigen Büscheln vom Kopf abstand, und einen rosigen Teint, der auf unzählige genossene *ombre* zu deuten schien. Er blickte sie fragend an.

Dann fiel sein Blick auf das verpackte Bild, das sie neben sich abgestellt hatte.

»Ah … Signora Silva, nehme ich an«, sagte er. »Sie werden schon erwartet.«

»Ja, ganz recht«, erwiderte sie. »Könnten Sie mich wohl zu Conte D'Amario führen?«

Der Signore schenkte ihr ein etwas wehmütiges Lächeln. »Der steht vor Ihnen. Ich kann mir keinen Diener mehr leisten und muss seit einiger Zeit schon die niederen Empfangsdienste selber übernehmen. Treten Sie doch ein … *Benvenuti!*«

Mit raschen kleinen Schritten, die sie seinem Alter nicht zugetraut hatte, eilte er ihr voraus, die breite Steintreppe hoch. Er plauderte wie ein Fremdenführer, wies sie auf dieses und jenes aus der Baugeschichte und Architektur des Hauses hin, als absolviere sie hier einen Besichtigungstermin mit einem Makler. Isabelle hatte Mühe, ihm zu folgen, bis sie es aufgab, auf alles ihren Blick zu richten, worauf er zeigte, rechts und links und hier und dort. Schließlich stieß er die hohe Tür zur Zimmerflucht des *piano nobile* auf, der natürlich auf den Canal hinausging und dessen weit geöffnete Fenster sie von draußen gesehen hatte.

Der Conte zeigte auf das verpackte und verschnürte Bild. »Sie haben es also wirklich … *gefunden*«, sagte er, nachdem er ihr einen *caffè* angeboten und eingegossen hatte. Das Tässchen, in dem die schwarze Flüssigkeit dampfte wie ein Miniaturvulkan, war von so zartem Porzellan, dass sie Angst hatte, es könnte sich selbst unter ihrem vorsichtigen Griff pulverisieren.

»*Gefunden* … ja.« Isabelle schenkte dem alten Conte ihr hinreißendstes Lächeln.

»Julien hat mir schon alles berichtet. Sie können sich nicht vorstellen, wie groß meine Freude ist, meine *Flora* wieder hier bei mir zu haben.«

Er hatte tatsächlich »meine Flora« gesagt. Er stellte das Bild auf einen Stuhl, löste die Verschnürung und entfernte mit äußerster Behutsamkeit zuerst das Papier und dann die Decke. Das Licht fiel auf die Göttin und schien sie augenblicklich zum Leben zu erwecken.

Isabelle überließ den Conte der unbändigen Freude über die Wiederbegegnung mit seinem Bild. Ihr Blick schweifte durch den *salone*, die Wände entlang, die wie in einer Galerie vollgehängt waren mit Gemälden, Zeichnungen und Skizzen. Er blieb an der Stelle hängen, wo ein helles Rechteck auf der verschossenen Tapete den angestammten Platz der *Flora* markierte.

Schließlich riss sich der Conte von dem Anblick seiner Göttin los und rief: »Wie unaufmerksam von mir. Sicherlich wollen Sie sich noch ein paar andere Bilder meiner bescheidenen Sammlung ansehen. Kommen Sie … Schauen Sie … hier …« Und er begann mit dem Rundgang durch eine Galerie, die mühelos mit einem kleinen Museum hätte mithalten können. Venezianische Malerei, so weit das Auge reichte. Bellini, sowohl Gentile als auch Giovanni, eher Miniaturen, noch ein weiterer Tizian (etwas kleiner als die *Flora*), Palma, Veronese, Tintoretto, Carpaccio, dann ein paar Manieristen, sogar ein Caravaggio (allerdings in einem ziemlich desolaten Zustand), aus dem Rokoko der unvermeidliche Guardi. Mit einigen Rötelzeichnungen von Tiepolo in überdimensionierten Rahmen fand die Kollektion einen eindrucksvollen Schlusspunkt.

»Nach Tiepolo kommt nicht mehr viel«, sagte der Conte mit einem – wie Isabelle schien – wehmütigen Lächeln. »Damit fand die Sammelleidenschaft der Familie ihr notgedrungenes Ende. Ja, ich kann sagen, dass zu dieser Zeit auch unser allzu offensichtlicher Abstieg begann. Ein Großonkel von mir investierte die kümmerlichen Reste des Familienvermögens dann noch in ein paar viktorianische Gemälde, die damals völlig aus der Mode und noch sehr günstig zu erwerben waren, aber ich brachte es, wie Sie verstehen werden, nicht über mich, sie neben diese Meisterwerke zu hängen. Sie müssen sich mit Nebenräumen und Boudoirs zufriedengeben, von denen dieser erbarmungswürdige Palazzo einige aufzuweisen hat. Wollen Sie sie sehen?«

Isabelle schwirrte der Kopf von dieser außerordentlichen Sammlung, die umso bemerkenswerter war, als es der Familie D'Amario offensichtlich gelungen war, sie zusammenzuhalten und nicht wie sonst üblich Stück für Stück der notwendigen Restaurierung der vom Wasser bedrängten Häuser, die sie beherbergten, zu opfern. Der Conte hatte – wie auch seine Vorfahren – den Bildern wohl stets den Vorzug gegeben. Entsprechend vernachlässigt, ja verfallen war der Palazzo. Auch in seinem Inneren schien nichts neueren oder jüngeren Datums zu sein als die schon etwas verschlissene und rettungslos verstaubte Einrichtung aus der Zeit des Rokoko und des Historismus und die dunkelblauen Stofftapeten, die so verblichen waren, dass ihr nobles Lilienmuster kaum noch zu erkennen war.

Isabelle nickte mechanisch, als sie den fragenden Blick des Conte spürte. Und wieder trippelte ihr der Besitzer des Palazzo unter gestenreichen Erklärungen voraus, wieder folgte sie seinem seltsam forschen Tempo. Sie warfen einen Blick in diesen und in jenen Raum, und da hingen ein paar wirklich gute Stücke von Waterhouse, Godward und Watts. In einer Ecke sogar ein kleines Porträt der Kaiserin Elisabeth, vor dem sie stehen blieb.

»Interessiert Sie das wirklich?«, fragte der Conte ungläubig. »*Die Kaiserin Elisabeth im Efeuschmuck*. Von Franz Schrotzberg, einem der wenigen Maler, denen sie persönlich Modell saß. Nichts Besonderes, leider. Immerhin …«

»Ja, doch … ich finde es interessant.« Ihr Blick wanderte über das lebhaft-frische Gesicht der jungen Kaiserin, die den Efeu nicht nur in den Haaren, sondern auch an ihrem Dekolleté trug. Sie sah so jung, so erwartungsvoll … so vielversprechend aus. Irgendwie noch … optimistisch. Das Bild musste 1853, spätestens 1854, im Jahr ihrer Vermählung, gemalt worden sein. Isabelle kannte ein anderes, ähnliches Elisabeth-Porträt von Schrotzberg. Dieses hier war besonders hübsch, ja auf eine bemerkenswerte Weise anrührend.

»Seit wann ist es im Besitz Ihrer Familie?«, fragte sie, selbst erstaunt über die unverhohlene Neugier, die ihr eigentlich gar nicht zustand.

»Noch nicht sehr lange, wie ich zugeben muss«, sagte der Conte mit einem Achselzucken, als sei das kaum der Rede wert. »Das Bild verstaubt hier seit etwa achtzig Jahren. Kommen Sie … in dem kleinen Salon nebenan kann ich Ihnen wenigstens noch einen Winterhalter zeigen, der vielleicht einen Blick wert ist. Er hat doch neben seinen fünfhundert Königs- und Adelsporträts tatsächlich auch ein Mitglied unserer Familie gemalt … Schauen Sie …«

Nach einer Stunde war Isabella erschöpft wie nach einem mehrstündigen Gang durch die *Accademia*. Der Conte hatte das Honorar für ihre Bemühungen bereits an Julien Silva überwiesen, wie er ihr versicherte, aber sie müsse hier und heute auch ein persönliches Geschenk annehmen. Isabelle folgte ihm in die Bibliothek, die wie die Gemäldegalerie reich bestückt war, jedenfalls waren die raumhohen Regale und Bücherschränke ziemlich voll, zumeist mit in Leder gebundenen Klassikern, die den stillen Tod der Unberührtheit gestorben waren und deren mit Goldbuchstaben geprägte Buchrücken dekorativ vor sich hin bröckelten. Der Conte öffnete eine Schublade seines Schreibtischs und holte ein kleines Päckchen hervor, ziemlich unbeholfen in taftartig knisterndes, violettes Papier geschlagen, das eine schiefe goldene Schleife zierte, die nur ein Mann hatte binden können, der gewöhnt war, an solchen Aufgaben stets ehrenvoll zu scheitern.

»Darf ich … Ihnen das überreichen? Ein kleines Zeichen meines Dankes für Ihren großen Dienst … Erwarten Sie nicht zu viel, es ist … nur eine Aufmerksamkeit. Aber ich darf heute feststellen, dass es Ihrer Schönheit entspricht. Und deshalb gut zu Ihnen passt.«

Noch einmal schenkte Isabelle dem Conte ihr strahlendstes Lächeln. Doch als sie unter gemurmelten Dankesworten das Päckchen öffnen wollte, unterbrach er sie, indem er seine warme, weiche Hand auf die ihre legte und sagte: »Nicht hier … erlauben Sie sich die Überraschung für zu Hause … bitte.«

Gerührt steckte Isabelle das Päckchen in ihre Handtasche.

8

WIEN, KÄRNTNER RING, HOTEL IMPERIAL

Wien empfing sie mit sturzbachartigen Regenfällen. Isabelle fuhr durch geflutete Straßen in die Innere Stadt, auf denen niemand zu sehen war, durch ein stilles, unaufhörliches Rauschen, das den hereinbrechenden Abend in eine allzu frühe Gespensterstunde verwandelte. Die Scheibenwischer surrten hektisch auf der höchsten Stufe und katapultierten das Wasser förmlich von der Scheibe des Citroën, als sie vom Kärntner Ring abbog und vor die Einfahrt zum *Hotel Imperial* fuhr, wo sie ein Portier mit einem riesigen dunkelblauen Regenschirm erwartete und sie unter den goldenen Lettern des Hotels trockenen Fußes zur Rezeption geleitete. Sie wurde herzlich begrüßt, denn Julien Silva war hier jahrzehntelang Stammgast gewesen und hatte seiner Enkelin die *Special Rate* vererbt, die man ihm einst generös eingeräumt hatte. Sie selbst hätte sich dieses Luxushotel nicht leisten können.

Isabelle mochte das *Imperial*, obwohl es so offensichtlich mit Rot und Gold und Marmor beeindrucken wollte, auch die pompöse Marmorstiege, die von der Hotelhalle zur ersten Etage führte und auf der jede Frau im Abendkleid und mit aufgesteckten Haaren gar nicht anders konnte, als die mit dickem Teppich bedeckten Stufen wie eine Göttin herabzuschreiten. Und sie liebte die kleine rote Bar, in der jeden Abend ein Pianist wehmütige Wiener Lieder und die jazzigen Klassiker der Barmusik spielte, aber auch schon mal *Ich gehör nur mir* aus dem *Elisabeth*-Musical, als es hier noch allabendlich im Theater an der Wien vor ausverkauftem Haus gegeben wurde. Es hatte eine Zeit gegeben, da hatte Isabelle jeden Abend mit dem feschen Barkeeper geflirtet, dessen Namen sie nie in Erfahrung gebracht hatte und der bei einem ihrer letzten Aufenthalte nicht mehr da gewesen war.

Erfreut nahm sie jetzt den Schlüssel zu ihrem Lieblingszimmer in Empfang; es war nicht besonders groß und führte auch nicht auf den Ring, sondern auf die Bösendorferstraße hinaus. Doch seit sie hier einmal eines Abends – im Bett liegend – das Klavierkonzert von Edvard Grieg gehört hatte, dessen Klänge aus dem direkt benachbarten *Musikverein* zu ihr gedrungen waren, war sie immer ganz beschwingt, wenn sie die Tür zu dem kleinen Zimmer aufschloss. Sie hatte damals keine Karten mehr für dieses Konzert bekommen und war doch unverhofft in dessen Genuss gelangt, weil die Oberlichter des *Musikvereins* geöffnet worden waren und das Klavierkonzert geradewegs in ihr Zimmer geschwebt war.

Isabelle trat ans Fenster und zog die schweren, bodenlangen Vorhänge auf, die von den Zimmermädchen schon für die Nacht geschlossen worden waren. Der Regen hatte nachgelassen, doch war er immer noch so stark, dass sie den Gedanken, noch einmal vor die Tür zu gehen, rasch verwarf. Sie bestellte sich einen Snack aufs Zimmer, streifte die Schuhe ab und legte sich aufs Bett. Am späten Vormittag hatte sie bei schönster Frühlingssonne Venedig verlassen und war bis auf zwei kleine Pausen zügig durchgefahren. Erst in Österreich wurde das Wetter schlecht, das Fahren durch den Regen mühsam.

Isabelle war froh, sich jetzt ausstrecken zu können. Dann fiel ihr etwas ein. Sie setzte sich auf und angelte nach ihrer Handtasche, die sie achtlos ans Fußende des Bettes geworfen hatte. Neugierig zog sie das Päckchen hervor. Noch immer hatte sie das kleine Geschenk des Conte D'Amario nicht geöffnet, teils weil sie sich die Vorfreude erhalten wollte, teils weil sie sich mit wohligem Schauder fragte, ob dieses Geschenk aus dem Palazzo ein Geheimnis barg. Sie schüttelte lächelnd den Kopf – offenbar brachte es ihr abenteuerlicher Beruf mit sich, dass sie hinter allem etwas vermutete. Der alte Conte hatte ihr lediglich ein Geschenk machen wollen, aus Dankbarkeit darüber, dass sie ihm so schnell und – sagen wir – unbürokratisch sein Lieblingsgemälde wiederbeschafft hatte.

Sie nahm einen Schluck Weißwein, der ihr zusammen mit einem Sandwich von einem ausnehmend adretten und trotz seiner Jugend bereits beflissenen Zimmerkellner gebracht worden war, und befreite das Päckchen von seiner hilflos-locker gebundenen Schleife und dem violetten Seidenpapier. Ein leiser Ausruf des Entzückens entfuhr ihr, als sie die ovale Schatulle in der Hand hielt, ein Meisterwerk der Belle Époque, aus geschliffenem Kristallglas mit einer vielfach filigran verzierten, vergoldeten Messinghülle. Die runde, ebenfalls in Messingdekor eingefasste Porzellanmalerei auf dem Deckel zeigte den Kopf einer Frau im Profil, mit dunklem, geflochtenem Haar, dessen Farbe nahe an die ihrer Haare herankam. Überhaupt zeigte das Porträt eine gewisse Ähnlichkeit mit der Beschenkten, und Isabelles Begeisterung war nicht mehr zu übertreffen, als sie die Schatulle öffnete und das völlig unversehrte hellblaue Seidenpolster entdeckte, auf das man Schmuckstücke betten konnte.

»Was für eine wunderbare Geste«, murmelte sie gerührt.

Sie ließ sich auf den Rücken fallen und legte das Kästchen neben sich. Es war wirklich perfekt, dieses Geschenk. Wie so oft konnte sie sich an solch schönen Dingen mehr erfreuen als an so manchen viel beachteten Kunstwerken. Anfangs, in ihrer ersten Zeit in Paris, hatte sie sich verwundert gefragt, warum sie vor gewissen Gemälden, die sie hätte bewundern sollen, weil alle Welt es tat, gar nichts empfand. Manchmal auch, beim Besuch einer Ausstellung, beunruhigte sie das Ausbleiben jeglicher Begeisterung. Dieser Enthusiasmus, der sich vor manchem berühmten Bild nicht einstellen wollte, konnte unvermittelt und mit jäher, fröhlicher Begeisterung erwachen, wenn sie vor einem schönen Möbel des achtzehnten Jahrhunderts stand, vor einem klaren und sehr edlen Chinaporzellan oder bei einem mit flüchtigem Blick gestreiften Schmuckstück.

Doch eines Tages wurde ihr klar, woran das lag, ein einziges Wort, das ihr Großvater gleichsam im Vorübergehen fallen gelassen hatte, wurde der Schlüssel zu allem. Ein einziges Wort, ein wunderbares, mächtiges, die Zeiten überdauerndes Wort: *Klasse*.

»Die Kunst ist eine Welt für sich – die Klasse eine andere«, hatte Julien Silva doziert. »Sie können vereint oder getrennt leben, sie können einander freundlich oder feindlich begegnen. Im Meisterwerk treffen sie zusammen. Wenn sie aber verschiedene Wege gehen und ich wählen müsste«, hatte er hinzugefügt, »würde ich mich für die Klasse entscheiden, denn bei ihr fühle ich mich immer zu Hause.«

Und auch diese kleine Schatulle hatte »Klasse«. Darum war Isabelle so entzückt über das Geschenk des Conte: Sie fühlte sich verstanden. Und sie dachte mit zärtlichen Gefühlen an diesen trippelnden, unruhigen alten Herrn, der sein Herz an eine Göttin verloren hatte, deren Bild nun wieder an der Wand seines Palazzos hing.

Am nächsten Morgen, nach einem Frühstück, das sie sich aufs Zimmer hatte bringen lassen, lag immer noch ein bleiern schwerer Himmel über der Stadt, dessen Grau kein Licht durchlassen wollte. Es regnete nur noch leicht, und sie beschloss, den Regenschirm mitzunehmen und die paar Straßen und Gassen zum Dorotheum zu Fuß zu gehen.

Über den Kärntner Ring und den Opernring zog ein feuchter, unangenehmer Wind, so dass Isabelle sich erst noch in einer Boutique einen zu ihrem Trenchcoat passenden Schal kaufte, bevor sie das Auktionshaus ansteuerte. Es war so groß, dass es gleich von zwei Gassen aus betreten werden konnte, und sie entschied sich für die Dorotheergasse. Sie öffnete die schwere Holztür, die ihr dann freundlicherweise von einem Herrn aufgehalten wurde, was sie mit einem dankbaren Kopfnicken quittierte. Wieder einmal bewunderte sie die hohe Eingangshalle, die etwas Kathedralenhaftes hatte, von gotischer Lichtdurchflutung jedoch weit entfernt war, da Fenster und Türen nur wenig Helligkeit hereinließen. Doch die Lampen, welche die zur Vorbesichtigung einer Juwelenauktion ausgestellten Preziosen anstrahlten, tauchten die Halle in ein festliches Licht.

Isabelle war zu aufgeregt, um den hier inszenierten Schmuckstücken mehr Aufmerksamkeit zu schenken als im Vorübergehen möglich war. Sie ließ sich gleich vom Lift in die erste Etage fahren, wo in den Franz-Sälen die Exponate der Gemäldeauktion auf sachkundige und interessierte Besucher warteten. Es gab Bilder von den unvermeidlichen Amerling und Alt, aber auch Gewichtigeres von Winterhalter und Makart, wenn auch kleineren Formats. Das Prunkstück aber war zweifellos – wie von Andrew Palmer vorhergesagt – *Die schöne Unbekannte* von John Singer Sargent, das in einem nicht protzigen, aber unübersehbar kostbaren Rahmen hing, dessen kleines graviertes Messingschildchen den Bildtitel verriet.

Es war kleiner, als sie vermutet hatte, bestens erhalten, ohne die geringste Altersspur. Und doch hatte das Gemälde selbst unter Glas diese Patina, die man nur bei alten Bildern fand. Ein exquisites Stück.

Es war das Dreiviertel-Porträt einer jungen Dame von vielleicht fünfundzwanzig Jahren, die sich dem Betrachter in ihrer vollen Schönheit, mit offenem, ja leicht herausforderndem

Blick zuwandte. Ein leichtes Lächeln umspielte ihre Mundwinkel. Sie trug ein dunkelrotes Kleid, dessen Faltenwurf ornamental wirkte, und das ein Dekolleté und fragile Schultern enthüllte, was zu seiner Zeit sicherlich provozierend gewirkt haben musste. Irgendwie sah die schöne Unbekannte erhitzt aus, ihre Wangen gerötet, als habe sie sich gerade nach einer Liebesstunde wieder angekleidet. Sie schenkte ihrem Liebhaber einen Blick, aus dem dieser alles lesen konnte, was er mit ihr erlebt hatte.

Isabelle winkte einer der Dorotheum-Mitarbeiterinnen, die sich diskret im Hintergrund hielten und das umherwandelnde Publikum im Blick behielten. Sie war noch jung, sehr hübsch, aber auch sehr streng in Frisur und Kleidung, so dass sie wie eine Kammerjungfer des Kaiserhofes wirkte, zumal auch Rock und Bluse in verschiedenen pudrigen Grautönen den Eindruck eines dienstbaren Geistes hervorriefen.

»Darf ich Ihnen behilflich sein, bittschön?«, fragte sie.

»Ja, gern. Ich möchte mir dieses Bild näher anschauen.«

»Einen Moment … ich hole es Ihnen heraus.«

Sie schloss die Glasverkleidung auf und entnahm ihr mit äußerster Behutsamkeit das Bild, das sie auf eine Staffelei stellte, so dass es fast eine Atelierwirkung erzielte.

»Dürfte ich mir die Rückseite mal genauer anschauen?«

»Leider nicht«, sagte das Mädchen. »Das können wir nicht erlauben. Das Bild ist zu kostbar, als dass es bei einer Vorbesichtigung jeder in die Hand nehmen könnte.«

»Mich würde interessieren, ob sich auf der Rückseite ein Stempel befindet. Oder eine Provenienzbezeichnung?«

»Oh, leider nein«, sagte das Mädchen entschuldigend und mit einem Lächeln, als müsse es um Verständnis werben. »Da ist nichts, das kann ich Ihnen versichern … Aber alles Wissenswerte können Sie unserem Katalog entnehmen, den Sie unten am Empfang bekommen.«

Isabelle nickte.

Ein Schildchen an der Glasverkleidung verriet, dass das Dorotheum den Schätzpreis mit vorsichtigen hundertzwanzigtausend Euro angesetzt hatte und entsprechend keine übertriebene oder ambitionierte Erwartungen hegte. Der Schätzpreis stellt den Rahmen der Meistboterwartung des jeweiligen Experten dar. Die Auktion würde bei der Hälfte des Schätzpreises, dem sogenannten Rufpreis beginnen. Das versprach spannend zu werden. Bilder von John Singer Sargent waren in der Tat rar, zumindest in den letzten Jahren – die *Schöne Unbekannte* würde viel Aufmerksamkeit auf sich ziehen.

»Vielen Dank, Sie haben mir sehr geholfen«, sagte Isabelle mit einem verbindlichen Lächeln und verließ den Saal. Die anderen Exponate würdigte sie keines Blickes.

Der Auktionskatalog, den sie beim Hinausgehen gekauft hatte und nun im *Café Sacher* unter dem Porträt der Kaiserin Elisabeth bei einer Melange und einem Apfelstrudel studierte, war opulent und auf schwerem glänzendem Papier gedruckt. Das Objekt der Begierde trug die Nummer 65 und war wie folgt angekündigt:

John Singer Sargent (1856-1925) –
Die schöne Unbekannte

Öl auf Leinwand, 72,5 x 105,0 cm
Porträt einer nicht näher bezeichneten und
identifizierten jungen Frau,
undatiert, vermutlich um 1885,
der Pariser Zeit des Künstlers, entstanden.
Signatur unten rechts. Keine Provenienz.
Kein Nachweis in Werkverzeichnissen.

Isabelle betrachtete noch einmal das Bild, das sowohl den Umschlag des Katalogs zierte als auch im Innenteil ganzseitig abgebildet war. Ja, diese Schönheit in ihrem schweren Goldrahmen war wirklich bezaubernd. Sie überlegte, bei welcher Summe wohl der Hammer fallen und der Zuschlag erfolgen würde. Bei dem Gedanken, dass auf jeden Fall sie es wäre, die das Dorotheum mit dem Bild verlassen würde, konnte Isabelle sich eines heimlichen Lächelns nicht erwehren. Sie würde ihren neuen englischen Freund nicht enttäuschen.

9

WIEN, DOROTHEERGASSE, AUKTIONSHAUS DOROTHEUM

Bereits um fünfzehn Uhr, eine halbe Stunde vor Auktionsbeginn, war der große Saal im ersten Stock des Dorotheums, dessen Wände mit rotem Stoff bespannt waren, fast voll besetzt. Isabelle war wie immer früh gekommen; sie liebte die sich mit Spannung und Erwartung aufheizende Atmosphäre in den Auktionssälen, das Rascheln und Tuscheln, die Auftritte der Selbstdarsteller, fanatischen Sammler und bezaubernden Egomanen. Das Dorotheum hatte an Heizung nicht gespart; es herrschte eine überwarme, fast stickige, von widerstreitenden Parfumdüften erfüllte Luft; einige Damen hatten angefangen, sich mit ihren Katalogen Luft zuzufächeln, und ein paar Herren im Anzug folgten ihrem Beispiel.

Isabelle saß in einer der hinteren Reihen, neben einem korpulenten Herrn im Dreiteiler aus feinstem Zwirn, der sich unter Ächzen erhoben hatte, um sie vorbeizulassen. Seine eingesunkenen Äuglein blitzten vor Vergnügen ob dieser unverhofften schönen Nachbarin, die ihm die Vorsehung offenbar zugedacht hatte. Auch Isabelle lächelte ihm zu, ihre Bieternummer, die Zweiundachtzig, fest in der Hand. Der Mann hatte eine gewisse Ähnlichkeit mit Robert Morley, einem Schauspieler, den sie in zahlreichen älteren Filmen gesehen hatte und dessen Auftritte ihr immer ein Schmunzeln entlockten.

Mr. Morley neigte sich ihr vertraulich zu.

»Wofür schlägt Ihr Herz?«, fragte er mit überraschend sonorer Stimme auf Englisch.

»Wie bitte?«

»Was möchten Sie ersteigern?«

»Oh, ich weiß noch nicht«, flunkerte Isabelle. »Mal schauen, was so im Angebot ist.«

»Ich glaube Ihnen kein Wort«, sagte Mr. Morley mit anzüglichem Grinsen. »Ich wette, es ist der Sargent.« Er machte eine großzügige Handbewegung. »Alle hier sind auf den Sargent scharf.«

Isabelle lächelte. »Ach, wirklich? Und Sie … wofür schlägt denn Ihr Herz?«

»Na, für Seine Majestät natürlich. Ich habe eine der größten Kaiserhaus-Sammlungen in Wien, wahrscheinlich in ganz Österreich …«

»Wahrscheinlich der ganzen Welt«, spottete Isabelle.

Mr. Morley lachte. »Ja, wahrscheinlich. Mich interessieren also vor allem die Porträts Ihrer Majestäten, die man dieses Jahr seltsamerweise nicht auf der Kaiserhaus-Auktion versteigert, die ja hier so etwas wie das Hochamt der Habsburger ist, beziehungsweise was von Ihnen übrig geblieben ist. Für alle, die Lust haben, sich kaiserlich entreichern zu lassen.«

»Und, haben Sie Lust dazu?«

»Aber ja … darauf können Sie wetten.«

»Das freut mich. Ich drücke Ihnen die Daumen.«

»Und ich die Daumen für Sie.« Mit diesen Worten vertiefte Mr. Morley sich wieder in den Katalog, den er mit zahllosen Notizen versehen hatte. Er schien genau zu wissen, worauf es ihm hier ankam.

Isabelle ließ den Blick schweifen. Ein älteres Publikum, wie nicht anders zu erwarten, aber auch ein paar Jüngere. Überwiegend Profis sowie die unvermeidlichen Schaulustigen, die auch mal eine echte Auktion mitmachen wollten. Isabelle kannte niemanden, während etliche andere Teilnehmer sich so verhielten, als seien sie auf einem Familientreffen. Und vielleicht war das ja auch so. Der Saal war nun bis auf den letzten Platz besetzt, und die späten Ankömmlinge mussten sich mit Stehplätzen am Rand und am Saalende begnügen. Nur ein Gesicht – das einer äußerst attraktiven Frau, die schräg vor ihr saß – kam Isabelle bekannt vor, aber sie konnte sich nicht erinnern, wann und wo sie es schon mal gesehen hatte. Die Frau fiel schon modisch aus dem Rahmen in ihrem strengen blauen Seidenkleid. Das Haar trug sie aufgesteckt wie früher Kaiserin Elisabeth. Allerdings passte ihre arrogante Attitüde so gar nicht zu ihrem Vorbild. Ihr blondes Haar auch nicht. Blass und kerzengerade saß sie auf ihrem Stuhl, selbstgefällig wie eine Prinzessin. Ihre Augen waren dunkel, vielleicht blau, genau konnte Isabelle es auf die Entfernung nicht erkennen, als die Frau sich einmal umdrehte.

Als der Auktionator mit federnden Schritten das Podium betrat, verstummte das Getuschel. Mit routinierter, in zahllosen Versteigerungen monoton und brüchig gewordener Stimme begrüßte er das Publikum, erläuterte kurz das Procedere, wies auf die an den Telefonen sitzenden Sensale hin und umriss in dürren Worten das Angebot der Auktion. Und dann ging es in rasendem Tempo los, Nummer auf Nummer. Los für Los wurde aufgerufen, das erste Angebot wiederholt, dann steigerte es sich nach oben, mal mehr, mal weniger, mal rascher, mal zäher. »Und niemand mehr? Zum Ersten … zum Zweiten … zum Dritten. An die Nummer fünfundvierzig.«

Der musterhaft agierende Auktionator verzichtete auf jede Showeinlage, auf jeglichen Witz, auf irgendein Anheizen oder einen sonstigen animierenden Effekt; er spulte das Programm der immerhin über zweihundert Lose dieser Auktion so zügig, ja, eilig ab, als gelte es, für das Dorotheum, wenn nicht für das gesamte internationale Auktionswesen einen Geschwindigkeitsrekord aufzustellen.

Schon nach anderthalb Stunden war die Auktion bei Nummer sechzig angelangt. Es war auffällig, dass bei den Porträts der Kaiserin die Zuschläge höher ausfielen als bei denen Seiner Majestät oder anderer Angehöriger des Kaiserhauses. Elisabeth hatte einfach mehr Fans, nach wie vor. Mr. Morley ersteigerte zwei Bilder der Majestäten.

Dann Nummer fünfundsechzig. Der Auktionator trug eine Zusammenfassung des Katalogtextes vor, ein Mitarbeiter hielt das Sargent-Gemälde hoch wie eine Monstranz im Hochamt, und ein Hochamt war es schließlich auch, denn das Publikum schien ausnahmslos bereit, sich der *Schönen Unbekannten* »auf den Knien seines Herzens« – wie es am Hof früher hieß – zu Füßen zu legen.

Der Ausruf begann erwartungsgemäß bei sechzigtausend Euro, und es überraschte Isabelle, wie viele Bieternummern und Hände bei diesem Preis nach oben gingen. Sie selbst bot nicht mit, jetzt noch nicht. Sie würde erst einsteigen, wenn sich der Bieterkreis auf zwei oder drei Interessenten reduziert hätte. *Diesen kleinen Überraschungseffekt gönne ich mir*, sagte sie sich und wehrte lachend die aufmunternden Gesten von Mr. Morley ab, der sie zum Mitsteigern aufforderte. In unglaublichem Tempo schoss die Auktion in die Höhe, bei hundertfünfzigtausend Euro waren es immer noch sieben Mitbieter.

Als spektakuläre zweihundertfünfzigtausend Euro erreicht waren, gönnte der Auktionator sich und dem Auditorium eine winzige Verschnaufpause. Er schien selbst verblüfft, mit dem Sargent so weit gekommen zu sein. Vier weitere Bieter sprangen ab, sie hatten sich wohl diese Summe als Limit gesetzt. Immer noch im Spiel war, zunehmend verbissen, die hübsche Blondine mit der Sisi-Frisur. Sie schaute verblüfft auf, als Isabelle einstieg und lässig ihre Bieternummer hob. Ein soignierter Herr hielt noch bis vierhundertfünfzigtausend Euro mit, dann stieg auch er aus. Die Mitbieter via Telefon hatten sich schon aus dem Rennen verabschiedet; ihre Gewährsleute an den Apparaten schüttelten stumm den Kopf. Von dort war nichts mehr zu erwarten.

Es ging rasch hoch und höher, in immer größeren Schritten. Fünfhunderttausend Euro. Sechshunderttausend Euro. Siebenhunderttausend Euro. Nun war es ein Duell. Isabelle setzte eine gelangweilte Miene auf und ließ ihre Hand mit der Bieternummer gar nicht mehr sinken. Ein Raunen ging durch den Saal. Und dann, mit einem Wimpernschlag, fiel es ihr wieder ein, woher sie die Frau kannte. Es war Éloise Ledoyen, die Tochter des Staranwalts, den sie um die *Flora* von Tizian erleichtert hatte. Éloise war recht prominent in den Klatschspalten der französischen Presse vertreten, und Isabelle hatte ihr Bild auf einer Website gesehen, als sie sich auf den Coup in La Roche-Guyon vorbereitet hatte. Natürlich, das war sie! Kein Zweifel.

Papa schien ihr einen dicken Scheck mitgegeben zu haben. Éloise Ledoyens Züge verhärteten sich, als sie begriff, dass sie eine ernstzunehmende Konkurrentin bekommen hatte. Dann wandte sie den Blick wieder ab, als sei es nicht von Belang, wen sie gleich abhängen würde. *Du hast keine Chance*, formulierte Isabelle stumm mit den Lippen in ihre Richtung, als sie doch wieder herüberblickte, es war unhörbar, das gleichzeitige Kopfschütteln jedoch durchaus als Fehdehandschuh zu interpretieren. Und sie nahm die Hand auch nicht herunter, als der Auktionator mit nun immerhin leicht erhobener Stimme neunhunderttausend Euro rief.

Im Saal kam jetzt eine erwartungsvolle Spannung auf. Das Duell zwischen den beiden so unterschiedlichen Frauen faszinierte das Publikum. Längst war eine Summe erreicht, die weit über den Ergebnissen lag, die sonst mit Gemälden des neunzehnten Jahrhunderts erzielt wurden. Da bahnte sich eine Sensation an. Mr. Morley klopfte sich vergnügt auf die Schenkel, als der Auktionator mit hörbarer Erregung eine Million Euro ausrief. Isabelles Hand war noch immer oben. Éloise Ledoyen zögerte … Sie schoss wütende Blicke ab, als könne sie es nicht fassen. Jetzt war Papas Limit wohl überschritten. »Eine Million einhunderttausend zum Ersten … zum Zweiten …« Der Auktionator blickte Mademoiselle Ledoyen direkt an, die den Kopf senkte und ihn kaum wahrnehmbar schüttelte. »Und zum Dritten … Das Porträt der *Schönen Unbekannten* von John Singer Sargent … an die Nummer zweiundachtzig. Herzlichen Glückwunsch, gnädige Frau!«

Das Publikum atmete kollektiv aus, es gab sogar Applaus. Der Auktionator verkündete eine Pause von einer Viertelstunde, und der Saal leerte sich. *Die schöne Unbekannte* war das Gespräch der Auktion. Auch Isabelle stand auf, sonnte sich in den bewundernden und erstaunten Blicken, die ihr zuflogen, schlängelte sich an Mr. Morley vorbei und klopfte ihm dabei auf die Schulter wie einem alten Freund.

Am Ende der Stuhlreihe wartete jemand auf sie. Éloise Ledoyen blickte sie mit eisblauen Augen an, in denen nichts zu lesen war als unterdrückter Hass. Sie hielt Isabelle am Arm fest, neigte sich ihr zu und flüsterte ihr lächelnd etwas ins Ohr, das die Umstehenden unmöglich hören konnten.

Für einen Moment stockte Isabelle der Atem, und sie blieb noch mit offenem Mund stehen, als Mademoiselle Ledoyen sich längst abgewandt hatte und mit langen, geradezu aufreizenden Schritten die Stätte ihrer Niederlage verließ. Fassungslos blickte Isabelle der schlanken, blonden Frau hinterher, die den Saal verließ, ohne sich umzudrehen. So blieb Isabelle allein zurück mit diesem Satz, von dem sie kaum glauben konnte, dass er ihr wirklich ins Ohr gezischt worden war.

»Das wirst du bezahlen, du Schlampe«, hatte Éloise Ledoyen gesagt. »Mit deinem Leben.«

10

WIEN, SCHLOSS SCHÖNBRUNN

Der Himmel hatte ein kupferfarbenes Zelt über Wien gespannt, als Isabelle das Auktionshaus verließ und wieder auf die Gasse trat. Tief zogen die Wolken über die alten Bürgerhäuser, doch sie ließen dieses Licht durch, diesen metallischen Glanz. Isabelle hatte im Dorotheum noch die üblichen Dinge erledigt, auch eine Versicherung abgeschlossen bis zur Zustellung des Bildes, die am nächsten Vormittag im Hotel erfolgen sollte. Bezahlt hatte sie es mit Palmers Blankoscheck, auf dem sie exakt die Summe des Zuschlags plus sämtlicher Provisionen eingetragen hatte.

Auftrag erledigt, dachte sie. *Nicht gerade Mission Impossible.*

Die Drohung, die Éloise Ledoyen ihr ins Ohr geflüstert hatte, nahm sie natürlich nicht ernst. Obwohl es schon ziemlich drastisch war, die eigene Unterlegenheit derart unmissverständlich zu demonstrieren. *Eine schlechte Verliererin*, dachte Isabelle und wunderte sich darüber, auf welch kühle und doch emotionale Art Mademoiselle Ledoyen auf den demütigenden Umstand reagiert hatte, dass nicht sie siegreich vom Feld gezogen war. Mit einer Beute, die sie ganz sicher in ihren Händen gewähnt hatte.

Isabelle war in seltsam aufgekratzter Stimmung, obwohl sie im eigentlichen Sinn nichts Besonderes geleistet hatte. Sie fragte sich, was Andrew Palmer wohl an diesem Bild so faszinieren mochte. Es war ein exzellentes Porträt einer wirklich schönen jungen Frau. *Vielleicht hat auch er eine Schönheitengalerie*, dachte sie, *wie der bayerische König Ludwig I. in seinem Schloss Nymphenburg*. Womöglich sammelte er einfach nur Porträts verblichener *Beautés* aus dem neunzehnten Jahrhundert? Dann würde der Sargent allerdings ein besonders eindrucksvolles Exemplar in dieser Sammlung sein.

Sie hatte das Gefühl, ihren Erfolg feiern zu sollen, kannte jedoch niemanden in Wien, mit dem sie sich hätte treffen können. Also rief sie Julien an, während sie sich im Taxi nach Schönbrunn fahren ließ, und berichtete ihm von der Auktion. Dann Andrew Palmer, den sie mitten in der Geburtstagsparty seiner Mutter erreichte und der sich hocherfreut zeigte, dem sie allerdings nichts von dem dramatischen Abschied der erbitterten Konkurrentin erzählte. Er würde in zwei Tagen nach Wien kommen, um das Bild persönlich in Empfang zu nehmen.

»*Die schöne Unbekannte* wird Sie hier erwarten«, sagte Isabelle.

»Sogar zwei schöne Unbekannte, nehme ich an«, erwiderte Palmer.

Lächelnd beendete sie das Gespräch und steckte das Mobiltelefon in ihre Tasche.

Das Taxi hielt vor dem Schloss. Obwohl Isabelle schon oft in Wien gewesen war, hatte Schönbrunn bislang auf sie warten müssen. Sie kannte sich in der Inneren Stadt, auch im 7. und 8. Bezirk ganz gut aus, war aber nie im Sommerschloss der Habsburger gewesen. Die übliche Besichtigungstour durch die Prunkräume und -säle interessierte sie nicht, doch sie hatte von der Römischen Ruine gelesen, einer im Zuge der aufkommenden Romantik gegen Ende des achtzehnten Jahrhunderts künstlich angelegten Antiquität. Also spazierte sie auf verschlungenen Wegen durch den weitläufigen Park, Richtung Gloriette, dann nach links. Mit ihr waren nur wenige Besucher unterwegs, vermutlich hielt sie das unbeständige Aprilwetter ab, das alle halbe Stunde drohende Wolkenkulissen aufbaute, dann wieder Sonnenstrahlen durchließ, welche die zaghaft aufblühenden Bäume umspielten.

Die künstliche Römische Ruine war durchaus imposant. Mit ihren mächtigen Rundbogen und seitlichen Mauerflügeln, die ein rechteckiges Bassin umfassten, erinnerte sie an Piranesi und erweckte den Eindruck eines versinkenden antiken Palastes, indem sie dessen vorgebliche Überreste verherrlichte. Im Bassin befand sich eine künstliche Insel mit Flussgöttern aus Marmor. *Wahrscheinlich,* überlegte Isabelle, *symbolisiert die*

Ruine die heroische Vergangenheit der Habsburger und ihren Traum, das Römische Imperium fortzuführen.

Als sie den Park verließ und sich telefonisch ein Taxi zum Haupttor bestellte, stand Isabelle ganz allein vor dem weitläufigen Schloss, dessen tiefes Habsburgergelb in der hereingebrochenen Dunkelheit wie Gold leuchtete. Sie ließ sich zum Ring fahren, von wo aus sie später, nach einem Abendessen in irgendeinem netten Beisl, zum Hotel zurückschlendern wollte.

Sie merkte nicht, dass ihrem Taxi ein Wagen folgte …

Es war fast Mitternacht, als Isabelle schließlich auf dem Heldenplatz stand. Die Fassade der Neuen Burg, des Südostflügels der Hofburg, war von unsichtbaren Scheinwerfern angestrahlt, doch es nieselte, und auf dem regennassen Platz spiegelten sich die Lichter der wenigen Wagen, die über diesen Platz und quer durch die Hofburg in die Innere Stadt fuhren.

Isabelle schlug den Kragen ihres Mantels hoch, setzte den Weg auf dem Trottoir fort, vernahm in den leeren Durchgängen der Hofburgtrakte das sich brechende Echo ihrer Schritte. Sie war allein, und ihr Körper warf, sobald sie unter einer Laterne ging oder vom Scheinwerfer eines vorbeifahrenden Wagens erfasst wurde, einen langen schmalen Schatten, der schließlich wieder schrumpfte und verschwand.

Sie blieb auf dem Michaelerplatz stehen, auf dem nur ein Pärchen sich eng umschlungen hielt. In dem riesigen Gebäudekomplex der Hofburg war kaum ein Licht zu sehen gewesen. Dunkel war es. Hatte sie Angst? Ein bisschen schon, wenn sie ehrlich war. Während Isabelle durch die düsteren Farben der Nacht wanderte, war das, was sie empfand, auf beängstigende Weise real, keine diffuse Angst, mehr eine plötzliche, eine wirkliche Bedrohung. Isabelle erschauerte und drehte sich um; ja, da ging jemand hinter ihr her. Schwer zu sagen, ob er sie verfolgte. Der Mann hielt einen Abstand von etwa drei Metern und hatte exakt ihr Schritttempo übernommen. Er ging mit ihr die Mauern der Hofburg, der Augustinerkirche, der Hofreitschule entlang, über den Platz vor der Nationalbibliothek, vorbei an all den abweisenden imperialen Bauten, welche die enge Augustinerstraße säumten.

Isabelle beschleunigte ihr Tempo, den Blick nach vorn gerichtet. Am liebsten wäre sie gerannt, doch sie bezähmte jeden Muskel, es war wie in Kindertagen, als sie in den finsteren Hauseingang tauchte, ehe sie dann mit langen Schritten die Treppe hinaufraste und an die Wohnungstür klopfte. Losrennen, nur weil ein paar Meter hinter ihr ein anderer in dieselbe Richtung ging? Geradezu lächerlich.

Sie atmete tief durch und drehte sich mit etwas Selbstironie noch einmal um. Der Fremde war jetzt, da sie auf die Albertina zuging, um vielleicht einen Meter näher an sie herangekommen. Sie blieb stehen, und auch der Verfolger blieb stehen, betrachtete angelegentlich eines der Leuchtplakate. Da spürte sie wieder, wie die Angst nach ihr griff. Verstohlen blickte sie um sich. War da jemand, zu dem sie flüchten, den sie hätte um Hilfe bitten können? Ein Taxi nehmen? Nirgends ein gelbes

Licht zu sehen. Ihr Mund war trocken. *Ruhe bewahren! Ruhig Blut!*, schärfte sie sich ein. *Reiß dich zusammen, so was Albernes, am Ende bringst du dich in Gefahr.* Sie überquerte den Platz vor der Albertina, ging am hell erleuchteten *Sacher* vorbei, dann an der Oper. Der Fremde blieb dicht hinter ihr. Er hatte den Kragen hochgeschlagen, die Hände tief im Mantel vergraben wie das Klischee eines Verfolgers. Ihm schien überhaupt nichts daran gelegen zu sein, dass er unbemerkt blieb. Im Gegenteil.

Auf der Ringstraße fühlte sie sich sicherer, wenigstens kamen ihr hier Gruppen und Paare entgegen, ausgelassen lachend, einer der Passanten winkte ihr sogar zu. Doch erst als das Hotel in Sichtweite war, der Portier des *Imperial* wie ein rettender Engel unter dem hell beleuchteten Eingang auf sie wartete und sie in Empfang nahm, atmete Isabelle erleichtert auf.

11

WIEN, HOTEL SACHER, ROTE BAR

Die *Rote Bar* im *Sacher* war, anders als der Name nahelegte, keine Bar, sondern ein nicht sehr großes Restaurant, das mit den dominierenden Rot- und Goldfarben den Glanz der Jahrhundertwende und des Wiener Fin de Siècle beschwor. Andrew Palmer hatte darauf bestanden, hier den Auktionserfolg zu feiern, nachdem er die *Schöne Unbekannte* im *Imperial* in Empfang genommen und sie höchstpersönlich zu seinem Hotel, dem *Sacher*, getragen hatte. Für den Abend hatten sie sich dann hier zum Dinner verabredet.

Isabelle hob ihr Glas. »*Cincin*, Monsieur Palmer. Auf Ihr wunderschönes Gemälde!«

Palmer nickte und stieß mit ihr an. »Auf John Singer Sargent. Es ist ein ganz außergewöhnliches Porträt.«

»Das ist es«, pflichtete Isabelle ihm bei. »Kennen Sie die Frau, die er dargestellt hat? Ich meine … haben Sie ein bisschen recherchiert, um Näheres über sie herauszufinden?«

»Ja, natürlich, aber ohne Erfolg. Ich habe nichts herausbekommen. Und Sie? Haben Sie die Identität unserer schönen Unbekannten lüften können?«

»Wir haben uns wirklich Mühe gegeben. Aber die Kataloge und Werkverzeichnisse, die Julien und ich durchgeschaut haben, schweigen sich aus über dieses Bild. Es ist nirgendwo verzeichnet. Auch bei www.johnsingersargent.org Fehlanzeige. Was einen unter normalen Umständen schon skeptisch stimmen könnte.«

»Wollen Sie damit andeuten, das Bild könnte eine Fälschung sein?« Palmer sah sie durchdringend an.

»Bei einem unbekannten Bild ist immer Vorsicht geboten, das wissen Sie als Galerist ja selbst. Und dann Wien ...«

Palmer schien plötzlich beunruhigt. »Sie meinen, das Dorotheum habe sich etwas unterjubeln lassen?«

»Nein, das halte ich für ausgeschlossen. Doch warum wurde ein amerikanisch-englischer Maler dieses Kalibers nicht von einem größeren Auktionshaus versteigert, in London oder New York? Das Dorotheum ist nicht die allererste Adresse für solche Objekte. Allerdings denke ich nicht, das Gemälde hätte in einer spektakuläreren Auktion und in einem womöglich bedeutsameren Haus einen besseren Preis erzielt. Was Sie da hinblättern, ist schon beeindruckend. Vor allem, wenn man die Auktionsergebnisse berücksichtigt, die Porträts von Sargent in den letzten Jahren gebracht haben. Ihr Preis ist – soviel ich weiß – bislang noch nicht so oft erreicht worden. Aber darf ich Sie etwas Persönliches fragen, Monsieur Palmer?« Etwas verlegen griff Isabelle nach ihrem Glas. Sie war froh, dass in diesem Augenblick zwei Kellner an ihren Tisch traten und ihnen Tafelspitz mit den klassischen Beilagen servierten. Dazu Grünen Veltliner, der perfekt temperiert war.

»Nur zu!«, sagte Palmer, als sie wieder allein waren, und sah sie belustigt an.

»Warum«, fragte Isabelle und errötete leicht dabei, »haben gerade *Sie* dieses Bild ersteigert? Ich meine, was hat Sie persönlich daran interessiert? Und bewogen, so viel Geld dafür auf den Tisch zu legen? Vorausgesetzt, Sie haben es für sich persönlich gekauft und nicht im Auftrag von jemand anderem.«

»Ihre Frage ist – wie ich in Paris bereits andeutete – nicht so leicht zu beantworten.«

»Strengen Sie sich ein wenig an? Mir zuliebe?« Isabelle setzte das Glas ab und bedachte Palmer mit einem koketten Blick.

»Der Tafelspitz ist vorzüglich, finden Sie nicht? Butterweich … und dazu dieser Apfelkren …«

Isabelle räusperte sich und verzog den Mund, als wolle sie ihr Gegenüber gleich tadeln.

»Nun gut«, fuhr Palmer fort. »Das Bild ist sehr schön, nicht wahr? Ich meine, die dargestellte Frau ist sehr schön … Nicht ohne Grund hat der Maler das Gemälde *Die schöne Unbekannte* genannt.«

»Woher wollen Sie wissen, dass *er* das getan hat?«

»Nun«, lächelte Palmer, »schließlich gibt es das kleine Messingschild auf dem Rahmen.«

Isabelle staunte selbst darüber, wie heftig ihre Antwort ausfiel. »Maler lassen die Titel ihrer Bilder, wenn sie ihnen überhaupt welche geben, in der Regel nicht auf Rahmenschilder gravieren. Das wissen Sie doch so gut wie ich. Es spricht eher für den ersten Besitzer, der das Bild hat rahmen lassen. Vielleicht wollte er einem namenlosen Bild gegenüber seiner Bewunderung Ausdruck geben … Bewunderung für die dargestellte Schöne.«

»Und Unbekannte.«

»Ja, und Unbekannte. Schon das ist ungewöhnlich. In den allermeisten Fällen wissen wir über Sargents Sujets genau Bescheid. Er hat selten ein Bild gemalt, ohne seine Zeitgenossen oder die Nachwelt in Unkenntnis über die Identität der Porträtierten zu lassen. Es ist völlig untypisch für ihn.«

»Was Sie wiederum irritiert?«

»Irritiert wäre zu viel gesagt. Ich stelle es nur fest«, gab Isabelle zu bedenken. »Und ich frage mich also, was Sie an der jungen Dame fasziniert … so sehr fasziniert, dass sie Ihnen mehr als eine Million Euro wert ist.«

»Ich werde es Ihnen sagen«, antwortete Palmer resigniert. »Weil ich mich unsterblich in sie verliebt habe.«

»Sie sind nicht der Erste, der sich in ein Bild verliebt, Monsieur Palmer.«

»Nicht in das Bild. In die Frau.«

Sprachlos starrte Isabelle ihr Gegenüber an. »In die Frau …«, wiederholte sie tonlos.

»Ja, in die schöne Unbekannte. Ich habe sie nämlich schon einmal gesehen.«

»Sie haben sie schon mal gesehen.« *Ich muss aufhören mit diesen dämlichen Wiederholungen*, schoss es Isabelle durch den Kopf.

»In der Tat. Ob Sie es glauben oder nicht.«

»Sie haben eine Frau gesehen, die John Singer Sargent in den achtziger Jahren des neunzehnten Jahrhunderts gemalt hat?«

»Ja.«

»Im Traum?«

»Nein, in Wirklichkeit. Und zwar vor einiger Zeit im Nachtzug von Zürich nach Barcelona.«

Isabelle holte tief Luft. »Aha.« Dann, nach einer Pause: »Und Sie sind ganz sicher, dass es die Frau war, die Sargent gemalt hat? Und dass Sie hier keinen müden Spaß mit mir treiben?«

»Absolut sicher. Kein Spaß … nein.«

Isabelle atmete geräuschvoll aus. »Darauf brauche ich etwas Stärkeres. Garçon …« Sie winkte einem der jungen Kellner. »Einen Cognac, bitte.«

»Bitte sehr, bitte gleich.«

Es dauerte keine Minute, dann hatte Isabelle ihren Monnet, von dem sie einen beherzten Schluck nahm. Schweigend betrachtete sie den Cognacschwenker, in dem die goldene Flüssigkeit träge hin und her rollte.

»Na, dann …«, sagte sie lapidar. »*Salut*, Monsieur Palmer.«

»*Salut*, Mademoiselle Silva.«

»Wollen Sie mir das vielleicht näher erklären … damit auch ich es verstehe. Ich meine … so einfach wird das ja wohl nicht gewesen sein. Sie gehen im Nachtzug von Zürich nach Barcelona durch den Zug und sehen mir nichts, dir nichts eine Frau, die Ihnen gefällt oder zumindest auffällt. Sie wechseln vielleicht ein paar Worte mit ihr, aber als Gentleman wagen

Sie keinen Flirt. Sie werfen ihr nur verstohlene Blicke zu und weiden sich an ihrer Attraktivität. Und dann prägen Sie sich ihr Bild ein, um eine schöne Erinnerung mitzunehmen von dieser ach so kurzen, ach so unerfüllten Begegnung. Und auf der Estación de Franca trennen sich Ihre Wege, sie geht nach links, Sie gehen nach rechts. Und nur wenige Wochen später sehen Sie Ihre schöne Unbekannte auf dem Titelbild eines Auktionskatalogs des Dorotheums. Sie fahren nach Paris und engagieren mich, lassen sich durch mich in der Versteigerung auf über eine Million Euro hochtreiben, nur um das Bild … um *dieses* Bild zu bekommen. Darf ich mir das so vorstellen, Monsieur Palmer? Oder sehe ich Ihre kleine Romanze vielleicht … zu romantisch?«

»Keineswegs, Mademoiselle Silva. Das sehen Sie alles ganz richtig. Nur mit dem kleinen Unterschied, dass wir im Zugrestaurant an einem Tisch gesessen haben. Aber wir haben tatsächlich nur ein paar Worte gewechselt. Nicht mehr, leider … Sie war in ein Buch vertieft.«

»In ein Buch vertieft.« *Ich muss mit diesen blöden Wiederholungen aufhören.*

»Ja. *Der Schatten des Windes.* Von Zafón. Auf Italienisch.«

Isabelle bemerkte, dass diese Geschichte ihr ganz und gar missfiel.

»Sie sind ein hoffnungsloser Romantiker«, sagte sie schroff. »Sie haben eine schöne junge Frau gesehen. Und Sie sehen ein Bild von John Singer Sargent, das ihr vielleicht ein bisschen ähnelt … Und schon spielt Ihnen Ihre ausgeprägte Libido einen Streich, einen ziemlich verwegenen, muss ich sagen. Eine formvollendete, klassische Projektion! Das ist wirklich exzentrisch … surreal … um das Mindeste zu sagen. So etwas hätte sich nicht einmal Joanne K. Rowling ausgedacht.« Sie machte eine Pause und doppelte noch einmal ärgerlich nach. »Sie sind ein Phantast!«

Ihr Gegenüber lehnte sich zurück und betrachtete sie amüsiert.

Meine Güte, dachte Isabelle, *er hat mich durchschaut. Wie peinlich.*

»Mein Realitätssinn ist sehr tauglich«, sagte Palmer gedehnt und genoss jedes Wort.

»Aber wir sind uns schon einig, dass Ihre schöne Unbekannte keine Zeitreisende ist, die aus dem Pariser Atelier von John Singer Sargent kommend geradewegs in Zürich in Ihren Nachtzug eingestiegen ist und dabei nicht nur eine Strecke quer durch Europa, sondern fast hundertdreißig Jahre zurückgelegt hat«, entgegnete Isabelle um Spott bemüht.

Palmer lächelte sein entwaffnendes Lächeln. »Nein, diese Option können wir ausschließen, glaube ich.«

»Fein«, stellte Isabelle befriedigt fest. »Dann bleibt in der Tat nur noch eine Erklärung übrig, die einige Plausibilität in Anspruch nehmen kann. Und die als einzige ich akzeptieren könnte, obwohl das Ganze schon verwegen genug ist, wenn man es nur zu Ende zu denken wagt.«

Palmers Lächeln wurde noch breiter. »Denken Sie es ruhig zu Ende.«

»Das Bild ist eine Fälschung, Andrew. Und das wissen Sie auch!« Du lieber Himmel, sie hatte ihn beim Vornamen genannt! *Jetzt nur nicht weiter aus dem Konzept bringen lassen,* dachte Isabelle und fuhr fort: »Wahrscheinlich saß Ihre schöne Unbekannte einem zeitgenössischen Maler Modell, der sich auf Sargent bestens versteht und auch dessen Signatur perfekt beherrscht. Und dieses Modell – geben wir diesem unwahrscheinlichen Zufall mal für einen Moment Raum – setzt sich, während der Nachtzug durch Nordspanien rauscht, Ihnen im Speisewagen gegenüber. Und – Höhepunkt aller nur denkbaren Zufälle – Sie entdecken das Bild und glauben, mit ihm Ihrer kleinen Reisebekanntschaft auf die Spur zu kommen.«

»Das ist Ihre Erklärung, Isabelle?«

Er hatte es bemerkt. Er nannte sie Isabelle.

Sie hob die Schultern. »Ja. Eine andere habe ich nicht, so an den Haaren herbeigezogen und von allen nur möglichen Zufällen imprägniert sie auch ist. Und Sie haben auch keine andere, wenn Sie ehrlich sind. Eine Frage bleibt allerdings – und auf deren Beantwortung bin ich wirklich sehr gespannt.«

»Und die wäre?« Andrew Palmer schob gespannt seinen Oberkörper vor.

»Warum, um Himmels willen, geben Sie über eine Million Euro für ein Bild aus, von dem Sie ahnen … nein, annehmen … nein, wissen, dass es sich nur um eine Fälschung handeln kann?«

12

WIEN, HOTEL SACHER, ROTE BAR

Auf deine Antwort auf diese hochinteressante Frage wäre auch ich gespannt.«

Sie war unbemerkt von beiden hereingekommen und hatte sich just im richtigen Augenblick an den Tisch gestellt. Éloise Ledoyen trug ein dunkelrotes, eng geschnittenes Kleid mit raffinierten Ausschnitten, das so spektakulär war, dass es keiner weiteren Accessoires bedurfte, um sich in Szene zu setzen. Sie hatte die Haare hoch- und mit einer ebenfalls roten Agraffe festgesteckt, was ihr etwas Theatralisches verlieh. Jedenfalls passte sie mit ihrem Kleid perfekt in die *Rote Bar*.

Andrew Palmer hatte sich unwillkürlich erhoben. Er schien überrascht, hatte jedoch nicht vor, Éloise an den Tisch zu bitten, obwohl sie sich herausfordernd davor aufgebaut hatte. Isabelles Kopf begann augenblicklich zu arbeiten, trotz der Überraschung, in der unmöglichen Person aus der Auktion plötzlich eine Bekannte von Andrew Palmer vor sich zu haben. *Nun bin ich wirklich gespannt*, dachte sie.

»Darf ich fragen, mit wem ich das Vergnügen habe?«, erkundigte sie sich.

Éloise würdigte sie keiner Antwort, nicht einmal eines Blickes. Sie wandte sich allein Palmer zu, der sich wieder gesetzt hatte und aufgebracht schien.

»Das ist Éloise Ledoyen«, sagte er mit einer matten Handbewegung, als müsse er sich der lästigen Vorstellungspflicht entledigen. »Ein Albtraum in Rot«, setzte er ätzend hinzu.

»Deine herablassenden Versuche, witzig zu sein, kannst du dir sparen, Andrew …«

Diese beiden waren nicht nur oberflächlich bekannt, das war deutlich zu spüren.

»Und was willst du hier?«, fragte Palmer ungehalten.

»Warum fragst du das? Ich hätte mir denken können, für wen diese Schlampe das Bild ersteigert. Nun weiß ich wenigstens Bescheid.«

»Einen Dreck weißt du.«

»Oh, wie höflich. Ich bin gleich weg und werde das junge Glück nicht länger stören. Aber ich finde, man sollte seine Gegner kennen und mit offenem Visier kämpfen. Jetzt weißt du wenigstens, mit wem du es zu tun hast. Ich kann dir nur eines versprechen: Du wirst mit der schönen Unbekannten nicht glücklich werden … mit deinem Bild nicht und mit der da« – sie machte eine verächtliche Kopfbewegung Richtung Isabelle – »auch nicht.«

Isabelle lehnte sich zurück. Unerklärlicherweise beruhigte sie die Szene, die sie da miterlebte.

»Éloise, du bist wirklich verrückt …«

»Ach ja, bin ich das? Jedenfalls nicht halb so verrückt wie du nach mir warst. Aber das ist lange her, Andrew, und darum geht es auch gar nicht …«

»Éloise, verschwinde …«

Sie lachte auf, beugte sich noch einmal vor, stemmte die Hände auf den Tisch und zischte Andrew zu: »Ich bringe sie zur Strecke, deine Kleine, hab's ihr schon einmal gesagt. Ich werde dir alles nehmen … alles. Verlass dich drauf.«

Mit langen, raschen Schritten verließ sie das Restaurant.

Zurück blieb nur ihr Parfum, ein Hauch *Samsara*, wie Isabelle irritiert feststellte, denn dies war auch einer ihrer Lieblingsdüfte. Sie atmete einmal hörbar durch, prostete Andrew zu, stellte dann das Glas ab und klatschte ironisch Beifall.

»Beeindruckend«, sagte sie. »Von großen Auftritten versteht sie was, das muss man ihr lassen.«

»Ach was, sie ist einfach nur … *dégoutant*.«

»Woher kennen Sie sie, Andrew … oder darf ich das nicht fragen?«

Palmer nickte ergeben. »Eine alte Geschichte. Lange her. Das war … und ist … ohne Bedeutung.« Er schaute grimmig drein. »Doch was sollte dieser Auftritt? Woher weiß sie das … von mir … von Ihnen … von dem Bild?«

»Oh, das kann ich erklären«, sagte Isabelle und erzählte Andrew von dem mit Drohungen gewürzten Abgang, den sie im Dorotheum erlebt hatte und der eine Spezialität Éloise

Ledoyens zu sein schien. »Und zum Schluss wandte sie mir ihren Hintern zu, den sie in laszivem Gang Richtung Ausgang schob.« Sie lachte.

Andrew Palmer stimmte nicht in ihr Lachen ein. »Sie sollten sie nicht unterschätzen, Isabelle. Sie ist eine Amazone …«

»Ach, wirklich? Was will sie denn machen? Mich umbringen? Meine Güte, ich habe ihr ein Bild vor der Nase weggeschnappt, das ist ja wohl keine Beleidigung, die mit dem Tod bestraft werden muss.«

Dann fiel ihr wieder ihre Panik vom vergangenen Abend ein, als der Fremde sich an ihre Fersen geheftet und sie verfolgt hatte. Er hatte ihr ganz bewusst Angst einzujagen versucht. Sie hatte Palmer nichts davon erzählt, zu lächerlich erschien ihr das Ganze.

Doch das war es nicht. Éloise Ledoyen hatte sich in ihr Leben gedrängt, als hätte sie ein Anrecht darauf, Zwietracht zu säen und die dunklen Feuer der Panik zu schüren. Aber irgendetwas war zu sehr Performance an ihr, als dass Isabelle sie wirklich als eine Bedrohung empfunden hätte. Vielleicht hatte sie einfach nur Lust an der Provokation? Andrew Palmer sah das offensichtlich anders.

»Ich möchte nur wissen«, sagte er und drehte nachdenklich sein Glas auf dem Tisch, »warum sie hinter dem Bild her ist.«

»Tja, das scheint die zentrale Frage zu sein. Sie haben sie mir ja auch noch nicht beantwortet, wenn ich daran erinnern darf. Wir wurden unsanft unterbrochen, gerade in dem Augenblick, als Sie sich mir offenbaren wollten.«

Palmer nahm einen letzten Schluck Wein und winkte dann dem Ober, um die Rechnung abzuzeichnen und auf sein Zimmer setzen zu lassen.

»Wollte ich das? Nun gut, die Stunde der Wahrheit ist gekommen, und ich werde es Ihnen erzählen. Doch nicht hier. Lassen Sie uns noch in eine Bar gehen. Ich brauche jetzt einen starken Drink.«

Isabelle stand auf und legte ihm wie beiläufig eine Hand auf den Arm.

»Wenn Ihre Befürchtungen nicht unbegründet sein sollten, lieber Andrew, brauchen Sie mehr als einen starken Drink.« Sie lächelte ihm aufmunternd zu. »Dann brauchen Sie mich.«

Sie hatte Lust, ein paar Schritte zu gehen, und schlug Palmer vor, nicht die *Blaue Bar* im *Sacher* aufzusuchen, sondern ein anderes, nicht weit entferntes Etablissement.

Draußen zeigte sich der April erneut von seiner ungemütlichsten Seite. Es war empfindlich kühl geworden, Regen hing wieder in der Luft, nasskalter Regen, der noch nicht fiel, aber schon spürbar war. Der unangenehm auffrischende Wind kündigte ihn an. Andrew Palmer schlug den Mantelkragen hoch – eine Geste, angesichts derer Isabelle fröstelte, denn sie erinnerte sie allzu deutlich an den Fremden vom vorvergangenen Abend.

Sie ließen die auch in diesen späten Abendstunden noch belebte Kärntner Straße links liegen und gingen die wenigen Schritte durch ein paar Seitengassen zur *Loos-Bar*, die Isabelle vorgeschlagen und Palmer wortlos mit einem Kopfnicken akzeptiert hatte. Ihm schien alles recht zu sein, Hauptsache, er bekam die unangenehmen Bilder der Begegnung mit Éloise Ledoyen aus dem Kopf.

Sie redeten nur wenig auf diesem kurzen Weg, gingen unverbunden nebeneinander her wie ein Paar, das sich gestritten hatte und nun auf dem Weg nach Hause war. Palmer war tief in Gedanken versunken, er schien für nichts ansprechbar zu sein. *Er ist völlig aus der Spur*, dachte Isabelle. *Warum nur?* Sie hatte Éloise Ledoyens Auftritt eher amüsant gefunden. *Eine Zicke auf Kriegspfad. Mit der nehme ich es allemal auf.*

Isabelles Highheels klapperten auf dem Pflaster, während Palmer, schweigend in sich versunken, neben ihr ging. Er hatte sogar wie der unbekannte Verfolger von vorgestern die Hände in den Taschen seines für die Jahreszeit zu leichten Mantels vergraben und sah aus wie James Dean, der einsame Wolf, der durch die großen Städte zieht.

Erstaunlicherweise war die winzige *Loos-Bar* in der Kärntner-Passage noch nicht so überfüllt wie üblich.

»Manche sagen, in Wien gibt es nicht eine Bar«, meinte Isabelle, »sondern nur eine *einzige* Bar. Ich bin gern hier, die haben hier immer tolle Musik, klassische Cocktails sowieso und richtungweisende Jugendstil-Architektur, aber das steht in jedem Stadtführer.«

Die Miniatur-Bar, nicht größer als ein Wohnzimmer, frequentierten Bohemiens, Künstler und Sternchen, Lokalmatadore und Reisende, Barflys und Novizen, Nachteulen und Flaneure. Für sie alle schien *die Loos* wie ein zweites Wohnzimmer zu sein. Man traf sich, mehr noch, man kam einander näher, fast zwangsläufig, denn meistens wurde es auf den wenigen Quadratmetern Fläche ziemlich eng. Und schon redete man miteinander, lernte einander kennen. Ja, die Luft in der *Loos-Bar* war geradezu geschwängert von Geschichten. Und eine bahnte sich sogar gleich neben ihnen an …

Sie hatten sich neben ein frisch verliebtes Paar gezwängt. Isabelle musste schmunzeln, als sie die beiden sah; das Mädchen hatte seine Beine ungeniert über die ihres Liebsten gelegt und sein Gesicht dem Mann zugewandt, der zumindest für diesen Abend den Mittelpunkt ihres Universums bildete.

Sie bestellten ihre Drinks, Isabelle eine Caipirinha, ihr Begleiter tatsächlich einen doppelten Whiskey.

»Also schön«, nahm Palmer den Gesprächsfaden wieder auf, »dann will ich Ihnen verraten, warum ich die *Schöne Unbekannte* ersteigern ließ, obwohl ich tatsächlich nicht sicher war und bin, ob sie nicht doch eine Fälschung ist.«

»Da bin ich gespannt«, sagte Isabelle und beugte sich vor.

»Es ist ganz und gar nicht so spektakulär, wie Sie vielleicht erwarten. Ich habe mich tatsächlich in dieses Mädchen verliebt, und als ich das Bild sah, war mir klar, dass ich es haben muss, um jeden Preis …«

»Das Bild, nicht das Mädchen, oder?« Isabelle erlaubte sich ein wenig Spott, den Palmer nicht erwiderte.

»Wenn ich ehrlich bin, will ich wirklich beide. Ich hatte allerdings nicht damit gerechnet, dass die Versteigerung so hoch gehen würde. Glauben Sie nicht, dass mir eine Frau eine Million wert sein könnte?«

»Sie zahlen jeden Preis, wenn Sie sich etwas in den Kopf gesetzt haben, stimmt's?«

»Nicht unbedingt. Aber ich kann es mir leisten, ja. Außer meiner kleinen Galerie habe ich noch ein stattliches Erbe, das ich verpulvern kann. Um ehrlich zu sein, langweilt es mich. Geld langweilt mich überhaupt, es wird maßlos überschätzt, finde ich.«

»Das kann nur jemand sagen, der sich um seine Zukunft keine Gedanken mehr machen muss, für den Geld keine Kategorie der Sorge mehr ist«, warf Isabelle ein.

»Dann bin ich für Sie wohl so ein gelangweilter Multimillionär, der nicht weiß, was er mit seinen Milliönchen anfangen soll?«

»Von Langeweile haben Sie gesprochen!«

»Ja, ich weiß. Und da ist auch sicher was dran. Ich kann einfach keinen Sinn darin sehen, in diesem Spiel aufzugehen.«

»Sie sind ein Thomas Crown.«

Palmer blickte überrascht auf. »Wie meinen Sie das?«

»Na, *Thomas Crown*, der Film, kennen Sie den nicht? Der lässige Steve McQueen und die obercoole Faye Dunaway in den Swinging Sixties. Oder das Remake mit Pierce Brosnan und René Russo – er ist ein Geschäftsmann, der sich einen Kick verschafft, indem er aus Museen Gemälde stiehlt. Und sie ist eine Versicherungsdetektivin, die nicht nur dem gestohlenen Magritte, sondern auch dem Geheimnis Thomas Crowns auf die Spur kommen will.«

»Ja, ich erinnere mich an den Film, den aus den sechziger Jahren. Nett, dass Sie mich mit Steve McQueen vergleichen. Ich nehm's als Kompliment. Doch immerhin bezahle ich die Gemälde, die ich haben will, und denke mir keine verbrecherischen Coups aus oder kriminelle Kunststücke.«

»Ich meinte auch nur den Typ Mann. Thomas Crown, viele Millionen auf dem Konto, viel Leerlauf im Leben.«

»So sehen Sie mich?«, fragte Palmer indigniert.

»Diesen Eindruck vermitteln Sie mir schon ein wenig, ja. Korrigieren Sie mich, wenn es anders ist.«

»Also schön, dann korrigiere ich das. Viele Millionen auf dem Konto … und viel Lust auf Außergewöhnliches. Das Bild gehört in diese Kategorie.«

»Und das Mädchen aus dem Nachtzug auch …«

»Ja, das auch. Mich hat das alles einfach elektrisiert. Es hat mir keine Ruhe gelassen. Natürlich war mir klar, dass es ein Geheimnis, ein Rätsel gibt, das ich lösen muss. Ich wollte mich bei der Auktion nicht exponieren, darum habe ich mich an Sie gewandt. Beziehungsweise an Julien Silva, der mir empfohlen worden war.«

»Und jetzt, wo Sie das Bild haben?«

»Jetzt brauche ich Sie. Sie haben recht. Und ich möchte Sie engagieren, mich bei der Lösung des Rätsels zu unterstützen. Über das Honorar werden wir uns schon einig.«

»Und was genau wäre der Auftrag?«

»Nun, ganz einfach: Wir klären den Fall. Und wenn es eine Fälschung ist, bringen wir den Täter zur Strecke.«

»Hm.« Isabelle blickte ihn nachdenklich an. »Klingt interessant. Aber zwei kleine Probleme gibt es da doch.«

»Und welche wären das?«

»Zum einen: Ist Ihnen klar, dass Sie am Ende eines verlieren werden – das Bild (wenn es eine Fälschung ist) oder das Mädchen (wenn das Bild echt ist)?«

Palmer schürzte die Lippen und nickte. »Okay, das muss ich in Kauf nehmen. Wir werden zum Schluss wohl nicht ein Originalgemälde und das passende Mädchen dazu gefunden haben. Das wäre allzu unwahrscheinlich.«

»Ja, in höchstem Grade. Und zum Zweiten: Éloise Ledoyen. Sie ist eine Gefahr, wie Sie sagen. Wir wissen nicht, was sie an dem Bild findet und warum sie es unbedingt haben will. Sie ist aus einem anderen Grund hinter dem Sargent her als Sie. Und mein Gefühl sagt mir, dass wir der Lösung vielleicht näher kommen, wenn wir uns auf Mademoiselle Ledoyen konzentrieren. Was meinen Sie?«

»Wir dürfen sie auf keinen Fall außer Acht lassen. Und auch nicht unterschätzen. Irgendwie scheint sie ein boshaftes Vergnügen daran zu finden, das Bild und gleichzeitig mich zu jagen.«

»Warum ist sie so schlecht auf Sie zu sprechen?«

»Ach, das ist keine große Geschichte. Für einen groß angelegten Rachefeldzug reicht das nicht. Sie ist die Tochter des Wirtschaftsanwalts François Ledoyen, der meinen Vater vertritt und mit ihm zusammen einen perfiden Plan ausgeheckt hat, um mich abzufinden, aus der Firma herauszukomplimentieren und meinen Bruder als Nachfolger zu installieren. Ist ihnen hervorragend gelungen. Es würde zu weit führen, ihnen diese unappetitliche Geschichte in allen Einzelheiten zu erzählen. Éloise bin ich kurz vor all diesen Vorgängen in London auf einem Ball im *Savoy* begegnet, sie spielte die große Verführerin, und weil ich an jenem Abend nichts Besseres zu tun hatte, bin ich auf ihr Spiel eingestiegen. Wir hatten eine Affäre, fünf Tage und fünf Nächte – ziemlich aufregende, zugegeben –, und ich hatte eine perverse Lust, ihr krachend den Laufpass zu geben und meine Unabhängigkeit von den Ledoyens zu demonstrieren. Ziemlich kindisch, klar, aber sie hat's auch provoziert.«

»Vielleicht haben die beiden Väter ja die blonde Waffe Éloise auf Sie angesetzt?«

»Ja, wahrscheinlich. Jedenfalls habe ich ihr diesen Part zugeschoben und ihr eine wütende Abschiedsszene hingelegt. Heute allerdings glaube ich, dass möglicherweise von ihrer Seite doch so etwas wie Zuneigung im Spiel war. Und dass sie sich von mir grund- und schuldlos abserviert fühlt. Das könnte sie ziemlich verletzt haben. Aber ich habe nicht den blassesten Schimmer, warum sie unbedingt das Bild haben will.«

»Wenn es eine Fälschung ist, würde sie nicht viel Spaß damit haben.«

»Ich bin noch gar nicht überzeugt davon, dass der Sargent gefälscht ist«, meinte Palmer. »Mein Gefühl sagt mir vielmehr, dass das Bild echt ist.«

»Ahnungen … Gefühle … das sind keine zuverlässigen Währungen in diesem Geschäft, Andrew. Sie sind sogar die denkbar schlechtesten. Beweisen wir, ob es ein Original-Sargent oder eine Fälschung ist.«

»Und wie wollen wir das angehen?«

»Oh, das ist einfach«, antwortete Isabelle. »Der erste Schritt ist immer: Julien fragen.«

13

WIEN, KÄRNTNER RING, HOTEL IMPERIAL

Trotz der vorgerückten Stunde nahm Julien Silva den Telefonhörer bereits nach dem ersten Klingeln ab. Vor Mitternacht gelang es ihm selten, Schlaf zu finden, und mehr als fünf Stunden schlief er nie. Er hatte sich ins Bett begeben, mit einer heißen Zitrone, die Agnès ihm noch zubereitet hatte, bevor sie das Haus verließ. Und lag nun schniefend und hustend in den Kissen, voller Selbstmitleid, dass ausgerechnet er immer diese »lebensbedrohlichen Erkältungen« zu erleiden hatte. Dabei war er – erstaunlicherweise, wie Isabelle fand – nur sehr selten krank und für sein Alter erstaunlich robust.

»Ah, *ma princesse* …«, ein Hustenanfall unterbrach schon die Begrüßung, »wie geht's dir in Wien? Hast du das Bild deinem Engländer übergeben?«

Sie hatte sich von Palmer vor dem *Hotel Sacher*, wo er logierte, verabschiedet und war weiter zum *Imperial* gegangen. Diesmal war ihr niemand gefolgt, und sie neigte mittlerweile dazu, den Vorfall mit dem Fremden als Gespinst ihrer überreizten Phantasie abzutun. Auch Julien Silva sollte nichts davon erfahren, Isabelle wollte ihn nicht mit solchen Angstgeschichten beunruhigen. Sie hatte sich rasch entkleidet, war in ihr bequemes baumwollenes Nachthemd geschlüpft und hatte es sich mit dem Telefon im Bett bequem gemacht.

»Ja, *Grand-Papa*. Die *Schöne Unbekannte* hat ihren neuen Besitzer gefunden. Er war ganz angetan, hätte ihm beziehungsweise uns nicht Éloise Ledoyen aufgelauert und furchtbare Verwünschungen und Drohungen ausgestoßen.«

»Éloise Ledoyen … wirklich? Seltsam, dass uns in letzter Zeit immer diese Ledoyens über den Weg laufen. Ist das noch Zufall oder schon Schicksal?«

»Ja, aber immerhin wollten sie den Sargent nicht stehlen wie Tizians *Flora*, sondern ganz legal im Dorotheum ersteigern. Dort hatte ich nämlich meine erste Begegnung mit Éloise. Und Andrew …«

»Andrew?«

»Monsieur Palmer kennt sie von früher.«

Isabelle erzählte ihrem Großvater die ganze Geschichte. Sie ließ nichts aus, auch nicht Palmers Geschichte mit dem Nachtzug. Doch er hielt Isabelles Idee, zu untersuchen, ob das Bild eine Fälschung war, für überflüssig. Und auch ihr weiteres Engagement für unnötig.

»Was soll das noch, Isabelle? Du hast deinen Auftrag erfüllt. Lass ihn laufen, deinen Palmer, und mit dem Bild glücklich werden. Oder auch nicht. Was geht es dich an, ob er einen originalen Sargent ersteigert hat oder eine billige Kopie?«

»Wie auch immer, billig ist die Kopie ganz bestimmt nicht. Ich habe mir das Bild vor der Auktion angeschaut, es ist ein Meisterwerk, selbst wenn es tatsächlich eine Fälschung sein sollte.«

»Oho, seit wann hältst du Fälschungen für Meisterwerke und …« Der Rest von Juliens Frage ging in einem weiteren hartnäckigen Hustenanfall unter.

»*Pépé*, bitte schone dich.«

»Wie soll ich mich schonen, wenn ich meine Enkelin in Gefahr weiß? Mit den Ledoyens ist nicht zu spaßen. Sag diesem Fall Adieu, Isabelle, ich bitte dich, und komm zurück nach Paris. Ich brauche dich hier. Hör auf deinen alten *Pépé*.«

»Was soll das? Es ist ein Auftrag, es ist unser Geschäft, warum sollte ich mich nicht auf die Spur der *Schönen Unbekannten* setzen? Was ist nur plötzlich in dich gefahren? So kenne ich dich gar nicht … so besorgt … so kleinmütig …«

Julien Silva hustete, aber es schien Isabelle diesmal ein wenig bemüht, als wollte er sich um eine Antwort auf ihre Fragen drücken. Dann, nachdem er wieder durchatmen konnte, sagte er nur: »Die Sache gefällt mir nicht. Ich kann dir nur raten, die Finger davon zu lassen, auch von diesem Palmer. Mit dem stimmt was nicht, nach allem, was du mir von ihm erzählt hast.«

Nun wurde Isabelle wütend.

»Julien, das ist doch wirklich kindisch, was du da sagst. Hilf mir lieber. Zum Beispiel, indem du mir verrätst, an wen wir uns in Sachen Sargent wenden könnten.« Sie sagte bewusst »wir« und nicht »ich«.

»Den Teufel werde ich tun …«

»*Pépé!* Was ist nur los mit dir? Du wirst mir doch diesen kleinen Hinweis geben können.«

Nach einigen Sekunden Pause, in denen Isabelle schon annahm, das Gespräch sei unterbrochen worden, sagte Silva nur knapp: »Orlando Vargas. In Barcelona. Ein hervorragender Gemälderestaurator. Spezialist für Sorolla und Koryphäe in Sachen Sargent. Grüß ihn schön von mir … Isabelle, du rufst mich jeden Abend an und erstattest mir Bericht. Ja?«

»Ja, in Ordnung, das mache ich. Und … Julien …«

»*Princesse?*«

»Danke.«

»Ich weiß wirklich nicht, ob ich für diese Information deinen Dank verdiene«, sagte Julien Silva zweifelnd und trank den letzten Schluck seiner nicht mehr ganz so heißen Zitrone. »Oder nicht doch deinen Fluch.«

Mit irritiertem Stirnrunzeln legte Isabelle ihr Mobiltelefon auf den Nachttisch und ging ins Bad, um sich für die Nacht frisch zu machen. Sie hatte sich gerade abgeschminkt und eine Nachtcreme aufgetragen, als das Telefon klingelte. Das Zimmertelefon.

»Frau Silva, hier ist die Rezeption. Ein Gespräch für Sie … ein Herr Palmer.«

»Isabelle … sind Sie's?«, kam es aus dem Hörer.

»Aber ja, immer zu Diensten«, sagte sie munter.

»Sie müssen sofort kommen … zu mir … ins *Sacher* …«

»Früher waren es die Gentlemen, die ihre Ladys aufsuchten. Sie zitierten sie nicht mitten in der Nacht zu sich.«

Palmer war nicht nach Flirt zumute. Seine Worte ließen sie in Windeseile wieder in ihre Kleider steigen und zum *Sacher* laufen. Er sagte: »Der Sargent. Er ist weg. *Perdu*.«

Sie hatte sich nur rasch die Nachtcreme abwischen und die Haare zusammenbinden können und kam entsprechend nicht sehr präsentabel im *Sacher* an. Der Concierge war schon von ihrem Kommen unterrichtet worden und nannte ihr die Nummer von Palmers Zimmer in der dritten Etage. Sie ließ den Aufzug unbeachtet und lief die Treppe hinauf. Etwas atemlos klopfte sie an die Tür.

Ein winziger Moment, in dem sie sich in die Augen blickten. Dann wagte Palmer es, Isabelle kurz in die Arme zu nehmen, als sei er es, der ihr Trost spenden müsse.

»Das darf nicht wahr sein!«, sagte Isabelle, als sie sich von ihm löste. »Wie haben Sie es bemerkt? Wieso haben Sie das Bild nicht in den Hotelsafe zur Aufbewahrung gegeben? Das ist unglaublich fahrlässig.«

Aufgebracht ging sie in der Suite auf und ab. Die Tür zum Schlafzimmer stand offen, doch das Bett war unberührt. Palmer hatte noch einen letzten Drink in der *Blauen Bar* genommen, bevor er in seine Suite gegangen war. Er lachte grimmig auf.

»Genau das habe ich versucht. Ich hatte das Bild gut verpackt und nach unten getragen. Doch ob Sie es glauben oder nicht – der Hotelsafe war nicht groß genug. Ich wollte mir das Bild vor dem Zubettgehen noch einmal anschauen, also hab ich es wieder mitgenommen und es hinter dem Sekretär dort drüben verstaut. Da war es vollkommen unsichtbar, ich schwöre es Ihnen. Ich war wie vom Donner gerührt, als ich merkte, dass es weg war, und hab sofort an der Rezeption Alarm geschlagen, ob vielleicht eines der Zimmermädchen … Aber das ist natürlich Unfug. Eines der Fenster hatte ich einen Spalt breit offengelassen, weil ich die Klimaanlage ausgeschaltet hatte und die Luft hier ziemlich abgestanden war. Aber es wird doch wohl niemand an den Fassaden entlanggeklettert und hier eingestiegen sein …«

»Keine Ahnung«, sagte Isabelle. »Die Frage ist, was wir jetzt tun müssen. Wenigstens haben wir noch das Bild aus dem Auktionskatalog, um uns auf die Suche zu machen …«

»Bevor wir uns trafen, habe ich auch noch ein paar Photos gemacht, mit meiner Kamera.«

»Oh, Andrew, ich kann's immer noch nicht glauben. Immerhin haben wir eine Verdächtige …«

»Éloise Ledoyen«, sagten sie beide wie aus einem Mund.

»Ein bisschen simpel, oder?«, gab Palmer zu bedenken.

»Haben Sie eine bessere Idee? Sie war schnell, das muss man ihr lassen.«

»Sie weiß, wo ich in Wien logiere. Ich bin immer im *Sacher.* Aber ich kann mir nicht vorstellen, dass sie im roten Abendkleid über Dächer und Fassaden klettert. Und wenn schon der Hotelsafe zu klein war für das Bild … Nein, ich fürchte, wir müssen uns von der Idee verabschieden, dass jemand hier durch das Fenster eingestiegen und auf demselben Weg, mit dem Bild auf dem Rücken, geflüchtet ist.«

»Ja, das wäre zwar romantisch, aber unrealistisch. Mehr spricht wohl für die simple Variante, dass jemand den Nachtservice überlistet und sich Einlass in Ihre Suite verschafft hat«, vermutete Isabelle.

»Doch dieser Jemand muss sich hier im Hotel auskennen, schließlich wird der Dieb nicht mit dem Bild unterm Arm durch das Hotelportal hinausspaziert sein. Er muss Nebenausgänge kennen, einen halbwegs sicheren Weg nach draußen.«

»Irgendwie widerstrebt mir die Vorstellung, dass Mademoiselle Ledoyen in ihrer roten Robe sich persönlich Zugang zu Ihrer Suite verschafft und die Sache selbst in die Hand nimmt. Sie ist eher der Typ, der jemanden anheuert. Aber auch das muss rasch gegangen sein, schließlich ist ihr das Bild erst gerade mal vor ein paar Tagen durch die Lappen gegangen.«

Isabelle setzte sich auf das brokatbezogene Sofa und zog die Beine an, als machte sie es sich hier zum gemütlichen Plausch mit Hélène bequem.

»Ich glaube trotzdem, dass wir uns auf Éloise konzentrieren müssen. Sie ist der Schlüssel zu allem, das sagt mir mein Gefühl«, meinte Isabelle nach einer Pause, in der sie beide geschwiegen und vor sich hingestarrt hatten.

»Sie ist gleich aktiv geworden, nachdem ich ihr den Sargent weggeschnappt habe. Schon am Abend bin ich nämlich verfolgt worden. Sie muss sofort jemanden auf mich angesetzt haben, sonst hätte sie nicht herausfinden können, dass ich im *Imperial* wohne. Und auf Ihrem Weg von meinem Hotel zum *Sacher* sind bestimmt auch Sie beschattet worden … allerdings ohne dass Sie es gemerkt haben. Und dann … Trara! … der Auftritt an unserem Tisch.«

»Sie haben mir gar nicht erzählt, dass man Sie … bedroht hat.« Palmer warf ihr einen besorgten Blick zu.

»Ich war mir auch nicht sicher, dass es wirklich eine Verfolgung war. Es war gar nicht verdeckt, es ist mir nur ein Mann gefolgt … ganz offen, ziemlich lange, vom Heldenplatz bis zum Hotel. Wahrscheinlich hatte er mich schon in Schönbrunn im Visier.«

»Und nun glauben Sie, dass Éloise Sie beschatten ließ?«

»Davon bin ich überzeugt. Das passt doch alles zusammen.«

»Es passt ein bisschen zu sehr zusammen, nicht wahr?«

»Was wollen Sie damit sagen?«

»Überlegen Sie mal, Isabelle. Sie ersteigern das Bild, auf das auch Éloise es abgesehen hat. Bis zu diesem Zeitpunkt war sie sich absolut sicher, dass sie den Zuschlag bekommt. Sie haben ihr die Tour vermasselt, das konnte sie nicht ahnen. Sie hat ganz bestimmt nicht prophylaktisch einen Detektiv vor dem Dorotheum postiert für den höchst unwahrscheinlichen Fall, dass sie herausbekommen muss, wer ihr den Sargent streitig gemacht hat. Oder gleich zwei Detektive, denn das Dorotheum hat bekanntlich Haupteingänge in zwei Gassen.«

Isabelle war nicht ganz überzeugt. »Sie kann mir selbst gefolgt sein, ohne dass ich es gemerkt habe. Im Taxi bis Schönbrunn. Dort hat sie dann ihren Handlanger hinbestellt und postiert, und der hat den Rest erledigt …«

Palmer seufzte und legte seinen zu Ende gerauchten Zigarillo vorsichtig im Aschenbecher ab.

»Anyway, my dear«, sagte er lakonisch. »Das werden wir heute nicht mehr klären können. Zur Polizei gehen und den Diebstahl melden will ich nicht. Das werde ich selbst in die Hand nehmen. Ich bin froh, dass Sie mit dabei sind. Ja, ich brauche Sie. Morgen sehen wir weiter. Wien ist nun eine ziemlich gefährliche Stadt für Sie, Isabelle, ich möchte Sie ungern nach draußen durch die Dunkelheit schicken, wo Ihnen nur wieder irgendwelche Männer folgen. Ich biete Ihnen mein Bett an … da drüben …«

Isabelle lächelte. »Und wo werden Sie schlafen, *Sire*?«

»Das liegt ganz bei Ihnen, *Mylady*.«

14

WIEN, INNERE STADT, HOTEL SACHER

Als der blutjunge Zimmerkellner, in schmucker *Sacher*-Uniform und mit Käppi auf dem Kopf, an die Tür klopfte und einen Servierwagen mit einem opulenten Frühstück hereinrollte, fiel durch das Fenster der Suite ein Sonnenstrahl direkt auf das Paar, das zu früher Morgenstunde bereits damit beschäftigt war, eine Strategie für die nächsten Tage zu entwickeln. Palmer starrte auf sein iPad, auf das er die von ihm aufgenommenen Photos der *Schönen Unbekannten* überspielt hatte. Isabelle kritzelte Notizen in ihr kleines Paperblank. Sie schaute kaum auf, als der Kellner ihnen das Frühstück servierte, griff dann aber doch dankbar nach der angebotenen Tasse Kaffee, die sie wie stets schwarz trank, ohne Milch und ohne Zucker.

Es herrschte Schweigen zwischen ihnen, jeder war auf seine Gedanken konzentriert. Sie wirkten wie ein aufeinander eingespieltes Businessteam, das sich auf eine wichtige Konferenz vorbereitet. Isabelle fokussierte sich auf die Echtheitsfrage; sie war bereits im Internet unterwegs gewesen und hatte einiges zu Orlando Vargas herauszufinden versucht, aber über ihn kursierten im Netz nicht gerade viele Informationen. Auch keine Bilder.

Sie hatte sich bereits entschieden, zunächst mit dem Wagen nach Paris zurückzufahren, um weitere Recherchen zu unternehmen, dann von dort aus nach Barcelona zu fliegen und mit Vargas über John Singer Sargent zu sprechen. Als sie Palmer verriet, was sie vorhatte, blickte dieser von seinem iPad auf und sagte nur lapidar: »Ich komme mit.«

Sie schenkte ihm ein Lächeln.

Ja, dieser Job gefiel ihr. Und Palmer auch.

Sie war mitten in der Nacht aufgewacht, weil durch das noch immer geöffnete Fenster kalte Luft ins Schlafzimmer strömte und sie unter der dünnen Bettdecke frösteln ließ. Sie stand auf, um es zu schließen, und blickte mit einer gewissen undefinierbaren Zuneigung auf Andrew Palmer, der halb bekleidet im Wohnraum der Suite auf dem Sofa schlief. Das Sofa war etwas zu klein für seine Körpergröße und zwang ihn, leicht verrenkte Positionen einzunehmen. Sie hatte ihn, als sie zu Bett ging, nicht abgewiesen, aber auch nicht eingeladen. Vielmehr hatte sie sich zunächst schlafend gestellt, war dann jedoch sofort in einen erschöpften Schlaf gefallen. Und Palmer hatte es, als er aus dem Badezimmer kam, wohl nicht mehr für opportun gehalten, sie zu wecken.

Angesichts dieser verpassten Gelegenheit der »ersten Nacht« war Isabelle im Grunde froh, dass noch alles in der Schwebe war zwischen Palmer und ihr. Sie mochte ihn, seinen jungenhaften Charme, seine romantische Besessenheit von dem Bild (die Identifizierung der schönen Unbekannten mit dem Mädchen aus dem Nachtzug hielt sie nach wie vor für eine Phantasmagorie), seine lässige Art, mit Luxus umzugehen, ihn als Selbstverständlichkeit anzusehen, ohne darüber zum Snob zu werden. Er war attraktiv, jedoch kein oberflächlich glatter Dressman. Er hatte Witz und Intelligenz. Doch es war auch etwas Mysteriöses an ihm, das sie nicht recht deuten konnte, das sie zwar faszinierte, aber auch verstörte. Irgendetwas verschwieg er ihr, und sie war sich nicht schlüssig, ob das für sie wesentlich war oder ob sie es nicht schlicht ignorieren sollte.

Isabelle war entschlossen, es vorerst zu vernachlässigen. Sie blickte von ihrem Notizbuch auf und riss auch Palmer aus seiner versunkenen Betrachtung des Bildes.

»Du könntest natürlich auch von hier aus nach London fliegen, ich fahre allein zurück nach Paris, um mir die Ledoyens vorzuknöpfen, und wir treffen uns in ein paar Tagen in Barcelona …«

Dass Isabelle ganz *en passant* zum »Du« übergegangen war, schien Palmer mit Freude zu registrieren. Mit dem für ihn typischen Grinsen, das die passionierte Kinogängerin Isabelle ein wenig an George Clooney erinnerte, nahm er den Ball auf:

»Auf gar keinen Fall lasse ich dich auch nur in die Nähe der Ledoyens, so ungeschützt.«

»Ich denke, Éloise Ledoyen ist eher eine Gefahr für dich als für mich.«

»Aber sie hat dich direkt bedroht. Zwei Mal.«

»Ach, das war doch nur Theaterdonner. Sie hat einfach Spaß daran, andere in Angst und Panik zu versetzen. Ich habe nicht vor, mich davon erschrecken oder auch nur beeindrucken zu lassen.«

»Sie ist keine Einzelkämpferin ...«

»Wie meinst du das?«, fragte Isabelle und zog erstaunt die Augenbrauen hoch.

»Ich glaube nicht, dass das Töchterchen auf eigene Faust unterwegs ist. Nein, Papa hat seine Hände im Spiel, da bin ich mir ziemlich sicher. Und mit dem ist nicht zu spaßen.«

Isabelle winkte mit einer überheblichen Handbewegung ab.

»Ach, der kann nicht einmal die Bilder schützen, die er sich klauen lässt.« Und als sie das Fragezeichen in Palmers Miene bemerkte, erzählte sie ihm von dem Coup mit Tizians zweiter *Flora*. »Sie befand sich praktisch ungesichert in seiner Villa. Ich bin rein und wieder raus mit dem Bild, das war überhaupt kein Problem«, schloss sie mit einem Anflug von Selbstzufriedenheit.

Energisch ließ Palmer die Lederhülle über dem iPad zuschnappen. »Das darf ja wohl nicht wahr sein!«

»Was?«

»Du klaust Bilder? Und hältst *mich* für einen Thomas Crown?«

»Ich klaue keine Bilder, ich stelle sie sicher. Es war ein Bild, das dem Conte D'Amario in Venedig gestohlen worden war und das ich für ihn wiederbeschafft habe. Nicht vielleicht auf die feine legale Art, aber es hat funktioniert.«

Palmer war nicht überzeugt und blickte sie finster an.

»Du hast dich exponiert, das ist es, was mir nicht gefällt. Vielleicht bist du doch gesehen worden. Oder hast Spuren hinterlassen, anhand derer man dich identifizieren kann.«

»Dann hätte ich ja wohl was von den Ledoyens gehört.«

»Nun, das hast du ja auch.«

»Andrew«, sagte sie mit nachsichtiger Herablassung. »Éloise hatte keine Ahnung, wer ich war, als ich ihr den Sargent in der Auktion weggeschnappt habe.«

»Vielleicht doch. Du machst immer wieder den Fehler, sie zu unterschätzen. Du glaubst, nur weil sie stets großes Drama inszeniert, bräuchtest du sie nicht ernstnehmen. Ich kenne sie besser, glaub mir.«

Isabelle seufzte. »Na schön. Sie ist die gefährlichste Frau auf diesem Planeten. Aber sie hat dir *dein* Bild stehlen lassen, vergiss das nicht. Ich glaube wirklich, dass sie eher dich im Visier hat als mich. Hast du vergessen, wen sie in der *Roten Bar* angesprochen hat? *Mich* hat sie keines Blickes gewürdigt.«

»Warum streiten wir eigentlich?«

»Streiten wir?« Isabelle tat erstaunt. Sie hatte sich glänzend unterhalten. Und dass Palmer sie beschützen wollte, rührte sie.

Dann geschahen zwei Ereignisse, von denen jedes für sich genommen schon alles durcheinanderbringen sollte.

Palmers Mobiltelefon meldete sich mit dem Klingelton wie aus einem klassischen Bakelitgehäuse. Er fand es erst nicht, suchte es im Durcheinander auf dem Tisch, dann in seinem Anzug, den er trug, schließlich in den Sachen, die er am Tag zuvor angehabt hatte. Er wurde immer nervöser, fluchte vor sich hin, griff fahrig in Jacketts und schüttelte eine Hose aus. Und als er das Telefon endlich zu fassen bekam und das Gespräch annehmen konnte, fiel seine Brieftasche auf den Boden. Er bemerkte es nicht. Kaum hatte er sich gemeldet, wurde sein Gesicht ernst, ja undurchdringlich. Dann verließ er mit einer entschuldigenden Geste das Zimmer, um das Gespräch draußen fortzusetzen.

Isabelle musste lächeln. Dass Männer immer in Panik geraten, wenn sie befürchten, ein Telefonat ginge ihnen durch die Lappen. Sie selbst nahm Anrufe nur entgegen, wenn sie den Anrufer als wichtig identifizieren konnte, von Julien etwa, Hélène oder Gabrielle Obéron, der Geschäftsführerin ihrer Galerie. Alle anderen ließ sie auf die Voicebox sprechen, und sie erlaubte sich höchst eigenwillige Entscheidungen, ob und wen sie wann zurückrief.

Sie trank einen letzten Schluck Kaffee, und als sie die Tasse abstellte, fiel ihr Blick auf Palmers Brieftasche aus feinem Leder, die unter den Tisch gesegelt war. Es war nur noch ein Zipfel, der hervorschaute, und Isabelle fürchtete, Palmer würde sie beim Packen vielleicht gar nicht bemerken und sie zurücklassen. Also hob sie die Brieftasche auf und legte sie auf den Tisch – so würde er sie gleich sehen, wenn er wieder hereinkam.

Doch Palmer ließ sich Zeit mit seinem Telefonat. Es musste wohl was Wichtiges sein. Unschlüssig blickte Isabelle umher, aber immer wieder blieb ihr Blick auf der Brieftasche haften. Dann gab sie in einem souveränen Akt ihrer immer heftiger brennenden Neugier nach, nahm die Brieftasche und warf einen Blick hinein.

Sie enthielt das Übliche, was Männer so mit sich führen. Kreditkarten, Reisepass, eine britische *Identity Card.* Etwas Bargeld in Scheinen, Euro, Dollar und englische Pfund. Ein paar Visitenkarten, die Isabelle sich näher ansah.

ANDREW PALMER, ESQ

Arts & Antiques

Mit Londoner Adresse und Telefonnummer. Jedoch ohne Website und auch ohne Mailadresse. Sie lächelte über das »Esq«. *Esquire, wie oldfashioned ist das denn! Meine Güte, Andrew ist wirklich ein bisschen crazy.*

Dann ein paar Notizzettel, vollgekritzelt mit zum Teil kryptischen Kürzeln. Ein schmales Adressbuch, in dem nur wenige Einträge waren, unter anderem aber *Silva & Co. Art Inquiries* in Paris. Sogar ihre Mobilnummer, was sie mit einem Stirnrunzeln bemerkte, denn sie hatte ihm die Nummer nicht gegeben.

Nur um festzustellen, ob die Photos auf Palmers *Carte d'identité* und Reisepass eine entfernte Ähnlichkeit mit der realen Person hatten – was ja eine Seltenheit ist –, schaute sie sich die Dokumente an. Er war erstaunlich gut getroffen, schaute ernst, aber mit wachem Blick in die Kamera. Aber der Name!

Er lautete nicht Andrew Palmer.

Er lautete in beiden Dokumenten Andrew Montgomery.

Und hinten in der Brieftasche, unter einer Lasche, steckte ein Photo von Éloise Ledoyen. Sie saß mit verwuschelten Haaren auf einem Bett und lachte glücklich in die Kamera. Und sie trug nur ein dünnes, durchsichtiges Top.

Sie starrte auf die beiden Dokumente und das Bild. Dann hörte Isabelle, wie der Zimmerschlüssel mehrmals gesteckt wurde, die Tür sich jedoch sperrte und erst im vierten oder fünften Anlauf öffnen ließ. Das gab Isabelle den halben Augenblick Zeit, die Ausweise und das Photo hastig zurück in die Brieftasche zu stecken. Sie schaffte es gerade noch, die Ledertasche auf den Tisch zu werfen, wo sie sie ursprünglich hatte ablegen wollen. Dann stand Palmer mitten im Zimmer, das Mobiltelefon in der Hand. Mit dem verlorensten Blick, den man sich vorstellen kann, ließ er sich in einen der Sessel fallen. Er seufzte und sagte dann mit tonloser Stimme:

»Es war mein Vater. Robert … mein Bruder … er ist tödlich verunglückt. Ich muss zurück nach London. Sofort.«

15

PARIS, SECHSTES ARRONDISSEMENT, RUE DES BEAUX-ARTS

Die Wohnung lag im Halbdunkel, erhellt nur von einer auf ein Gemälde gerichteten kleinen Bodenleuchte. Die Wanduhr mit ihrem Tick-tack und matten metallischen Reflex, wenn das Pendel den weitesten Ausschlag nach rechts erreichte. Ein Aschenbecher mit dem aufsteigenden Rauch einer langsam verglühenden Zigarette, ein Glas mit einem Rest Wein, das sorglos auf dem abgetretenen Perserteppich abgestellt war. Isabelle saß auf dem Sofa vor dem geöffneten Fenster, sie hatte die Beine angewinkelt und diese mit den Armen umschlungen, eine Haarsträhne hing ihr ins Gesicht. Die Augen mit geweiteten Pupillen starrten geradeaus, auf ein Bild, eine Landschaftsminiatur von Claude Lorrain, ohne es eigentlich wahrzunehmen, sie peilten einen idealen Punkt an auf der Oberfläche der Leinwand, die eine junge Hirtin mit ihrer Schafherde zeigte, verloren in einem grandiosen Landschaftspanorama. Es passte zeitlich so gar nicht zu der Musik, die Isabelle aufgelegt hatte, traurige Jazzmusik. Doch das Gefühl der Verlorenheit, das Bild und Musik erzeugten, war vollkommen stimmig.

Reglos saß sie da und hatte jegliches Zeitgefühl verloren, fühlte nichts als die Wärme ihrer nackten Schenkel und Knie. Mitunter hob sich ein Trompetenton lauter aus den Schatten, und sie wiegte den Kopf im Takt der Musik. Die Trompete war in dieser Nacht ihre einzige Begleiterin, gedämpft und melancholisch wie die Trauer in ihrer Seele.

Sie hatte die Strecke von gut tausend Kilometern zwischen Wien und Paris wie in Trance zurückgelegt, in irrwitzigem Tempo. Auch auf der Fahrt hatte sie Musik gehört und das Lenkrad mit der mechanischen Sicherheit bedient, welche nur Fahrer haben, die es gewohnt sind, lange Distanzen zurückzulegen, ohne sich groß Gedanken darüber zu machen. Natürlich dachte sie an Palmer, ließ die Bilder der vergangenen Tage vor ihrem inneren Auge vorüberziehen. Wer war dieser Mann? Ihre Entdeckung, der Telefonanruf, der hastige Aufbruch, jeder in eine andere Richtung, zu einem anderen Ziel, das alles in nicht einmal einer halben Stunde …

Sie machte auf der Strecke nur zwei Mal Pause, um zu tanken und sich in der Raststätte einen *coffee to go* zu holen, der gar nicht mal schlecht schmeckte.

Knapp acht Stunden nach ihrem überhasteten Auschecken im *Imperial* bog sie vom Boulevard Saint-Germain in ihr Viertel ein. Sie war körperlich erschöpft und trotzdem hellwach. Julien schlief schon; Agnès, der gute Geist, hatte ihn mit Medikamenten versorgt, ihm eine Hühnersuppe gekocht, deren Reste in der Terrine kalt geworden waren, ihm einen Wickel gemacht, der ihm – wie auch die Decke – im Schlaf weggerutscht war. Isabelle bedachte ihren *Grand-Papa* mit einem zärtlichen Blick, deckte ihn zu wie ein Kind, über dessen Schlaf man liebevoll wacht, während es seiner Genesung entgegenträumt.

Dann ging sie in ihr Appartement. Für ein Bad war sie zu müde, sie wäre in der Badewanne eingeschlafen, und wenn sie etwas hasste, dann das: in kaltem Badewasser aufzuwachen. Sie kochte eine Kanne Kaffee, goss sich ein Glas Wein ein und hockte sich auf diese Weise grundversorgt auf das Sofa, um Ordnung in ihre wirren Gedanken zu bringen.

Der Dreh- und Angelpunkt war Andrew Palmer oder wie immer er richtig hieß. Welches Spiel spielte er? All diese seltsamen Pirouetten – die wahnwitzige Nachtzug-Geschichte, das Bild, das er nicht selbst ersteigern wollte oder konnte, der falsche Name, die verborgene Identität, all die Geschichten, die er ihr aufgetischt hatte wie ein *menu surprise*. Dann die durchgeknallte Éloise Ledoyen, der Diebstahl des Bildes, ihr Photo in der Brieftasche, das alles, was Andrew über die abgelegte Kurzliebschaft erzählt hatte, Lügen strafte. Für einen Augenblick zweifelte Isabelle sogar daran, dass es mit dem überraschenden Telefonanruf seines Vaters überhaupt seine Richtigkeit hatte. Doch Andrews schmerzvoller Gesichtsausdruck war echt gewesen, das hatte sie deutlich gespürt.

Sie wusste schon jetzt, was Julien ihr am nächsten Morgen sagen würde, mit krächzender, von Heiserkeit aufgerauter Stimme, besorgt wie stets. *Lass die Finger von diesem Auftrag, spätestens jetzt*. Sie hatte nicht viel, was sie dem entgegensetzen könnte, das wusste sie. Sie empfand den Inhalt von Andrews Brieftasche wie einen Verrat. Sie hatte nicht die geringste Ahnung, warum er ihr all diese Geschichten aufgedrängt, die Beziehung mit Éloise heruntergespielt hatte, als sei sie nichts als eine kleine, unbedeutende, schon längst wieder vergessene Bettgeschichte gewesen. Doch Photos dienen der Erinnerung, nicht dem Vergessen. Eine Brieftasche ist ein Schatz, ein Tresor, und kein x-beliebiges Sammelsurium von unwichtigen Gegenständen.

Mit dem Photo der Rivalin – und als eine solche empfand sie Éloise nun, wenn sie ehrlich war – konnte sie noch irgendwie umgehen. Sie machte sich über Männer keine Illusionen, und nach Richard Amberly hatte es keinen einzigen Mann gegeben, der es wirklich wert gewesen wäre, dass sie sich ihm öffnete und hingab. Was sie viel verstörender fand, war der falsche Name. Was bringt einen Mann dazu, sich einen falschen Namen zuzulegen? Und sich sogar Visitenkarten damit drucken zu lassen? Schließlich war Andrew Palmer kein weltberühmter Autor, der nun unter Pseudonym schrieb und sich hinter einer anderen Identität verstecken musste. Er war ein Mann mit reichem Erbe und einer kleinen Kunst- und Antiquitätengalerie in London. Aber vielleicht war er auch das nicht … Möglicherweise hatte er zu Hause noch ein paar andere Pässe mit anderen Namen und Nationalitäten liegen.

Das Telefon läutete. Sie konnte die Nummer auf dem Display nicht zuordnen, aber da sie die Londoner Vorwahl hatte, konnte es nur Palmer sein. Sie fühlte sich nicht imstande, mit ihm zu sprechen, und ließ es klingeln, bis das Läuten aufhörte. Seine Mobilnummer hatte sie eingespeichert, die würde sie erkennen. *Lass es bleiben, Andrew Palmer*, dachte sie, *hier findest du keinen Anschluss …* Wenig später ging eine SMS von ihm ein, die sie aber gar nicht erst öffnete.

Sie stand auf und tapste barfuß in die Küche, um sich Wein nachzuschenken. Sie hatte sicherlich genug getrunken, aber sie fühlte sich außerstande, sich jetzt ins Bett zu legen und Schlaf zu suchen. Sie wusste, sie würde ihn nicht finden. Es würde grauenhaft sein, die ganze Nacht wachzuliegen und sich durch diese Geschichte zu grübeln, ohne Antworten zu finden auf Fragen, die vielleicht für immer ohne Antwort bleiben würden.

Als die Wanduhr Mitternacht schlug, war der Aschenbecher voll. Die Kaffeekanne war fast leer. Isabelle hatte sich in den Sessel gesetzt und zurückgelehnt, schaute zur Decke hoch und versuchte immer noch, ihre Gedanken zu ordnen. Sie hatte alle Lampen im Zimmer angeknipst, um die sie umringenden Gespenster zu verscheuchen, und langsam kehrte die Wirklichkeit zurück, fügte sich allmählich wieder in Zeit und Raum.

Dann war ihr das Licht zu grell und sie löschte die Lampen wieder aus, zündete nur ein paar Kerzen an, deren unruhiges, vom durch das geöffnete Fenster hereindringenden Wind bewegtes Flackern ihre innere Verfassung am besten widerspiegelte, wie sie fand. Sie musste mit jemandem reden. Julien konnte sie nicht wecken, der brauchte seinen Schlaf, um wieder gesund zu werden. Isabelle griff zum Telefon und wählte Hélènes Nummer. Nie hatte sie ihre Freundin dringender nötig gehabt als jetzt, in dieser Stunde.

»Es war aufregend, es war wunderbar, und ganz zum Schluss war es ein Debakel. Eine Katastrophe für ihn und für mich. Für uns beide stürzten Welten zusammen, für ihn sicherlich mehr als für mich, aber mir reicht der Teil des Desasters, der mir zugefallen ist«, fasste Isabelle ihre ausführliche Schilderung der vergangenen Tage, ja Wochen zusammen. »Ich hab ihn mit meiner Entdeckung konfrontiert und bin dann aus dem Zimmer gerauscht …«

Hélène war noch wach gewesen, als sie den Anruf entgegennahm, und sie war sofort bereit gewesen, zu Isabelle zu kommen. *That's what friends are for*, hatte sie nur gesagt, mit lustigem Akzent, denn Englisch war keine Domäne, in der sie sich zu Hause fühlte. Sie war zu Fuß gegangen und hatte nicht einmal zehn Minuten gebraucht. Nun saßen sie sich gegenüber, Isabelle in eine Ecke des Sofas gekauert, Hélène hatte es sich in einem der Sessel bequem gemacht und ließ ihre Beine, die in einer purzelbaumbunten Hose steckten, über eine Lehne baumeln. Sie hatten schon viele Abende in solchen Körperhaltungen verbracht, aber noch keine Nacht, in der eine von ihnen so aufgelöst gewesen war wie jetzt Isabelle. Sie schrie, sie schimpfte, sie weinte. Hélène hörte sich alles an, nippte nur, das aber unentwegt, an ihrem Glas und zog auf diese Weise in puncto Trunkenheit in kürzester Zeit mit ihrer Freundin gleich. Was sie hörte, empörte sie, doch zwang sie sich zur Ruhe. Es hatte keinen Sinn, jetzt ebenfalls in Panik zu verfallen und *Frauen am Rande des Nervenzusammenbruchs* zu spielen. Sie verzichtete Isabelle gegenüber auf alle Beschwichtigungen oder Tröstungen und hielt sich auch mit Erklärungsversuchen nicht auf. Es gab nichts zu deuten und zu erklären oder ins richtige Licht zu rücken. Das alles war in hohem Maße verwirrend, und keine freundschaftliche Empathie würde daran etwas ändern können.

Doch irgendwann kroch sie zu Isabelle auf das Sofa, umarmte sie, kauerte sich an sie, als könnten sie nur als ein Bündel so eng zusammen den Stürmen trotzen, die über sie hinwegfegten. Es tat einfach nur gut, sich so nah zu sein.

Wie so oft war Hélène allerdings in einigen Punkten dezidiert anderer Meinung als Isabelle. Sie war nicht bereit, Andrew Palmer einfach so abzuschreiben; er habe die kleine Chance verdient, die Sache aufzuklären. Diese Chance müsse Isabelle ihm geben, wenn nicht gleich, dann doch in ein paar Tagen. Und was die »kriminalistische Seite« der »Affäre Palmer« anging, stellte Hélène sich auf Juliens Standpunkt: Sie hielt das alles für viel zu gefährlich, zu unberechenbar.

»Du hast nichts in der Hand«, sagte sie nachdrücklich. »Überhaupt nichts. Du bist nicht die Heldin in diesem Film. Was willst du jetzt noch machen, wo dir dein Auftraggeber zwar unbeabsichtigt und unwissentlich, aber doch die Geschäftsgrundlage entzogen hat? Du hast keinen Auftrag mehr, Isabelle. Du hast den Mann an deiner Seite nicht mehr, in den du dich verlieben – doch, gib es zu – und mit dem du auf große Abenteuerfahrt gehen und hart am Wind segeln wolltest. Was geht dich dieses verfluchte Bild an, diese ganze verdrehte Geschichte, in der nichts zu stimmen scheint? Er wird dich anrufen, er wird dir mailen, er wird hierherkommen. Irgendwann wird der schwere Schicksalsschlag, unter dem er sich jetzt duckt, in den Hintergrund rücken, und er wird dich wieder mit seinen Obsessionen konfrontieren. Die schöne Unbekannte im Nachtzug – was für ein ausgemachter Unfug! Wie verrückt ist das denn! Es ist doch völlig egal, ob das Bild eine Fälschung ist oder tatsächlich seine Million wert. Es kann *dir* egal sein. Du hast seinen Auftrag ausgeführt, er wird die *oseille* überweisen, und alles ist gut. Mehr ist jetzt nicht mehr zu erwarten. Und Éloise Ledoyen kann ihn sich wieder angeln, wenn sie Spaß dran hat …«

Isabelle nickte trübsinnig. Alles grundrichtig, was ihre Freundin sagte. Und alles so hoffnungslos, dass es sie deprimierte. Sie wischte sich über die Augen und versuchte ein halbes Lächeln.

»Was für eine *merde*.«

»Ja, das kannst du sagen. Aber vielleicht solltest du deinem Mr. Palmer doch noch eine kleine Chance geben? Und wenn er dir nicht eine hieb- und stichfeste Erklärung für alles geben kann oder will, schickst du ihn in die Wüste. Willst du mir das versprechen?«

»Ach, Hélène …«

»Ja?«

»Was würde ich nur ohne dich machen?«

»Du wiederholst dich, meine Süße. Wir sollten dringend unser Drehbuch überarbeiten. Und jetzt bringe ich dich ins Bett. Du erlaubst doch, dass ich mich neben dich lege? Ich bin hundemüde … und dieser *Rouge* hier« – sie hielt Isabelle ihr Glas entgegen – »hat mir den Rest gegeben.«

16

PARIS, BOULEVARD SAINT-GERMAIN, CAFÉ DE FLORE

Andrew Palmer bestellte einen zweiten *Café crème* und lehnte sich in seinem Korbsessel zurück. Er saß an einem Tisch vor dem *Café de Flore* und genoss die Sonne, die über den Boulevard Saint-Germain flutete. Der Morgen war klar und kühl, und es wimmelte von desorientiert wirkenden, unbekümmert kichernden Japanerinnen, Amerikanern mit Turnschuhen und mit Métrotickets zwischen den Seiten ihres *Lonely Planet*, eleganten Frauen mit Handtaschen in allen nur erdenklichen Farben und Formen, grazilen Galeristinnen in formbetonenden, unifarbenen Kostümen, die ihrem Pausencafé zustrebten. Eine attraktive junge Dame betrachtete die Schaufenster der benachbarten Geschäfte am Arm ihres Begleiters, eines stattlichen Herrn in fortgeschrittenem Alter, der aussah wie ein Antiquitätenhändler oder Ganove – möglicherweise war er beides. In Palmers näherer Umgebung gab es eine chromglänzende Harley Davidson, die am Straßenrand geparkt war, einen knurrigen Foxterrier, der an der Tür einer Buchhandlung angebunden war, und einen jungen Burschen, der vor dem Eingang einer Boutique Gitarre spielte, eine unvermeidliche Gauloises zwischen den Lippen, Klischee pur. Am Nachbartisch knutschte ein vornehm gekleidetes Paar, als hätte es die Ewigkeit vor sich.

Seine Beziehung zu Isabelle Silva, von der er schon in den ersten Augenblicken gedacht hatte, dass sie zu ihm gehörte, hatte keine Ewigkeit mehr vor sich. Ganz im Gegenteil. All seine Anrufe, Mails, sogar Briefe waren unbeantwortet geblieben. Zwei Wochen hatte sie ihn zappeln lassen, bis sie – ob zufällig oder nicht – doch eines Morgens den Hörer abgenommen und sich mit müder Stimme gemeldet hatte.

Sie hatten sich gleich für den nächsten Tag verabredet. Palmer, der die vergangene Woche bei seiner Mutter in Bridlington verbracht hatte, ohne sie trösten zu können, hatte den nächsten Zug nach London genommen und war dann gleich weiter mit dem Eurostar nach Paris gefahren.

Palmers Herz schlug, als sie um die Ecke bog und zielstrebig auf das Café zusteuerte. Sie war unverwechselbar mit ihrem mädchenhaften Aussehen, dem offenen Kapuzenmantel über der Jeans, ihren Augen, die aus dem hellen Gesicht strahlten und auch auf große Entfernung zu erkennen waren, Augen, die die Farbe von frisch gewaschenen grünen Trauben hatten. So kam sie inmitten der vielen Menschen, die über den sonnenüberfluteten Boulevard flanierten, auf ihn zu und setzte sich neben ihn, hängte ihre kleine Umhängetasche über die Rückenlehne ihres Stuhls und bestellte beim vorbeieilenden Kellner ebenfalls einen Kaffee.

»Sind Sie zum ersten Mal hier, Monsieur Montgomery?«, fragte sie so beiläufig und mäßig interessiert, als würde sie ihn nicht kennen, aber auch nicht gerade darauf brennen, ihn kennenzulernen. Dass sie seinen richtigen Namen genannt hatte, machte ihn verlegen. Es würde nicht einfach werden, dieses Gespräch.

»Ja«, antwortete Palmer. »Mit Ihnen schon, Mademoiselle Silva.«

Sein Blick fiel auf ihr gewelltes Haar, auf dem Sonnenreflexe spielten, die ihm die unruhige Tönung von poliertem Edelholz gaben. Er bewunderte die hübschen Wellen, von denen ein Geringel über die Schläfe fiel. Er sah die kleinen, fein modellierten Ohren, die etwas kurze, eigenwillige Nase, und vor allem: Er fand ein winziges Grübchen am Kinn und war entzückt über dieses zierliche Zeichen weiblicher Süße und Lebensfreude. Er war so glücklich und verwirrt, dass er unvermittelt fragte:

»Weißt du, was ein Grübchen ist?«

»Nein«, antwortete Isabelle.

»Es ist der Schatten eines Kusses, den man nicht vergessen kann.«

Diese Auskunft schien ihr zu gefallen, denn sie schenkte Palmer ein vorsichtiges Lächeln, aus dem dieser die Hoffnung entnehmen zu können meinte, das Eis sei gebrochen.

»Das ist schön«, sagte sie.

»*Du* bist schön.«

»Mon Dieu …«, murmelte sie. Er hob den Blick und erschrak über die plötzliche Kühle, die ihre Augen ausstrahlten, eine grüne Kälte. Es war ein sehr reiner, offener, harter Blick, der ihn traf und durch einen rätselhaften chemischen Vorgang in ihm Feuer wurde. Er würde, da war er sich sicher, dieses strahlende Grün niemals vergessen.

Isabelle sagte nur ein einziges Wort: »Warum?«

Er konnte ihr diese Frage beantworten, in einem Aufwasch sozusagen, reinen Tisch machen, alles offenlegen. Aber er war sich nicht sicher, wie sie darauf reagieren würde. Das Risiko war nicht von der Hand zu weisen, dass sie kurzerhand aufstand, wegging und ihn einfach zurückließ, mit einem ungetrunkenen Kaffee, einer Spur Lippenstift am Tassenrand, einem Hauch ihres Parfums, der sich unmittelbar darauf verflüchtigen würde. Und einem Leben ganz ohne sie.

Er hob hilflos die Schultern. Nun gut. Er würde ihr die Wahrheit sagen.

»Mein Name ist tatsächlich Andrew Montgomery. Palmer ist der Mädchenname meiner Mutter, und ich habe ihn angenommen, als mein Vater mich aus der Firma gedrängt hatte. Ich wollte mit ihm nichts mehr zu tun haben, nicht mit seinem Namen, nicht mit seinem Geschäft. Ich wollte nicht mehr an ihn erinnert werden. Also legte ich mir einen neuen Namen zu und nahm den meiner Mutter Elinor Palmer an, die von meinem Vater getrennt ist, seit zehn Jahren schon, und inzwischen auch von ihm geschieden. Sie lebt heute in einem kleinen Seestädtchen an der Küste von Yorkshire, wo sie direkt am Meer ein kleines Hotel hat. Mein Refugium, mein letzter Zufluchtsort. Sie hat keinen Kontakt mehr zu ihrem früheren Mann, und auch ich hatte bis vor wenigen Tagen keine Verbindung zu ihm. So ist das mit den beiden Namen zu erklären. Und wenn es dir nichts ausmacht, möchte ich dich bitten, mich weiter so zu nennen, wie ich mich entschieden habe: Andrew Palmer. Alles andere ist *passé*, unwiderruflich.«

Isabelle hatte ihm mit Skepsis zugehört, als sei dies eine weitere seiner ganz und gar unwahrscheinlichen, ja unglaublichen Geschichten. Schließlich nickte sie, als gebe sie sich damit zufrieden. Aber Palmer wusste, dass dies nicht der Fall war.

»Was ist mit deinem Vater? Was macht er?«

»Ich habe erwartet, dass du das fragst. Und es fällt mir offen gestanden nicht leicht, die Karten auf den Tisch zu legen …«

»Warum denn?«

»Weil ich fürchte, dass du mich nicht verstehen wirst …«

»Probier es aus. So groß ist das Risiko nicht.«

Palmer lächelte schwach. »Wer weiß. Aber schön: Mein Vater ist Matthew Montgomery. Sicherlich kein Unbekannter für dich. Die ganze Branche nennt ihn nur M.M.«

»M.M. – Matthew Montgomery von den *Trevillion Galleries* in London? Puh …« Isabelle war gehörig beeindruckt. Jeder in der Kunstbranche kannte die größte europäische Kunstgalerie. Sie hatte auch in Paris eine Dependance, die größer war als die allermeisten einheimischen Galerien. Eine beherrschende Größe auf dem europäischen Kunstmarkt.

»Ja, die *Trevillion Galleries*. Sie wurden Ende der dreißiger Jahre von meinem Großvater gegründet, der ein wirklich kunstsinniger Geschäftsmann war. Er profitierte wie kein anderer von den Turbulenzen, die der Zweite Weltkrieg auch in der Welt der Kunst ausgelöst hatte. Aber er rettete auch zahllose Kunstwerke vor dem Zugriff der Nazis, er brachte in großem Stil Gemälde von jüdischen Sammlern in Sicherheit, die er ihnen für eine symbolische Summe ›abkaufte‹, aber nur in Verwahrung nahm. Er war ein großartiger, ja, ein großer Kunsthändler. Mein Vater ist nur ein großer Geldeintreiber.«

»Warum siehst du ihn so negativ?«

»Er ist die Karikatur eines geldgierigen Kunsthändlers. Die *Trevillion Galleries* wurden unter seiner Regie zu einer riesigen Geldmaschine, zu einem Marktplatz für all jene, die mit Kunst eigentlich gar nichts anfangen können. Die darin nur ein Statussymbol sehen oder eine Ausstattungsmarotte ihres Innenarchitekten. Die von wahrer Kunst keinen blassen Schimmer haben. Mein Vater schlägt Bilder so schnell los, dass seine Kollegen gar nicht die Zeit haben, sich über sie zu informieren, selbst wenn sie wollten. Dabei ist er ein Ignorant; er steht den Dingen, die er verkauft, und den Leuten, an die er sie verkauft, vollkommen gleichgültig gegenüber. Doch über seine Kunden weiß er alles. Nicht über die, die zufällig in eine seiner Galerien hereinschlendern, etwas sehen, das ihnen gefällt, und es kaufen: Die sind unwichtig. Es sind die Privatkunden, die seine bevorzugte Aufmerksamkeit verdienen, diejenigen, die, wenn man nur sorgfältig genug auf ihren Geschmack und ihre Vorlieben eingeht, zu Stammkunden werden. Solche Leute reichen von dem Idioten, der bei Dinnerpartys jedem in sein Cocktailglas raunt: ›Mein Kunstberater sagt mir …‹, bis zu dem ernsthaften, umsichtigen Sammler, der weiß, was er will, und es kauft, sofern man es ihm anbieten kann. Ersterer bringt Geld, ist aber unangenehm im Umgang. Eine gute Beziehung zu Letzterem hingegen, das weißt du selbst, kann so erfreulich wie gewinnträchtig sein. Mein Vater ist in dieser Art Beziehungsmanagement unerreicht. Er verkauft seinen Kunden alles … Spekulationsobjekte … Anlageobjekte …«

»Auch wir haben schon Aufträge von den *Trevillion Galleries* gehabt«, warf Isabelle ein. »Es stimmt, sie waren sehr lukrativ. Aber wir haben die Suchaufträge auch perfekt ausgeführt; unsere Recherchen ließen nichts zu wünschen übrig. M.M. kenne ich allerdings nicht persönlich; es war Julien, der zu ihm Kontakt hielt.«

»Der Umgang mit ihm täuscht. Mein Vater ist eloquent, charmant, hat vollendete Manieren. Man kann ihn durchaus sympathisch finden oder sogar mögen. Er sah in mir seinen Kronprinzen, aus gleichem Holz wie er selbst, den geborenen Nachfolger. Ganz anders als mein Bruder Robert, der ein Wirtschaftsstudium absolvierte und sich für Kunst nur privat interessierte. Doch ich gab meinem Vater unmissverständlich zu verstehen, dass ich nicht in seine Fußstapfen treten wollte. Ich bat ihn um einen Bereich oder eine Filiale, in der ich ungestört von ihm das Geschäft so führen könnte, wie ich es für richtig hielt. Wir hatten nächtelange Diskussionen über die Frage, welche moralischen Prinzipien oder Skrupel in diesem Geschäft überhaupt angebracht sind. Ich hasste die Geldgier, den Größenwahn, den Expansionsdrang, den die *Galleries* unter der Leitung meines Vaters an den Tag legten. Ich wollte mit dieser Art der Geschäftsführung nichts zu tun haben. Wieder und wieder habe ich M.M. gebeten, mich unabhängig arbeiten zu lassen. Er hielt mich wohl letztlich für schwächlich, antriebs- und ehrgeizlos. Schließlich drängte er mich – übrigens mit tatkräftiger Unterstützung seines Anwalts François Ledoyen – aus der Firma, zahlte mir mein Erbteil aus, schob mir einen Koffer mit viel Geld hin und zwang Robert, in die Firma einzusteigen. Der hatte etwas ganz anderes vorgehabt, aber es blieb ihm nichts übrig, als dem Willen seines Vaters zu folgen.«

»Und nun … wo dein Bruder tot ist?«, fragte Isabelle bedrückt.

»Jetzt ist das Spiel wieder offen … und ich fürchte, es beginnt von Neuem. Aber das werde ich zu verhindern wissen. Ich habe das Geld meines Vaters investiert, in meine eigene Firma, meinen kleinen Laden, über den er sicher nur abschätzig redet. Wir gehen getrennte Wege, und das wird so bleiben.«

»Habt ihr euch ausgesprochen?«

»Das wäre zu viel gesagt. Ich bin zu ihm gegangen, gleich nach meiner Ankunft in London. Roberts Tod hat ihn schwer mitgenommen. Mich übrigens auch, obwohl ich wenig Kontakt zu meinem Bruder hatte, nicht nur in den letzten Jahren. Wir haben uns manchmal bei meiner Mutter in Bridlington getroffen; er machte dort immer Urlaub mit seiner Familie, mit Kate und den beiden Jungen. Sommerfrische an der Nordseeküste, du verstehst, im Nordosten von Yorkshire. Erst vor Kurzem habe ich ihn auf dem Geburtstagsfest meiner Mutter wiedergesehen. Mom ist am Boden zerstört. Aber sie ist nicht nach London gekommen zur Beerdigung. Meinen Vater wiederzusehen, der sie wieder und wieder betrogen hat, das wäre über ihre Kräfte gegangen.«

Isabelle bestellte einen weiteren Kaffee, Palmer winkte ab.

»Dann stimmt das also ... das mit der kleinen Kunst- und Antiquitätengalerie ...«

»Es stimmt alles, Isabelle«, sagte Palmer geduldig. »Sogar der Name stimmt, wenn man so will.«

Sie nickte. Ihr Zorn war verraucht und einer großen Müdigkeit und Erleichterung gewichen. Obwohl eine wichtige Frage noch nicht gestellt worden war.

»Und Éloise Ledoyen?«

»Was soll mit ihr sein?«

»Du hast ein Bild von ihr. In deiner Brieftasche.«

Palmer blickte sie erstaunt an, als hätte sie ihn mit einer großen Neuigkeit konfrontiert. Einer Neuigkeit, die für ihn überraschender nicht sein konnte.

»Was redest du da, Isabelle. Ich habe kein Bild von Éloise in meiner Brieftasche.« Palmer hatte die Stimme gehoben; die Tische und Stühle draußen vor dem *Flore* standen nah beieinander, und mehrere ihrer Nachbarn unterbrachen ihre Gespräche und drehten sich zu ihnen um.

Isabelle spürte eine Welle der Wut in sich aufsteigen. Warum leugnete er, was so offensichtlich war? Gleichzeitig war sie sich sicher, dass er das Photo längst entfernt hatte. Doch Palmer zog bereits seine Brieftasche hervor und kramte darin herum. Und aus der hintersten Lasche zog er tatsächlich das Bild hervor. Die lachende Éloise im Bett.

Fassungslos starrte er das Photo an.

»Nun sag bloß, dass du nicht weißt, wann dieses Bild aufgenommen wurde«, zischte Isabelle.

»Das weiß ich genau. In der *Villa Belrose* in Saint-Tropez. Ich habe es selbst gemacht und Éloise einen Abzug geschenkt. Zwei sogar … sie wollte zwei haben. Ich hatte keine Ahnung … wirklich nicht … dass sie mir einen Abzug in meine Brieftasche gesteckt hat.«

»Du behauptest allen Ernstes, das wäre so eine romantische Geste … wie man dem Liebsten, der allein auf Reisen geht, heimlich ein erotisches Briefchen zusteckt und sich an dem Gedanken erfreut, dass er es irgendwann im Koffer zwischen seiner Wäsche entdeckt?«

»Ich weiß es nicht … Ich weiß nur, dass ich das Photo jetzt hier zum ersten Mal sehe. Hab noch nie in dieses … Fach geschaut, dachte immer, es sei leer.«

»Das ist kaum zu glauben, Andrew.«

»Und doch ist es so. Das musst du mir glauben. Warum sollte ich ein Photo von Éloise mit mir herumtragen?«

»Das weiß ich nicht. Und du scheinst es auch nicht zu wissen.«

»Nein, keine Ahnung. Meine Güte … was musst du gedacht haben, als du es gefunden hast … du kleine neugierige Pariserin.«

»Ich bin Halbitalienerin. Und Detektivin … schon vergessen?«

»Und das berechtigt dich, in den Sachen anderer Leute herumzuschnüffeln?«

Isabelle versuchte die aufsteigende Röte in ihrem Gesicht niederzukämpfen. Sie hatte keine Lust auf den Rollenwechsel vom Opfer zur Täterin, sollte Andrew den beabsichtigen. Doch sie beschloss, einzulenken und die Sache auf sich beruhen zu lassen. Sie konnte sich nicht vorstellen, dass Éloise für Andrew noch von irgendeiner Bedeutung war – nicht nach deren Auftritt in der *Roten Bar* in Wien.

»Ich habe nicht herumgeschnüffelt. Ich habe deine Brieftasche aufgehoben, die dir unter den Tisch gefallen war, als du dein *portable* gesucht hast … Ich habe … Ich wollte nicht …« Sie brach ab. Ihr fiel einfach keine überzeugende Begründung ein.

Palmer nickte beiläufig, als sei die Sache für ihn damit abgeschlossen. Er kramte ein paar Euroscheine hervor und legte sie auf den Tisch. Mit Schwung stand er auf.

»Komm, Isabelle. Wir wollen ein paar Schritte gehen. Bewegung wird uns gut tun. In jeder Hinsicht. Wir müssen uns bewegen, endlich wieder aufeinanderzubewegen.«

Isabelle knöpfte ihren Kapuzenmantel zu und band sich ihren Schal um. Palmer war schon ein paar Schritte vorausgegangen, stand an der Kreuzung und zündete sich einen Zigarillo an. Es war schwierig, er kämpfte mit dem Wind, der nicht stark war, aber so hartnäckig, dass sein Zippo immer wieder ausging. Da hielt er die Hand fürsorglich um die Flamme, um ihr Schutz zu geben. Und angesichts dieser kleinen Geste, in diesem Moment, wusste Isabelle, dass sie drauf und dran war, sich in ihn zu verlieben.

17

BARCELONA, BARRI GÒTIC, PLAÇA REIAL

Nur wenige Tage später ging die Jagd nach der schönen Unbekannten in die nächste Phase. Isabelle hatte beschlossen, Andrew weiter Vertrauen zu schenken. Ihn jetzt in die Wüste zu schicken, dazu sah sie nun keinen Anlass mehr. Im Gegenteil: Das Jagdfieber hatte sie gepackt, und dass sie an Andrews Seite auf die Jagd gehen würde, sorgte dafür, dass das Fieber noch um einige Grade stieg.

Sie hatten den Mittagsflug nach Barcelona gebucht, und Isabelle hatte Orlando Vargas angerufen, sich als Julien Silvas Enkelin vorgestellt, ihm kurz ihr Anliegen skizziert und ihn um ein Gespräch am nächsten Morgen gebeten. Palmer reservierte währenddessen zwei Zimmer im *Hotel Colón*, das direkt gegenüber der *Catedral* lag, mitten im *Barri Gòtic*, dem mittelalterlichen Zentrum der Stadt. In den vergangenen Jahren hatte er mit einigem Missbehagen festgestellt, dass in Barcelona die Grand Hotels, die diesen Namen verdienten, nach und nach verschwunden waren und es fast nur noch austauschbare Designhotels in kühlen Formen und grellen Farben gab. Nach den Olympischen Spielen 1992 war Barcelona aus tiefem Schlaf erwacht und hatte es perfekt verstanden, sich als Boomtown jung und hip in Szene zu setzen. Der Preis dieses Fortschritts, beklagte Palmer, waren die an allen Ecken und Enden eröffnenden, nichtssagenden und ebenso geschichts- wie gesichtslosen Designhotels. Ach, wie er die allgegenwärtige Coolness hasste. Das *Hotel Colón* war eine Ausnahme. Es hatte sich wenigstens teilweise den lässigen Charme bewahrt, den seine Gäste seit beinahe hundert Jahren zu schätzen wussten. Und es bot mit seiner in den heißen Sommermonaten zuverlässig surrenden Klimaanlage die erfrischende Abwechslung einer geradezu arktischen Abkühlung.

Nach dem wechselhaften Aprilwetter in Wien und Paris waren sie in Barcelona mit ansprechenden Temperaturen empfangen worden. Es war frühlingshaft warm, mittags sogar schon heiß. Der Sommer streckte schon seine Fühler aus. Isabelle hakte sich bei Palmer unter, als sie einen Abendspaziergang durch die Carrer de Ferran über die Plaça Reial bis zur Rambla unternahmen. Auch ins Raval wagten sie sich vor, verloren sich in den düsteren Gassen, in die kaum je ein Sonnenstrahl fiel. Gegenseitig machten sie sich auf ihre ganz persönlichen Barcelona-Highlights aufmerksam. Palmer kannte den Mercat de la Boqueria noch nicht, Isabelle liebte diesen Markt.

Bisweilen blickten sie sich diskret um, doch sie konnten keine Anzeichen für eine Observierung feststellen. Anscheinend war Éloise Ledoyen erst einmal mit dem Bild abgetaucht und hatte das Interesse an ihnen verloren.

»Was willst du eigentlich mit dem Sargent-Bild machen, wenn wir es wiederbekommen?«, fragte Isabelle, als sie an einer Reihe von Kunstgalerien und Antiquitätenläden vorbeigekommen waren und sich die Auslagen angeschaut hatten. »Hängst du es ins Schaufenster deiner Galerie?«

»Nur wenn es eine Fälschung ist. Das Original käme natürlich in mein Schlafzimmer.« Er grinste.

»Ich bin gespannt, was Señor Vargas morgen sagen wird. Möglicherweise erkennt er die Fälschung ja auf den ersten Blick, überhäuft uns mit Hohn und Spott. Und deine Geschichte mit der schönen Unbekannten im Zug dürfte ihn vollends erheitern ...«

»Untersteh dich, sie ihm zu erzählen. Je öfter ich darüber nachdenke, desto unwirklicher kommt mir diese ganze Geschichte vor. Aber es bleibt dabei: Sie hat mir den Kopf verdreht. So wie du auch. Und nun stehe ich zwischen zwei Frauen, die eine ist fern, die andere nah. Und immer mehr habe ich das Gefühl, dass ich die eine mit der anderen betrüge.«

»Betrug ist unser Business«, sagte Isabelle und küsste ihn auf die Hand, die sie ergriffen hatte. »Ich bin ganz gut darin. Was meinst du – wie weit ist es bis zu unserem Hotel?«

Andrew antwortete ihr mit einem Kuss, den er so sanft und dann so leidenschaftlich auf ihre Lippen drückte, dass ihr der

Atem wegblieb. Sie schmeckte ein Feuer, in dem sie zu verglühen meinte.

Am nächsten Morgen standen sie um elf Uhr vor Orlando Vargas' Domizil in einem vornehmen alten Gebäude im *Barri Gòtic*. Ein hübsches Mädchen, das sich als Sofia vorstellte, ließ sie herein und führte sie ins Arbeitszimmer. Vargas saß in einem Raum, der geradewegs aus einem Roman von Edith Wharton hätte stammen können, in einem alten Ohrensessel am Kamin, in dem trotz der frühlingshaften Temperaturen draußen ein lebhaftes Feuer brannte. Die Wände waren mit Holz getäfelt, in den Bücherschränken standen Lederbände und Kunstbücher in penibler Ordnung, und den knarrenden Parkettboden bedeckte ein orientalischer Teppich aus Isfahan. In einer Ecke des Raumes war ein kostbarer venezianischer Wandschirm aus Seide aufgestellt, und auf dem abgewetzten Ledersofa gegenüber dem Kamin und Vargas' Sessel lag eine Kaschmirdecke mit Paisley-Muster. Das Wohn- und Arbeitszimmer hatte jene schäbige Eleganz, die mit Geld nicht zu kaufen war. Einen Raum wie Orlando Vargas' Bibliothek musste man erben.

»So … Sie sind also Isabelle … Giulianos Enkelin«, begrüßte er sie, als sie eintraten. Sein Englisch war tadellos, hatte aber einen harten spanischen Akzent. Andrew Palmer stellte sich vor, Vargas musterte ihn durchdringend. »Mr. Palmer … herzlich willkommen.« Sein grollender Bass klang wie ein Reibeisen.

Vargas war ein Bär von einem Mann. Auch mit seinen fünfundsiebzig Jahren sah er mehr wie ein vom Wetter gegerbter Gärtner im Ruhestand als wie ein Experte für Gemälderestaurierung aus. Reste seiner einstigen Stärke zeigten sich noch in seinen breiten, vom Alter nur wenig gebeugten Schultern und seinem mächtigen Brustkorb. Er hatte silbergraues Haar, das etwas schütter und ein wenig zu lang war, und ein kantiges Gesicht, das im Profil wie gemeißelt aussah.

Er griff nach der auf seinen Knien liegenden Ausgabe von *El País* und deutete ungeduldig auf das Ledersofa ihm gegenüber. »Setzen Sie sich doch.« Dann rollte er die Zeitung zusammen und legte sie sich quer über die Knie, als brauche er eine Waffe zum Zuschlagen. Dabei blickte er seine Besucher erwartungsvoll an. Er hatte ganz offensichtlich keinerlei Lust auf Smalltalk zum Aufwärmen.

Isabelle holt tief Luft und begann: »Doctor Vargas, wir kommen mit einem ganz bestimmten Anliegen zu Ihnen. Ich bin meinem Großvater sehr dankbar, dass er mir Ihren Namen genannt hat. Von ihm weiß ich, dass Sie nicht nur ein exzellenter Kenner der Gemälde von Joaquin Sorolla sind, sondern auch der weltbeste Sargent-Spezialist. Zwei ganz unterschiedliche Künstler, wie ich finde …«

Orlando Vargas gestattete sich ein undeutliches Lächeln, als sei der Zusammenhang nur ihm bekannt und als gedenke er, ihn auch in Zukunft für sich zu behalten.

»Und wir haben ein Problem mit John Singer Sargent«, fuhr Isabelle fort. »Beziehungsweise mit einem seiner Gemälde, das Andrew Palmer vor einigen Wochen im Dorotheum in Wien ersteigert hat. Das Messingschild auf dem Rahmen weist als Bildtitel *Die schöne Unbekannte* aus. Doch das Werk ist nirgendwo verzeichnet. Wir brauchen Ihren Rat.«

»Ein unbekanntes Bild von Sargent wäre in der Tat sehr obskur, denn kaum ein anderer amerikanischer Maler des neunzehnten Jahrhunderts ist so gut erforscht und dokumentiert wie Sargent. Sein Werkverzeichnis ist seit Jahrzehnten lückenlos. Es würde mich wirklich sehr überraschen …« Er ließ den Satz unvollendet, als er sah, dass Palmer umstandslos sein iPad öffnete und das Bild der von ihm abphotographierten *Schönen Unbekannten* aufrief.

»Was halten Sie hiervon?«, fragte Palmer, als er ihm das iPad in die Hand drückte.

Minutenlang starrte Vargas das Bild an. Er war mit den spezifischen Möglichkeiten der Präsentation, die das iPad bietet, durchaus vertraut, drehte es mehrfach von der Vertikalen in die Horizontale und wieder zurück, vergrößerte mit Fingerbewegungen einzelne Partien des Bildes, zum Teil auf eine mehrfache Größe, so dass er Pinselstrich und Farbauftrag des Gemäldes genauer betrachten konnte. Dabei brummte er kryptisch vor sich hin, als würde das Ergebnis seiner Untersuchung nicht ganz seinen Erwartungen entsprechen. Dann reichte er Palmer das iPad mit einem Kopfnicken zurück.

»Beeindruckend«, sagte er nur.

Gespannt schauten Isabelle und Palmer ihn an. Das konnte ja wohl kaum seine einzige Reaktion sein. Vargas hielt ihrer unverhohlenen Neugier stand, blickte sie nur abwechselnd an, als sei er sich über ihre Beziehung untereinander nicht schlüssig.

»Mir ist klar«, fuhr er dann fort, »dass Sie von mir eine eindeutige Einschätzung erwarten. Original oder Fälschung, irgendwas in der Art. Señorita Isabella sagte mir gestern am Telefon, dass Sie über eine Million dafür hingeblättert haben, Señor Palmer. Ich kann nicht behaupten, dass dies eine besonders überlegte oder gar sichere Investition gewesen ist. Im Gegenteil, sie ist vielmehr in hohem Grade *inseguro* … unsicher.«

»Wie meinen Sie das?«, erkundigte sich Palmer, der sich nicht im Geringsten beunruhigt zeigte, eher neugierig.

»Verstehen Sie mich bitte nicht falsch … ich habe schließlich nicht das Gemälde selbst vor mir. Eine einigermaßen verlässliche Expertise werden Sie also von mir kaum erwarten können und auch nicht bekommen. Ich kann Ihnen nur einige Anhaltspunkte liefern … ein paar Gedanken mit Ihnen teilen, die mir durch den Kopf gehen …«

Er wurde unterbrochen, als Sofia *Café solo* servierte. Das schwere Silbertablett, das sie trug, schwankte in ihren Händen. Palmer sprang auf, um ihr zu helfen. Vargas lächelte erfreut. »Das ist nett, dass Sie Sofia helfen«, sagte er und legte etwas Ironie in seine Stimme. »Sie ist mein Augenstern, ein Lichtblick in meinen düsteren letzten Lebensjahren.« Und zu Isabelle gewandt: »Was haben Sie denn bislang herausgefunden?«

Isabelle gab einen kurzen Abriss der Überlegungen, die sie zu Sargent angestellt und mit denen sie auch schon Palmer konfrontiert hatte. Der seltsame Bildtitel, der womöglich gar nicht stimmte. Die fehlende Identität der porträtierten Unbekannten. Über Palmers seltsames *Déjà-vu* im Nachtzug erzählte sie nichts. Vargas trank seinen Kaffee, war aber ansonsten unbeweglich wie eine Statue geblieben. Als Isabelle fertig war, schüttelte er den Kopf und blickte sie unter seinen buschigen Augenbrauen hervor amüsiert an, als seien ihre Bemühungen nicht ernstzunehmen.

»Wir brauchen Hilfe«, schloss Isabelle und sah dabei zu Palmer hinüber.

»Ja, offensichtlich«, sagte Vargas stirnrunzelnd. »Aber was soll ich Ihnen sagen? Ich hab immer geglaubt, so ziemlich alles erlebt zu haben. Aber fast perfekte Fälschungen …«, sagte er kopfschüttelnd. »Was haben Sie für den Sargent bezahlt, sagen Sie?«

»Eins Komma eine Million.«

Vargas stieß einen leisen Pfiff aus, sank etwas tiefer in den Sessel und legte sich wieder die Zeitung quer über seine Knie.

»Die Welt ist verrückt geworden«, murmelte er nachdenklich. »Wie kommt dieser Teufelskerl dazu … Ach, ich will davon nichts mehr hören …«

Vargas schlug sich mit der Zeitung in die rechte Hand, stemmte sich aus dem Sessel und ging quer durch den Raum zu einem der Fenster, von denen man auf die Plaça Reial sah. Nachdem er fast eine Minute schweigend hinausgeblickt hatte, drehte er sich um und nahm Palmer erneut in den Blick.

»Wissen Sie, wer das Bild im Dorotheum eingeliefert hat? Ist der Vorbesitzer bekannt?«

»Nein, Señor Vargas«, antwortete Palmer rasch. »Leider nicht.«

Verschlossen starrte Vargas vor sich hin, als hielte er die Unterredung für beendet.

Palmer verlor die Geduld. »Wir haben gehofft, Sie würden uns weiterhelfen können. Wir müssen das Bild wieder aufspüren. Ich muss Zeit gewinnen, um danach fahnden zu können. Verdammt, ich weiß selbst nicht, was wir von Ihnen erhofft haben … Jedenfalls war es ein Fehler, überhaupt herzukommen.« Er stand auf. »Komm, Isabelle, wir vergeuden Doctor Vargas' Zeit.«

Doch Isabelle hielt ihn zurück, blickte Vargas unerschrocken an und fragte: »Helfen Sie uns? Bitte!«

»Augenblick … bleiben Sie sitzen. Kein Grund zur Eile.« Vargas spielte wieder mit der gerollten Zeitung, drehte sie in seinen Händen hin und her und klopfte sich schließlich damit energisch auf die Knie.

»Verdammt, mir gefällt die Vorstellung nicht, dass irgendwo da draußen Sargents gefälscht werden. Nein, sie gefällt mir ganz und gar nicht. Obwohl … *irgendwo* ist es nicht, wenn ich es mir recht überlege.«

»Was wollen Sie damit sagen?«, fragte Isabelle irritiert.

Vargas erwiderte ihren Blick. »Es ist nur eine Idee, nicht mehr.« Dann wandte er sich an ihren Begleiter: »Darf ich das Bild noch einmal sehen?«

Palmer gab ihm das iPad. Vargas kratzte sich am Ohr, während er die großen Farbphotos erneut aus verschiedenen Perspektiven betrachtete.

»Die ist gut. Verdammt gut. Es ist fast wie eine Handschrift. Unverwechselbar.«

Isabelle und Palmer schwiegen, während er sich das Bild noch einmal genau anschaute. Sie überlegten, was er wohl mit »die« meinte.

»Es gibt Fälschungen, meine Lieben … in die hat der Fälscher sein Herz und seine Seele hineingelegt.«

»Also doch eine Fälschung? Sind Sie sich sicher?« Isabelle beugte sich interessiert vor.

Vargas' Gesicht, das wie aus Granit gehauen ausgesehen hatte, wurde schlaff, die Falten wirkten tiefer, die Augen stumpf. Er sank tiefer in seinen Sessel zurück und sah erstmals so alt aus, wie er war.

»Nein, das bin ich nicht. Aber vielleicht kann ich Ihnen doch helfen. Ich muss mir die Sache durch den Kopf gehen lassen. Und muss auch noch mit ein paar Leuten telefonieren, die auf meinen Rückruf warten.« Er sah auf seine Armbanduhr. »Jetzt ist es kurz vor zwölf. Kommen Sie nach dem Mittagessen wieder, sagen wir um halb drei; dann können wir weiterreden.«

Palmer wollte sich bedanken, aber Vargas winkte ab.

Er klingelte nach seinem Mädchen. Als Sofia die Tür für seine Besucher aufhielt, trat Isabelle auf Vargas zu und ergriff seine Hände. Die beiden sahen sich einen Augenblick an, dann lächelte er. Sie stellte sich auf die Zehenspitzen und küsste ihn auf die Wange.

»Danke, Doctor Vargas«, sagte sie.

Er drückte ihre Hände, bevor er seine Besucher mit einer Handbewegung hinausscheuchte. »Wir sprechen uns um halb drei.«

18

BARCELONA, BARRI GÒTIC, PLAÇA REIAL

Als sie auf den Platz hinaustraten, brannte die mittägliche Sonne schon mit einiger Kraft. Erstaunlich, wie rasch sich diese Stadt immer mit Wärme auflud, mit welcher Offenheit sie die Sonne empfing, als könne sie sich mit ihr vermählen wie Venedig mit dem Meer. Isabelle zog Palmer in eine Orio-Bar in der Carrer de Ferran, in der es zwar schon zur Mittagszeit voll und laut war, allerdings auch vorzügliche Tapas gab, genau das Richtige für einen Imbiss zwischendurch. Sie ergatterten den letzten freien Tisch, Palmer bestellte ein San Miguel zu den Tapas, die er am Tresen ausgewählt hatte, Isabelle einen frisch gepressten Orangensaft mit viel Eis.

»Was hältst du von Orlando Vargas?«, fragte Isabelle.

»Schwer zu sagen. Zuerst glaubte ich, er habe keine Lust, mit uns zu sprechen oder uns gar zu helfen. Aber irgendetwas an meinem Sargent scheint ihn zu faszinieren, auch wenn seine Andeutungen, dass es sich eigentlich nur um eine Fälschung handeln kann, unüberhörbar waren.«

»Ich glaube, er ist von der Fälschung überzeugt. Und er kennt den Fälscher. Persönlich.«

»Meinst du wirklich?«

»Ja. Nenn es weibliche Intuition oder was auch immer. Er kennt den Fälscher und ist sich unsicher, ob er uns den Namen verraten soll oder nicht. Und er scheint sich persönlich beleidigt zu fühlen, dass jemand sich an seinem Helden Sargent vergreift und fast perfekte Fälschungen schafft, denen er widerwillig Tribut zollen muss. Hast du gesehen, mit welchen Blicken er das Bild auf dem iPad untersucht hat? Es war, als fühlte er sich herausgefordert. Von uns. Von dem Gemälde. Und vor allem von dem Fälscher.«

»Du scheinst ja ebenfalls sicher zu sein, dass die *Schöne Unbekannte* eine Fälschung ist.«

»Sicher nicht. Aber wenn der weltbeste Sargent-Kenner begründete Zweifel anmeldet, hat das schon Gewicht, finde ich. Das kann man nicht so einfach ignorieren.«

»Ich ignoriere es auch gar nicht. Doch mehr als ein skeptisches Kopfschütteln habe ich von unserem Señor Vargas bislang nicht gesehen. Geschweige denn, dass er irgendwelche Anhaltspunkte preisgegeben oder gar Beweise vorgelegt hätte.«

»Das wird er auch nicht tun. Vergiss nicht – er hat nur ein Photo auf einem iPad in der Hand, er hat das Gemälde nicht gesehen. Da wird er sich nicht aus dem Fenster lehnen und laut ›Fälschung, Fälschung!‹ rufen.«

»Mir wäre es lieber, wenn er ›Wunderbar, ein neu entdeckter Sargent!‹ rufen würde«, meinte Palmer und trank sein Bier in durstigen Schlucken aus.

»Damit ist wohl nicht zu rechnen, mein Lieber. Nein, ich fürchte, Doctor Vargas wird uns mit einer Theorie überraschen. Einer Theorie, die uns und vor allem dir nicht gefällt. Und doch müssen wir uns mit ihr auseinandersetzen. Komm, wir gehen noch ein paar Schritte. Es ist zwar Mittagszeit und Barcelona so gut wie ausgestorben, die Läden haben alle zu. Aber ich habe vorhin einen kleinen Juwelier gesehen, der hatte Vintage-Schmuck im Fenster. Den würde ich mir gerne ansehen, ganz gleich, ob er echt ist …«

Wieder kam Orlando Vargas gleich zur Sache. Er schien sich die Sache gründlich überlegt zu haben.

»Sie erinnern sich, dass ich von einer Handschrift bei Fälschungen sprach. Richtig gute Fälscher haben sie, man kann sie erkennen … sie identifizieren ihn wie der Stil des Malers. Und wenn nicht alle Anzeichen täuschen und wir für einen Augenblick mal annehmen, Ihre *Schöne Unbekannte* sei tatsächlich gefälscht worden, dann kommt dafür nur ein einziger Täter in Frage …« Er verlor sich in Schweigen.

»Sie machen es gern spannend, Doctor Vargas«, sagte Isabelle in die Stille hinein.

Vargas lachte. »Es ist ja auch eine spannende Sache, nicht wahr? Haben Sie den Namen Henri Breguet schon einmal gehört? Nein? Das spricht für ihn. Er gehört in die Kategorie der Meisterfälscher, wie Alceo Dossena oder Han van Meegeren. Eine absolute Ausnahmeerscheinung in einer düsteren

Welt voller Dilettanten. Und ein Schuft, welcher Kunstliebhabern und Museen großen Schaden zufügt. Der wichtigste Aspekt, der in diesem Fall für ihn spricht, ist die simple Tatsache, dass er schon einmal einen Sargent gefälscht hat. Und dass ich ihn überführt habe, seinerzeit … Erstaunlich, dass er es womöglich noch einmal versucht hat.«

»Henri Breguet, sagen Sie? Seltsam, *Grand-Papa* hat ihn niemals erwähnt.«

»Das wundert mich nicht«, kicherte Vargas. Doch auf den verwunderten Blick Isabelles hin schüttelte er nur den Kopf. »Nein, nein, das muss Ihnen Silva mal selber erzählen. Aber dazu muss er sehr gut aufgelegt sein …« Wieder ein Kichern, das in ein amüsiertes Gurgeln überging. Und dann übergangslos: »Darf ich Ihnen etwas zu trinken servieren? Ich muss etwas weiter ausholen mit meiner Geschichte, da dürfte Ihnen eine kleine Stärkung willkommen sein. Vielleicht einen trockenen Sherry?«

»Oh, einen Sherry habe ich lange nicht mehr getrunken«, sagte Palmer. »Sehr gern.«

Vargas schenkte seinen Besuchern ein und genehmigte auch sich selbst ein Glas.

»Henri Breguet ist etwas ganz Besonderes«, begann er dann. »Die meisten Kunstfälscher begehen ja den Fehler, ein existierendes Gemälde zu kopieren, oder sie versuchen, Elemente aus mehreren Werken zu einer neuen Komposition zu vereinigen. Das Ergebnis ist eine flaue, leblose Imitation. Henri weiß das nur zu gut; er geht ganz anders vor. Wenn er sich vornimmt, einen ›Monet‹ zu malen, studiert er die Werke des Meisters wochenlang, sogar monatelang. Er verwendet unendlich viel Zeit darauf, die Skizzen und Pastellzeichnungen des Künstlers zu analysieren. Immer wieder prahlt er: ›Zeig mir eine Zeichnung, dann lese ich sie wie ein Tagebuch. Ich sage dir genau, was der Künstler sich dabei gedacht hat. Zeig mir drei Zeichnungen, die am selben Nachmittag entstanden sind, dann sage ich dir, was er zu Mittag gegessen hat.‹ So großspurig, wie er redet, ist er auch. Ein Alphatier, ein Besessener, *un aficionado*. Wenn Henri einen ›Monet‹ malt, dann *ist* er Monet, verstehen Sie? Er arbeitet technisch und ästhetisch so perfekt, dass kein Experte seine Bilder mehr als Fälschungen erkennen kann.«

»Sie sagten aber doch eben, dass Sie ihn einmal überführt haben«, warf Palmer ein.

»Ja, aber das war purer Zufall. Ein Glücksfall … beziehungsweise Pech für Henri. Jedenfalls ist er unglaublich sorgfältig, wenn es um die Authentizität seiner Materialien geht. Er liebt es, über Flohmärkte zu ziehen und alte Gemälde zu kaufen. Egal, was sie zeigen, ganz gleich von wem, ob signiert oder nicht, er kauft alles alte Zeug, was er in die Finger bekommt. Er ist wirklich manchmal vom Wahnsinn berührt. Einmal hat Henri ein riesiges altes Ölgemälde mit Jesus und einer Schafherde drauf gekauft. *Der gute Hirte.* Ein grässlicher Schinken! Daheim in seinem Atelier hat er die blauen Teile des Himmels in Streifen geschnitten und in irgendwelchen Chemikalien ausgekocht. Hat infernalisch gerochen. *Maníaco … alocado …* verrückt! Später hat er mir erklärt, dadurch beschaffe er sich alte Pigmente zur Herstellung von Originalfarbtönen. Ich habe auch erlebt, dass er alte Gemälde gekauft und die Farben abgekratzt hat, nur um auf Leinwänden aus der Zeit arbeiten zu können. Der Mann ist einfach unglaublich.«

»Sie reden ganz vertraut von ihm. Kennen Sie ihn näher?«, fragte Isabelle und griff nach ihrem Glas.

»Meine Antwort ist voller Tragik, *querida*, wie nur das Leben sie schenkt, damit wir geläutert werden. Henri Breguet war mein bester, mein ältester Freund. Ich missbilligte, ja, ich hasste das, was er tat und offensichtlich noch immer tut. Und ich habe mit diesem Schurken gebrochen, als er sich an meinen Helden John Singer Sargent vergriff und mich damit in die Irre führen wollte. Das habe ich ihm nie verziehen. Wir sprechen seit zehn, fünfzehn Jahren nicht mehr miteinander. Aber nach allem, was ich so höre, wohnt er immer noch in Venedig und heckt in seinem Atelier in San Polo Dinge aus, mit denen er die Kunstwelt an der ganz großen Nase herumführt.«

Isabelle nippte an ihrem Sherry und fragte: »Und Sie erkennen in Monsieur Palmers ›Sargent‹ die Handschrift von Henri Breguet?«

Vargas schüttelte den Kopf. »Nicht direkt. Es ist kaum mehr als ein Gefühl. Ich kann Ihnen hier keine Indizien aneinanderreihen, mit denen Sie zum Dezernat für Kunstkriminalität gehen und ihn anzeigen können. Henri Breguets Arbeiten sind perfekt … so perfekt, wie Fälschungen sein können. Meines Wissens ist niemals eine seiner Fälschungen angezweifelt worden. Alle waren sorgfältig mit Materialien aus der Zeit ausgeführt, aus der sie stammen sollten. Und alle besaßen sorgfältig erstellte Provenienzen, die nur sehr schwer zu widerlegen sein würden. Außerdem wurden sie mit Expertise geliefert, die er sich für exorbitantes Geld von fachlich qualifizierten ›Kunstexperten‹ erstellen ließ. Henri Breguet scheut wirklich keine Mühe, um glaubhafte Voraussetzungen für die ›Wiederentdeckung verschollener Meisterwerke‹ zu schaffen.«

»Die *Schöne Unbekannte* hat keine Provenienz, soweit ich weiß«, gab Isabelle zu bedenken. Und Palmer sagte: »Es gibt kein perfektes Verbrechen, Doctor Vargas. Auch Ihr Meisterfälscher ist nicht unfehlbar.«

Vargas schnaubte. »Ja, mag sein. Die Frage ist aber doch allein, ob und wie man ihm auf die Schliche kommt. Ihn überführen kann. Und da macht er es uns schon ziemlich schwer, wenn nicht gar unmöglich. Doch Sie haben recht, er hat einen Schwachpunkt. Sie können ihn nur an seiner Achillesferse packen: seine Eitelkeit.« Er schenkte sich und seinen Besuchern Sherry nach. »Henri Breguet ist in Bezug auf seine Arbeit stets von sich eingenommen. Er leistet sich jede Spielart von Arroganz. Irgendwann wird es sein übersteigertes Ego sein, das ihn zu Fall bringt.«

»Und wieso ist ausgerechnet seine Eitelkeit der Stein, über den er ins Stolpern kommen sollte?« Palmer war noch immer misstrauisch gegenüber der These vom perfekten, aber egomanen Meisterfälscher.

»Vermutlich bleiben alle Künstler an ihren Werken interessiert, selbst wenn sie längst verkauft sind. Anfangs kennzeichnete Henri jedes seiner Gemälde mit einer versteckten Markierung. Mit einem Geheimzeichen, das ihm die Möglichkeit gab, seine Urheberschaft zu beweisen, falls das jemals wünschenswert oder nötig sein sollte. Darüber hatten wir uns oft gestritten. Ich hielt ihm vor, dass die Kennzeichnung für ihn unnötig riskant sei. Eine egomanische Pirouette, die in unserer hyperventilierenden Branche nichts verloren hat. Aber Henri ließ sich lange Zeit nicht davon abbringen. Immer wenn ich glaubte, ihn in die Enge getrieben zu haben, lächelte er und schüttelte nur den Kopf. Er hat mich wahnsinnig gemacht mit seiner Überheblichkeit.«

»Und seine Kennzeichnung haben Sie auf dem Bild der *Schönen Unbekannten* entdeckt?«, fragte Palmer und beugte sich vor.

Vargas schüttelte grimmig den Kopf. »So einfach ist es leider nicht. Ich glaube, er ist inzwischen von der Markierung abgekommen. Und um das zu überprüfen, müsste ich mir schon das Bild selbst anschauen können. Was ja nun leider nicht möglich ist. Die hübschen Photos auf Ihrem iPad reichen da nicht, fürchte ich.«

»Aber was macht Sie so sicher, dass es Henri Breguet war, der den Sargent gefälscht hat? … Immer unter der Voraussetzung natürlich, dass es sich wirklich um eine Fälschung handelt.«

»Ich bin, das sagte ich Ihnen ja bereits, keineswegs sicher. Es ist wirklich nur ein Gefühl. Tut mir leid, dass ich Ihnen im Moment nicht mehr anbieten kann als einen vagen Verdacht und einen potentiellen Verdächtigen. Alles Weitere müssen Sie schon selbst herausfinden. Aber sparen Sie sich den Weg nach Venedig. Und schlagen Sie sich die Idee aus dem Kopf, den phänomenalen Henri Breguet aus der Reserve locken zu können mit nichts als einem Bild auf Ihrem iPad und einer freundlichen Empfehlung von mir.«

19

BARCELONA, BARRI GÒTIC, PLAÇA REIAL

Sie verabschiedeten sich freundlich, ja sogar mit einer gewissen Herzlichkeit von Doctor Orlando Vargas, der sich zum Schluss ihres Gespräches regelrecht enthusiasmiert gezeigt hatte. Und sie verabredeten, vor der Abreise aus Barcelona noch einmal bei ihm vorbeizuschauen. »Ich möchte Ihnen noch das eine oder andere über Henri Breguet erzählen. Damit Sie gewappnet sind, wenn Sie ihm gegenübertreten. Denn ich glaube, dass Sie ihm diese Konfrontation nicht ersparen werden.« Er kicherte. »Nicht, dass ich annehme, er würde Ihnen seine Karten offen auf den Tisch legen. Das dürfen Sie wirklich nicht erwarten. Aber ich denke, wenn Sie wirklich weiterkommen wollen mit Ihrem Sargent, dann wird Ihnen jede Information willkommen sein, die Sie nur kriegen können.«

Doch das nächste Treffen diente nicht dem Abschied von Barcelona und seiner Kunstkoryphäe Orlando Vargas. Es kam nicht nur rascher als erwartet, es hatte sogar einen Anlass, mit dem niemand gerechnet hatte. Am allerwenigsten Vargas selbst.

Er rief bereits am nächsten Abend an, ziemlich spät, auf Isabelles Mobiltelefon. Sie saßen noch draußen auf der Terrasse des *Hotel Colón* vor der angestrahlten Kathedrale und genehmigten sich einen Drink, als Isabelles Mobiltelefon klingelte und die Stimme des Anrufers durch den Hörer dröhnte, als müsse er sich über mehrere Straßenzüge hinweg verständlich machen; wie alle älteren Leute, die mit den ersten Anzeichen der Schwerhörigkeit zu kämpfen haben, hatte Vargas wohl kein Gefühl mehr für die Lautstärke, mit der er sprach.

»Señorita Silva«, sagte er, »ich muss Sie und Señor Palmer noch einmal zu mir bitten.«

»Wir kommen gern morgen früh bei Ihnen vorbei …«

»Heute noch, wenn ich bitten darf … Nein, das ist unerlässlich. Wirklich. Die *Schöne Unbekannte*, Ihr Sargent-Bild … es steht nun hier vor mir. Ja, ja … kein Zweifel. Ich hatte heute Abend Besuch von einer höchst attraktiven Dame, die mich gebeten hat, seine Echtheit zu bestätigen. Und mit Ihnen möchte ich nun besprechen, was ich tun soll. In einer halben Stunde bei mir … bitte.« Dann hatte er aufgelegt, ohne ihre Antwort abzuwarten.

»Unglaublich«, sagte Andrew Palmer und schüttelte den Kopf. »Das kann nur Éloise Ledoyen gewesen sein. Sie ist also auch in Barcelona. Sie präsentiert uns – unwissentlich – den Sargent auf einem Silbertablett, indem sie ausgerechnet Vargas um eine Expertise bittet.«

»So ungewöhnlich ist das nicht. Wir hätten selbst darauf kommen können, dass sie es tut. Vermutlich braucht sie den Echtheitsnachweis, ein Zertifikat … und Vargas ist nun einmal die Sargent-Koryphäe schlechthin. Das ist nun in der Kunstwelt nicht gerade ein Geheimnis. Eigentlich nur folgerichtig, dass sie sich an ihn wendet.«

Sie gingen die kurze Strecke vom *Hotel Colón* zur Plaça Reial zu Fuß. Es war kurz vor Mitternacht, doch die Straßen hatten sich keineswegs geleert. Wie immer im Frühjahr und Sommer verebbte das Nachtleben von Barcelona erst in den frühen Morgenstunden, wenn überhaupt. Touristengruppen zogen durch die Gassen und über die Avenidas. Isabelle wich einigen Männern aus, die lachend und mit ausgestreckten Armen auf sie zusteuerten, als wollten sie sie zu einem ihrer trinkfreudigen Abenteuer mit sich ziehen. Mit abwehrenden Gesten, doch lächelnd wich sie ihnen aus. Palmer zeigte sich ungehaltener, was ihm einige missbilligende Pfiffe eintrug. Er nahm die Rolle des Beschützers wohl allzu ernst.

Diesmal öffnete er ihnen persönlich die Tür, Sofia war wohl schon zu Bett gegangen oder schlief gar nicht in der Wohnung. In der Bibliothek war das Kaminfeuer heruntergebrannt und glomm nur noch. Es war warm, fast überheizt. Mit einer ironischen Verbeugung wies Vargas, der sich königlich zu amüsieren schien, auf das Sargent-Bild, das er auf den Kaminsims gestellt hatte und das dort den Eindruck erweckte, als habe es schon seit jeher hier seinen genuinen Platz.

Isabelle stieß einen Ausruf des Erstaunens aus, blieb aber in gebührender Entfernung stehen, da Palmer sofort auf das Bild zustürzte und es in Augenschein nahm. Immer wieder schüttelte er ungläubig den Kopf und ließ ein stoßweises Lachen hören.

»Unglaublich«, sagte er wieder. »Sie ist es tatsächlich ...«

»Sie?«, fragte Vargas.

»Ja, die *Schöne Unbekannte.* Mein Bild. Hier in Ihrer Wohnung. Das hätte ich nicht gedacht, dass ich es so rasch zurückbekomme.«

»Oh«, sagte Vargas und zog die buschigen Augenbrauen ein gehöriges Stück in die Höhe. »Das wird wohl nicht möglich sein.«

»Wie meinen Sie das?«, fragte Palmer unwillig.

»Nun ... die Dame, von der Sie behaupten, es sei Éloise Ledoyen gewesen – was ich Ihnen im Übrigen wohl glauben will –, hat es mir zur Begutachtung gegeben. Sie will eine Expertise von mir.«

»Aber sie hat das Bild gestohlen!«

»Das mag sein, und ich hege – verstehen Sie mich bitte nicht falsch – keinerlei Zweifel daran. Doch ich kann Ihnen das Bild nicht geben, das müssen Sie verstehen. Es wurde mir anvertraut, und ich habe, offen gestanden, nicht die geringste Lust, mit dieser Dame juristische Gefechte auszutragen oder gar von ihr bedroht zu werden. Noch ihr gegenüber den rechtmäßigen Erwerb zu bestreiten ...«

Palmer seufzte enttäuscht. »Sie haben recht. Die Señora würde Ihnen die Hölle heiß machen. Das kann ich Ihnen nicht zumuten. Ja, Sie haben recht«, wiederholte er.

»Wie auch immer«, warf Isabelle ein, »die Karten werden neu gemischt. Wir müssen alle miteinander gut überlegen, wie wir weiter vorgehen wollen. Wenn Sie, Doctor Vargas, die Echtheit des Bildes bestätigen, hat sie einen Trumpf in der Hand, den wir ihr nur schwerlich werden entwinden können.«

»Wieso?«, sagte Palmer. »Damit ist ihr Besitz doch nicht legitimiert. Sie hat das Bild gestohlen … oder stehlen lassen, egal … Was für eine Rolle spielt es denn, ob es echt ist oder nicht. Sie kann es doch sowieso nicht verkaufen.«

»Auf dem freien Markt sicherlich nicht«, warf Isabelle ein. »Der legale Kunsthandel steht ihr nicht zur Verfügung, und offen anbieten kann sie es nicht. Doch wenn sie es weiterverkaufen will, etwa an einen verschwiegenen Kunstsammler, der es an einem diskreten Ort, von mir aus in einem Tresor verschwinden lässt, wird dieser eine Expertise von ihr fordern. Wenn sie schon nicht den Vorbesitzer nennen kann.«

Vargas schaltete sich ein.

»Genau so ist es, *querida*. Sie will ganz offensichtlich die Bestätigung des weltbesten Sargent-Spezialisten« – er verbeugte sich ironisch – »und sie wird dafür ihre Gründe haben. Das Herz hat seine Gründe, die der Verstand nicht kennt, um es mit Blaise Pascal zu sagen.«

»Aber Sie werden ihr diesen Gefallen doch nicht tun, oder?« fragte Palmer besorgt. »Wie viel hat sie Ihnen denn geboten für den … Nachweis, dass das Bild echt ist?«

Vargas schloss für einen Moment verzückt die Augen. »Eine ganze Menge, kann ich Ihnen sagen … genug!«

»Genug, um Sie in Versuchung zu führen?«, fragte Isabelle nach. »War es ein Angebot, das Sie nicht ablehnen können?«

»Ach, meine Liebe, mich kann nichts mehr in Versuchung führen. Ich bin längst jenseits von Gut und Böse. Und ich werde den Teufel tun und das Bild sanktionieren. Seien Sie ganz unbesorgt. Die Frage ist nur, ob ich ihr sage, das Bild sei eine Fälschung – oder ob ich das offen lasse. Mit Bedauern natürlich. Ich kann ja weder eine Fälschung konstatieren noch die Echtheit bestätigen. Wenn auch vieles, wie gesagt, für eine Fälschung spricht. Und auf meinen alten Freund Breguet deutet. Dem ich aber diese Señora nicht auf den Hals hetzen möchte. Bei Ihnen habe ich da weniger Bedenken, immerhin sind Sie, Señor Palmer, der rechtmäßige Besitzer des Bildes.«

»Die Frage ist«, nahm Palmer den Faden auf, »was für uns am besten ist. Für Sie natürlich auch, Doctor Vargas«, fügte er rasch hinzu.

»Allmählich beginnt das kleine Spiel, zu dem Sie mich verführt haben, mir Spaß zu machen. Aber das Schönste habe ich Ihnen noch gar nicht präsentiert.«

Er weidete sich einige Augenblicke an den fragenden Blicken seiner Gäste, die keine Ahnung hatten, worauf er hinauswollte. Dann zog er ein kleines türkisfarbenes Notizbuch aus seiner Jackentasche. »Das Schönste ist nämlich das hier.«

Er reichte das Notizbuch Isabelle, die es mit einem Stirnrunzeln, aus dem nichts als Unverständnis sprach, entgegennahm. Mit fragenden Blicken begann sie darin zu blättern.

»Was zum Teufel ist das?«

»Ein Glücksfall. Ein Notizbuch, das Señora Ledoyen hier verloren hat; es muss ihr aus der Tasche gefallen sein. Ich fand es auf dem Sofa dort drüben. Nachdem ich sie zur Tür gebracht und sie mit einem formvollendeten Handkuss verabschiedet hatte.«

Noch immer mit ungläubigen Blicken beugten sich Isabelle und Palmer über das kleine Buch und blätterten es durch. Vargas ging im Zimmer auf und ab und zeigte einen durchaus selbstzufriedenen Gesichtsausdruck, als hätte er das Notizbuch persönlich entwendet, mit der sinistren Raffinesse eines der Taschendiebe, die draußen auf der Plaça Reial ihr Unwesen trieben.

»Nächstes Mal werden Sie nicht so viel Glück haben«, sagte er ausdruckslos, als seine Gäste das Buch zuklappten.

Isabelle wechselte einen Blick mit Palmer. »Wie meinen Sie das?«, fragte sie.

»Wie Sie selbst feststellen konnten, enthält dieses Buch Namen, Daten und einige sehr ausführliche und belastende Informationen. Verbindungsleute, Adressen, sogar Listen von Kunstsammlungen, so zum Beispiel der Sammlung des Conte D'Amario in Venedig. Sogar ich selbst bin dort vermerkt, obwohl meine paar Kunstwerke zwar für mich von erheblichem persönlichen Wert sind, für die Kunstwelt jedoch kaum von größerem Interesse sein dürften.«

»Die meisten Eintragungen sind verschlüsselt«, wandte Isabelle ein.

»Die Codes und Abkürzungen werden leicht zu knacken sein«, sagte Vargas mit einer beruhigenden Handbewegung.

»Aber wir haben es hier zweifellos mit einigen sehr mächtigen und womöglich gewalttätigen Leuten zu tun. Sollte Ledoyen oder seine Tochter erfahren, dass Sie diese Informationen besitzen, würden Ihnen Ihre Probleme wegen des Diebstahls einer vermutlichen Fälschung wie eine willkommene Abwechslung vorkommen.«

Das hatten sie nicht zu hören erwartet. Niemand hatte damit rechnen können, dass ihnen derart überraschende, Éloise belastende Informationen in die Hände fallen könnten.

»Meine Güte, wie nachlässig«, sagte Isabelle. »Warum nur hat Éloise eine solchen Haufen Sprengstoff in ihrer Mantel- oder Handtasche spazieren getragen?«

Sie erhielt keine Antwort. Palmer hatte noch kein Wort zu diesem »Fund« gesagt. Er wirkte gedankenverloren, stand ihr stirnrunzelnd und mit zusammengepressten Lippen gegenüber.

»Lassen sich diese Informationen irgendwie verwerten?«, fragte er schließlich. Der Zweifel in seiner Stimme war unüberhörbar.

»Wie kannst du das fragen?«, sagte Isabelle. »Natürlich können wir das verwerten. Wir kopieren das einfach, gleich morgen früh, im nächsten Copyshop. Die Frage ist allerdings, ob man ihr dieses Notizbuch so wieder zuspielen kann, dass sie es nicht merkt …«

Vargas, der das Buch wieder an sich genommen hatte, ging um den Schreibtisch und nahm in seinem Sessel Platz. Sein Benehmen hatte sich leicht verändert. Nicht allzu auffällig.

Und sein Blick war weicher geworden, seine ganze Haltung zeigte eine neue Empfänglichkeit. Sogar sein Tonfall wirkte plötzlich wärmer.

»Oh, sie lassen sich irgendwie verwerten, das steht fest.« Er schwenkte das Adressbuch. »Aber im Augenblick geht es nicht in erster Linie darum, wie man Señora Ledoyen einen Strick drehen kann. Dieses Buch ändert alles. Wir müssen nur sehr sorgfältig überlegen, wie diese Sache am besten anzupacken ist.«

Palmer schien das »Wir«, von dem Vargas sprach, zu entspannen. Er setzte sich ebenfalls. Dann sprach er leise vor sich hin, als überlegte er nur für sich: »Das Ding zu kopieren nützt uns gar nichts. Kein Gericht dieser Welt würde das als Beweismittel akzeptieren. Sie könnte jederzeit abstreiten, überhaupt jemals im Besitz dieses Büchleins gewesen zu sein. Auch ihr Name steht nicht darin. Wir können also nicht einfach zur Polizei laufen und meinen, sie damit überführt zu haben. Wenn es allerdings eine Möglichkeit gäbe, ihr das Notizbuch wieder zuzuspielen, und zwar wirklich so, dass sie es nicht merkt …« Er brachte den Gedanken nicht zu Ende, starrte nur auf den Boden.

Stille trat ein. Sie saßen schweigend da. Jeder war mit seinen eigenen Überlegungen beschäftigt. Die einzigen Geräusche waren das Knistern und Knacken des Feuers und ein leiser Wind, der durch das geöffnete Fenster drang, das der Restaurator geöffnet hatte. Dann sagte Vargas: »Señor Palmer … sind Sie noch da?« Er starrte ihn mit zusammengekniffenen Augen an.

Palmer schüttelte die Lethargie ab, die ihn schleichend zu überwältigen schien, und versuchte, sich wieder auf das vor ihnen liegende Problem zu konzentrieren. Der Raum kam ihm wärmer und wärmer vor, aber sein Inneres blieb merkwürdig kühl und gefühllos.

»Wir haben noch immer das Problem …«, begann er, aber dann befiel ihn plötzlich Übelkeit. Seine Hände begannen zu zittern, dann die Arme und Beine. Eine Art Schüttelfrost erfasste seinen ganzen Körper. Sein Verstand war völlig klar, aber sein Körper schien ihm nicht mehr gehorchen zu wollen.

Isabelle griff nach seiner Hand. Vargas stand auf und trat näher, schien weit über ihm aufzuragen. Eine bleierne Schwere hatte sich über Palmer gesenkt. Er war müde und schien nicht wenig erschrocken beim Gedanken daran, dass sie zum ersten Mal etwas gegen Éloise Ledoyen in der Hand hatten und trotzdem nicht wussten, wie es zu nutzen war.

Vargas ließ sich langsam in seinen Ohrensessel sinken. Er hatte das kleine Notizbuch aufgeschlagen und schien es ernsthaft zu studieren. Isabelle trat dichter an den Kamin, schaute in das verglimmende Feuer und kehrte ihnen dabei den Rücken zu.

»Nun?«, fragte Palmer, der sich allmählich wieder gefangen hatte. »Was sieht Ihr geübtes kriminalistisches Auge?«

Vargas ließ das kleine türkisfarbene Buch sinken und räusperte sich. »Ich brauche noch etwas Zeit, um alles durchdenken zu können. Und um eine … kleine Untersuchung vornehmen zu können, bevor ich Ihnen vielleicht einen Vorschlag unterbreiten kann.« Er stand auf und ging zur Tür der

Bibliothek. »Machen Sie es sich gemütlich. Fühlen Sie sich wie zu Hause.« Er hielt das Büchlein hoch. »Das werde ich mir in Ruhe ansehen.«

Nachdem er gegangen war, setzte sich Isabelle zu Palmer aufs Sofa. Sie saßen vor dem Kamin, blickten nun beide in das herunterbrennende Feuer und horchten auf den Wind. Palmer sank tiefer in die Polster, und Isabelle lehnte sich an ihn. Der Raum duftete nach dem Apfelbaumholz, das Vargas aufgelegt hatte, und es wurde durch den hereinwehenden Wind etwas kühler und erfrischender.

»Was halten Sie von dem Buch?«, fragte Palmer, als Vargas nach etwa einer halben Stunde zurückgekehrt war. Er hatte eine Flasche vorzüglichen Rioja mitgebracht, ihnen allen die Gläser gefüllt und ihnen gegenüber Platz genommen. Das Büchlein lag vor ihm; er richtete es exakt parallel zur Tischkante aus.

»Es wäre sehr leicht zu kopieren«, sagte Vargas knapp und blickte seine Gäste erwartungsvoll an.

»Wozu sollten wir das tun wollen?«, fragte Isabelle.

Er zuckte mit den Schultern, hielt dann sein Glas hoch und betrachtete den Wein im Kerzenschimmer. »Weil wir mit zwei Büchern besser dran wären. Mit zwei identischen Exemplaren.« Er leerte sein Glas und schmunzelte.

Er schien dieses Spiel fast zu sehr zu genießen.

»Doctor Vargas, ist das Ihr Ernst?«, fragte Isabelle.

Er hob den Kopf. »Natürlich, meine Liebe. Die einzige Frage, die sich mir stellt: Woher bekommen wir ein Exemplar exakt wie dieses?«

Isabelle blickte ihn überrascht an. »Das dürfte nun überhaupt kein Problem sein. Jede Frau – aber vermutlich nicht jeder Mann – erkennt, dass es von *Tiffany* ist. Türkis, das ist die *Tiffany*-Farbe, verstehen Sie? Ein Büchlein aus dieser Kollektion habe ich sogar schon einmal in der Hand gehabt. Widerstrebend muss ich zugeben, dass Éloise Ledoyen Geschmack hat.«

»Und Sie meinen, Sie könnten mir ein solches Büchlein beschaffen?«, fragte Vargas, noch immer mit zweifelndem Blick.

»Aber ja. *Tiffany* gibt's auch hier in Barcelona. Wir sind gestern sogar dran vorbeigegangen, erinnerst du dich, Andrew?« Palmer schüttelte den Kopf. »Im *Mandarin Oriental*. Auf dem Passeig de Gràcia.«

»*Tiffany* also«, sagte Vargas.

»Ja, Ledereinband, gutes Papier, wird seit Jahren so verkauft«, erklärte Isabelle. »Ich bin mir fast sicher, dass es noch vorrätig ist. Ich könnte es gleich morgen früh besorgen.«

Vargas stieß einen erleichterten Seufzer aus. »Na dann … könnten wir ans Werk gehen. Die Eintragungen wären leicht zu kopieren, aber der Trick bestünde darin, das hier richtig hinzukriegen …« Er hielt das kleine Buch hoch und deutete auf verschiedene Flecken und Kratzer auf dem Lederereinband. Dann schlug er es auf und zeigte ihnen, wo irgendetwas verschüttet worden war und auf mehreren Seiten bräunliche Flecken hinterlassen hatte. »Nicht allzu schwierig, wenn man sich darauf versteht. Immer unter der Voraussetzung, dass *Tiffany* dieses Buch noch auf Lager hat.«

»Wie lange würde das dauern?«, fragte Palmer.

»Einen, höchstens zwei Tage. Ich habe alles, was ich dafür brauche, hier in der Wohnung, glaube ich.« Vargas rieb sich das Kinn. »Geben Sie mir ein bisschen Zeit, dann ist nicht mal Señora Ledoyen imstande, die beiden Bücher auseinanderzuhalten.«

»Wollen Sie wirklich behaupten, Sie könnten das perfekt … fälschen?«, fragte Palmer, noch immer ungläubig über die offensichtlich kriminelle Energie, zu welcher dieser erfahrene Restaurator fähig zu sein glaubte.

»Behaupten? Ich teile Ihnen nur eine Tatsache mit, *mío chico*. Wenn ich sage, dass niemand imstande sein wird, meine Kopie vom Original zu unterscheiden, können Sie Ihren Hals darauf verwetten.« Er schüttelte stirnrunzelnd den Kopf. »Behaupten«, murmelte er abfällig.

Nun trat Palmer ans Fenster, um darüber nachzudenken. Der Wind war abgeflaut. Er blickte Isabelle an, die sich in der Fensterscheibe spiegelte. Er sah, wie sie noch ein Holzscheit im Kamin nachlegte. Vargas saß in seinem Sessel und stopfte selbstzufrieden seine Pfeife. Palmer drehte sich wieder um und nickte ihm zu.

»Jetzt verstehe ich«, sagte er und bedachte Vargas mit einem anerkennenden Kopfnicken. »Sie kopieren das Büchlein, spielen es Éloise zu, wenn sie in ein paar Tagen zu Ihnen kommt, um Bild und Expertise abzuholen. Wir behalten das Original und entschlüsseln den Inhalt. Irgendein Plan wird uns einfallen, mit dem wir Éloise aufs Glatteis locken können. Und dass alles Vorsatz war und von langer Hand geplant, beweisen wir mit dem Original. Die fabelhafte Mademoiselle Ledoyen wird nicht auf die Idee kommen, dass sie das Büchlein bei Ihnen verloren hat. Und wenn schon … sie wird es einfach in ihrer Tasche finden, nachdem sie dieses Haus schon lange verlassen hat. Perfekt!«

»Ich sehe, Sie kommen allmählich auf meine Wellenlänge, Señor Palmer.«

Isabelle sprang mit einem energischen Satz auf. »Gut, wir machen es. Wir stellen ein zweites Exemplar her und versuchen dann, die böse blonde Hexe aufs Glatteis zu locken.«

Ein Streichholz flammte auf und beleuchtete sein Lächeln, als Vargas sich endlich die Pfeife anzündete, die er die ganze Zeit in aller Geruhsamkeit gestopft hatte. »Genau«, sagte er nickend, während er eine graue Rauchwolke ausstieß. »Wir tricksen sie aus. Nach allen Regeln der Kunst. Das klingt ziemlich sizilianisch, finden Sie nicht?«

20

BARCELONA, BARRI GÒTIC, HOTEL COLÓN

Es war mitten in der Nacht, als sie ins Hotel zurückkehrten. Schweigend waren sie durch die Carrer d'Aroles und die Carrer de la Boqueria gegangen, in der es nun still und leer geworden war. Um drei Uhr kam auch Barcelona allmählich zur Ruhe. Sie gingen versunken in die je eigenen Gedanken, Hand in Hand wie zwei Verliebte auf einem nächtlichen Spaziergang durch das nun von bedrohlichen Schatten bevölkerte Barcelona.

Im Hotel angekommen, gingen sie allein zu Bett, jeder in sein eigenes Zimmer. Doch nach etwa einer halben Stunde klopfte Isabelle an Palmers Tür und kam unter seine Decke gekrochen.

Ihr Körper war fiebrig warm, und unter der Haut ihres Halses pochte eine Ader. Licht und Schatten im Zimmer flossen ineinander und schufen eine dämmrige Atmosphäre, in der die Umrisse der Gegenstände sich auflösten. Sie murmelte mit leiser Stimme unverständliche Worte vor sich hin, als ihre Hand zu seinem Nacken glitt und sie ihn näher zu sich heranzog. Palmer beugte sich über sie, den halb geöffneten weichen Lippen entgegen. Einen kurzen Augenblick hatte er das Gefühl, in ihrem Leib die Strömung eines ruhigen dunklen Flusses zu spüren, ein Gefühl, für das er keinen Namen hatte, doch dieser Eindruck hielt nur wenige Sekunden an.

Sie schlief ein, erschöpft und befriedigt. Vorsichtig, um sie nicht aufzuwecken, angelte er sich seinen Mantel und zog einen Zigarillo aus der Tasche. Nachdem er ihn angezündet hatte, blieb er auf einen Ellenbogen gestützt liegen und betrachtete Isabelle, die nackt auf dem Rücken lag, den Kopf auf dem Kissen zur Seite gedreht, und leise durch den geöffneten Mund atmete. Er beobachtete den Pulsschlag an ihrem Hals, den kaum wahrnehmbaren Herzschlag, folgte mit den Augen der weich geschwungenen Linie, die von den Schultern über die Taille zu den Hüften verlief, und streckte eine Hand aus, um mit den Fingerspitzen das kleine lockige Dreieck zwischen ihren Schenkeln zu berühren, dort, wo ihre Haut ein bisschen heller war. Doch dann unterbrach er die Bewegung, gab sich rauchend dem Vergnügen des Betrachtens hin, als sei sie eine Schönheit auf einem Bild, unerreichbar und wie aus fernen Zeiten.

Ihr Atem ging ruhig und regelmäßig. Sie lag da, still und unglaublich schön, heiter wie ein ruhiger See.

Dann öffnete sie die Augen, klare Augen, die ihn eindringlich aus der Dunkelheit anblickten und schimmerten, als hätten sie das Licht des Himmels eingefangen, sein eigenes Schattenbild. Isabelle war aufgewacht, hatte sich schläfrig an seiner Schulter gerieben, sich dann aufgesetzt und sich umgeblickt.

»Warum schläfst du nicht?«, fragte sie.

Palmer zuckte die Schultern. »Weiß nicht. Vielleicht, weil es schöner ist, dich anzublicken?«

Sie beantwortete das Kompliment mit einem Lächeln.

»Du bist ein Romantiker, Andrew. Vielleicht, weil du weißt, dass Frauen Romantik mögen.«

Er schüttelte den Kopf. Trotz der Müdigkeit, die ihn plötzlich überfallen hatte, freute er sich darüber, Gesellschaft zu haben. Er legte sich zu ihr, deckte sie zu, und so lagen sie beide da und suchten den Schlaf. Isabelle schien zu glauben, die dünne Bettdecke gehöre ihr allein. Sie schliefen engumschlungen, wobei sein Rücken unter der dünnen Decke herausschaute und die meiste Zeit eiskalt war. Palmer schlief traumlos – abgesehen von einem kurzen Albtraum über eine Expedition in die Antarktis, auf der er zu erfrieren drohte.

Es war fast sieben Uhr, als das erste graue Licht des neuen Tages durch die Lamellen der Fensterläden drang und ihn weckte. Isabelle war an seine eisige Rückseite geschmiegt, die eben zu tauen begann. Sie murmelte etwas, als er aus dem Bett kroch, wälzte sich dann auf die andere Seite und zog sich ein Kissen über den Kopf.

Palmer stand auf, schlich leise ins Badezimmer und schlüpfte in seine Sachen. Mit einem gewissen Vergnügen, am frühen Morgen schon wach und munter zu sein, weckte er Isabelle.

»*Alors, Mademoiselle Marmotte.* Aufstehen, Murmeltier! Große Dinge warten auf uns!«

Zu ihrer Überraschung trafen sie Vargas wieder allein. Er war anscheinend schon seit Stunden auf den Beinen. Während Isabelle in das Arbeitszimmer ging, um sich die *Schöne Unbekannte* noch einmal genau anzuschauen, begleitete Palmer Vargas in die Küche.

Auf dem Küchentisch standen sauber aufgereiht sechs oder sieben Tassen mit Kaffee in unterschiedlichen Farbtönen, die von Rotbraun bis Tiefschwarz reichten. Davor lagen mehrere Bögen Papier, und Vargas benutzte eine Pipette, um verschiedene Kaffeeflecken darauf zu erzeugen. Éloises Büchlein war an der Stelle aufgeschlagen, wo etwas verschüttet worden war. Sobald er einen neuen Fleck produziert hatte, blies Vargas kräftig darauf und hielt ihn dann neben die Vorlage, um den Farbton zu vergleichen. Während er arbeitete, machte er sich auf einem kleinen Block immer wieder Notizen. Palmer beobachtete ihn – bis Vargas ihn anblaffte, er solle ihm aus dem Licht gehen.

»Machen Sie sich nützlich, kochen Sie uns eine Kanne Kaffee«, fügte er hinzu.

»Auf irgendeine besondere Art?«, erkundigte Palmer sich und zeigte dabei auf die Tassen vor ihm.

»Wie meinen Sie das?«, erkundigte sich Vargas, ohne von seinen Notizen aufzusehen.

»Für Ihre Versuche – wollen Sie ihn hell oder dunkel?«

»Halten Sie sich an die Anweisungen auf der Dose, Señor Palmer. Ich will ihn *trinken.*«

Verlegen tat Palmer, was Vargas verlangt hatte. Als sie beide einen dampfenden Becher starken schwarzen Kaffee vor sich hatten, legte Vargas die Pipette weg und grinste ihn an.

»Ich hab's«, sagte er und zeigte auf seinen Block. »Jetzt brauchen wir nur noch das Buch. Aber das können wir erst besorgen, wenn *Tiffany* öffnet.« Er griff nach seinem Becher und trank einen Schluck Kaffee. »Erzählen Sie mir doch bis dahin ein paar Geschichten aus Ihrem Leben …«

Später sahen sie Vargas dabei zu, wie er Éloises Handschrift übte, wieder und wieder, bis er sie fließend beherrschte. Er hatte sich in seinem Arbeitszimmer an den Schreibtisch gesetzt und einige Blätter Schreibpapier vor sich ausgebreitet. Neben ihm stand aufgeklappt ein riesiger Mahagonikasten mit englischen Messingbeschlägen. Vargas bezeichnete ihn als seinen »Werkzeugkasten«. Isabelle konnte sich nicht vorstellen, wie er ihn hereintransportiert hatte, so schwer kam das Ding ihr vor. Innen wies der »Werkzeugkasten« zahlreiche Fächer und Schubladen auf, mit denen er wie der größte oder zumindest teuerste Angelgerätekasten der Welt aussah. Gefüllt war er mit Farben in Büchsen und Tuben, Pinseln, Flaschen mit Lösungsmitteln und

Lacken, Firnissen und Emulsionen sowie mit Skalpellen, Sonden und blitzenden Edelstahlwerkzeugen in allen möglichen Größen für alle möglichen Zwecke. Das Ganze sah aus wie die transportable Ausführung eines kompletten Restaurator-Ateliers und musste Vargas ein kleines Vermögen gekostet haben.

Ein Schubfach war herausgezogen und auf die Schreibtischplatte gestellt worden. Es schien Hunderte Federn zu enthalten, von denen zwanzig oder dreißig vor Vargas lagen, der ihre Schriftstärke mit den Eintragungen im Adressbuch verglich. Seine großen Hände bewegten sich mit der sicheren Eleganz eines Musikers oder Chirurgen, während er die Federn sortierte und ausprobierte. Er trug eine Lupenbrille mit Stirnband, wie sie Juweliere benutzen, sprach lebhaft mit seinen Gästen, während er arbeitete, und beklagte sich hauptsächlich darüber, dass Sofia sich verspätet habe, obwohl sie verdammt genau wisse, dass er sie werktags um halb neun, nicht erst gegen Mittag erwartete.

Als sie endlich um Viertel nach neun hereinkam, beschwerte er sich knurrend bei ihr, aber man merkte ihm deutlich an, wie froh er war, dass sie den Weg zu ihm gefunden hatte.

Um halb zehn sah Vargas von der Arbeit auf, nahm seine Lupenbrille ab und sagte, er sei nun bereit. Nun fehle nur noch das Buch. Isabelle erklärte sich bereit, es zu holen.

»Frühstück bei Tiffany«, sagte sie. »Für wen wäre das passender als für *mich*?«

Vargas bestellte telefonisch ein Taxi für Isabelle. Dann machte er sich daran, auf dem Eisenrost des offenen Kamins in seiner Bibliothek wieder Feuer zu entfachen. Während das Kleinholz anbrannte und seine Flammen die darübergelegten Apfelholzscheite erfassten, blickte Palmer in Gedanken versunken vor sich hin. Dann trat er an den Schreibtisch. Die Übungsblätter lagen noch dort, und Éloises Notizbuch war aufgeschlagen. Er betrachtete Vargas' Arbeit mit wachsender Bewunderung.

»Ich glaube, Sie schaffen's wirklich. Alle Achtung – die Schriften sind nicht zu unterscheiden.« Er hielt ein Blatt hoch, als habe er eine Urkunde in der Hand.

Seit Vargas vorgeschlagen hatte, das Notizbuch zu kopieren, waren in Palmers Kopf die Umrisse eines Plans entstanden, der aber noch unfertig war und zu viel Unwägbares enthielt, um wirklich als durchdachter Plan bezeichnet werden zu können. Tatsächlich war er geradezu tollkühn.

Im Wesentlichen bestand er darin, das Notizbuch zu entschlüsseln und die so gewonnenen Informationen gegen Éloise zu verwenden. Irgendetwas würden sie schon finden. Zu einem späteren Zeitpunkt würde die Polizei das Notizbuch »finden« oder zugespielt bekommen und alle Hinweise, die sie ihr zuvor gegeben hatten, bestätigt finden. Und für den Fall, dass Éloise ihr Büchlein verschwinden ließ – was gut möglich war, vor allem, wenn sie sich bedroht und verfolgt fühlte –, hatten sie die Kopie, die kein Polizist dieser Welt als Fälschung erkennen würde. Es war die perfekte Versicherung.

Die Schwierigkeit jedoch war, dass der Inhalt des kleinen Buches nicht nur Klartext war, sondern zum großen Teil verschlüsselt. Es gab Adressen mit als Initialen abgekürzten Namen – die waren noch der leichteste Teil der Übung. Dann die Gemäldelisten, Inventare verschiedener Kollektionen, unter denen die des Conte D'Amario allerdings die größte war. Auch kein Problem – sie gaben Aufschlüsse, worauf ganz offensichtlich Éloises Interessen gerichtet waren. Palmer staunte nicht schlecht über die Bandbreite ihrer kriminellen Energie. Auch die *Schöne Unbekannte* war vermerkt, mit Datum der Auktion im Dorotheum und mit einem Häkchen versehen; vermutlich hielt Éloise diese Aktion für abgehakt und erledigt. *Da wirst du dich gründlich täuschen, meine Schöne*, dachte Palmer grimmig.

Eine knifflige Aufgabe versprach jedoch der Teil des Notizbuches zu werden, der nur Kürzel enthielt. Die würde er sich in Ruhe vornehmen zu müssen. Und er wusste auch schon, mit wem. Alexander Vandervere, der Geschäftsführer seiner Galerie, würde perfekt dafür sein. Er war nicht nur ein exzellenter Kunsthistoriker und ein gewiefter Kunsthändler, sondern hatte, wie Palmer wusste, ein Hobby, das dieser stets etwas belächelt hatte: Kryptographie. Vermutlich wäre es für Alex ein Kinderspiel, Éloises lächerliche Verschlüsselungen aufzulösen. *Ich werde mit deinen hübschen kleinen Notizen in dir lesen wie in einem offenen Buch.*

Isabelle hatte Glück. Bei *Tiffany* auf dem Passeig de Gràcia war noch ein Notizbuch in der Farbe Türkis vorrätig gewesen. Mit einigem Stolz trug sie ihren Kauf nach Hause. Vargas nahm sie sogar beglückt in den Arm und erdrückte sie fast mit seiner ungestümen Art. Umso erstaunlicher war die meisterhafte Präzision und äußerst diffizile Weise, mit der er daranging, das neue Notizbuch künstlich altern zu lassen, ihm Gebrauchsspuren zu verleihen, die exakt dem Original glichen, und dann das leere Buch mit dem ebenso exakt kopierten Inhalt zu füllen.

Es dauerte Stunden, während derer Isabelle und Palmer sich teils in Vargas' Wohnung aufhielten, sich das Originalbuch anschauten und allerlei Theorien über den Inhalt aufstellten und durchdiskutierten. Irgendwann machten sie einen Spaziergang durch das Eixample-Viertel, aßen eine Kleinigkeit in einer Tapas-Bar und kehrten voller Spannung auf das Ergebnis zurück. Vargas blickte sie müde an – die stundenlange Arbeit mit höchster Konzentration hatte ihn restlos erschöpft.

»Hier, sehen Sie es sich an und sagen Sie mir, was Sie davon halten«, sagte er und hielt ihnen die Kopie des Notizbuches hin.

Er hatte den türkisfarbenen Ledereinband mit einem Skalpell und mit Schleifpapier bearbeitet, so dass er dem Original zum Verwechseln ähnlich war. Die Kaffeemischung, mit der er experimentiert hatte, hatte im Inneren genau dieselben

Flecken ergeben, und er hatte Éloises schwungvolle Handschrift geradezu unheimlich präzise kopiert – bis hin zu einigen Klecksen und durchgestrichenen Verbesserungen. Mehrere Seiten wiesen im Original Eselsohren auf, und er hatte dem Buch mit einer Mischung aus extrem verdünnter Säure und Kaminruss eine künstliche Patina gegeben – mit verblüffendem Ergebnis, legte man die beiden Bücher nebeneinander. Nicht nur auf den ersten Blick waren keine Unterschiede feststellbar.

»Sie haben recht«, gab Palmer erfreut zu, nachdem ihn das Ergebnis so restlos überzeugt hatte. Er gab Vargas das Notizbuch zurück. »Nicht mal Éloise könnte es vom Original unterscheiden.«

Vargas strahlte vor Stolz. »Natürlich nicht mit einem Monet oder gar Sargent zu vergleichen, aber trotzdem keine schlechte Arbeit. Wenn ich mich hier mal selbst loben darf.«

Er legte das Büchlein auf den Schreibtisch, ließ sich in seinen Sessel fallen und sagte: »Und nun verraten Sie mir, worüber Sie die ganze Zeit getuschelt haben. Ich sterbe vor Neugierde. Und glauben Sie mir, das ist auch für einen alten Mann wie mich keine bevorzugte Todesart.«

* * *

Sie würden sich trennen müssen, das war nach einer weiteren Stunde klar, in der sie Palmers Plan besprochen, verschiedene Möglichkeiten skizziert, diskutiert und wieder verworfen hatten. In zwei Tagen würde Éloise das Bild bei Vargas abholen;

sie würde auch eine Expertise erwarten, die der Restaurator ihr aber nicht geben würde. Vargas würde die Möglichkeit einer Fälschung andeuten, um sie zu verunsichern, sich aber jeglichen Hinweises auf Henri Breguet enthalten. Sollte Éloise doch ruhig grübeln, was es mit der *Schönen Unbekannten* auf sich hatte. Ob Fälschung oder nicht, war ja ohnehin noch unklar. Auch der Verdacht auf Breguet müsste erst einmal erhärtet werden.

Isabelle würde also nach Venedig fahren und herauszubekommen versuchen, ob Breguet den Sargent gefälscht hatte oder nicht. Es sprach, auch nach Vargas' Darstellung, vieles dafür, wenn er auch Isabelles Reise als *mission impossible* bezeichnete. Es wäre ein Wunder, würde Breguet es zugeben, aber dann wäre zumindest diese Frage geklärt.

Palmer würde nach London fliegen und sich zusammen mit Alex Vandervere an die Entschlüsselung des Notizbuches machen. Er versprach, so bald wie möglich nach Venedig nachzukommen. Und Isabelle und Palmer wiederum versprachen ihrem Gastgeber, ihn ständig auf dem Laufenden zu halten. Nach dem überaus reservierten Empfang vor wenigen Tagen war nicht zu erwarten gewesen, dass Vargas zu einem Mitglied ihres Teams werden würde. Aber er hatte exzellente Arbeit geleistet. Und seine Motivation brannte geradezu lichterloh: »Meine Güte, ist das ein Spaß!«, sagte er. »Dass ich auf meine alten Tage noch einmal ein Abenteuer dieser Art erlebe, hätte ich nicht für möglich gehalten.«

Es blieb nur eine einzige Schwierigkeit übrig, eine unabdingbare Voraussetzung für ihr gesamtes weiteres Vorgehen: Es musste gelingen, Éloise bei ihrem nächsten Besuch bei Vargas das kopierte Notizbuch so unterzuschieben, dass sie nicht das Geringste davon mitbekam. Isabelle und Palmer schauten Vargas an, als würden sie ihm das nicht recht zutrauen.

Der Restaurator und – wie sie jetzt wussten – auch versierte Fälscher jedoch lachte nur auf seine verschmitzte Art. Er knurrte: »Das lassen Sie nur meine Sorge sein. Ich habe schießlich eine Sizilianerin in meinen Diensten. Sofia hat jahrelang die Straßen von Palermo und Barcelona als Taschendiebin unsicher gemacht. Sie ist nicht nur hübsch anzuschauen, sondern auch hübsch gerissen. Ich habe sie … sozialisiert, wenn ich das so sagen darf, aber sie wird ihre dunklen Künste nicht verlernt haben, da bin ich sicher. Wenn es jemandem gelingt, dann ihr. Jetzt kann sie ihre Talente noch einmal unter Beweis stellen. Auf meine zittrigen Finger und meine vielleicht nicht mehr so ganz zuverlässige Kaltblütigkeit brauchen Sie beide sich also nicht verlassen.«

21

VENEDIG, LIDO, HOTEL EXCELSIOR

Venedig, das zarte Labyrinth am Rande des Meeres, begrüßte sie mit irisierendem Flimmern im Gegenlicht. Und so fluidal das Licht selbst war, es erschien ihr passend für diese Stadt der kurzen Affären, der langsamen Tode und der glühenden Liebesgeschichten, die Stadt der Chimären, Nachtmahre, Tauben und Glocken. *Sie ist die einzige Stadt der Welt, in deren Dialekt es ein Wort für das Schimmern des Kanalwassers gibt, das sich an einer Zimmerdecke bricht.* Isabelle hatte das Wort einmal gewusst, aber inzwischen vergessen. *War es riflesso? Nein, auch nicht scintillamento oder gibigiana. Egal, es wird mir wieder einfallen, nach ein paar Tagen hier.*

Jedes Mal, wenn sie nach Venedig kam, spiegelte es ein anderes Ich wider, einen anderen Traum. Die Luft erschien ihr voller Geister, die hier gelebt, gearbeitet, geliebt hatten. Die Steine schienen ihr imprägniert von Geschichte und Geschichten, sie flüstern einem zu, wenn man nachts durch die verlassenen Straßen geht. Katzen springen heran, als wären sie die fleischgewordenen Geister all der Toten, die hier ihre Werke geschaffen haben oder gestorben sind: Tizian, Tintoretto, Casanova, Byron, Browning, Turner, Mahler, Wagner.

Sie hatte bei Barbara Raffaelli angerufen und gefragt, ob sie in ihrer *Pensione* noch ein Zimmer für sie habe. »Kein Problem«, hatte die ebenso charmante wie resolute Signora geantwortet, »für Sie immer.« Und so war Isabelle nach einem unruhigen Morgenflug mit dem Vaporetto vom Flughafen in die Stadt gefahren, an der Station Riva degli Schiavoni ausgestiegen und erneut die vier Stockwerke der *Pensione del Sole* hinaufgeklettert, wo Signora Raffaelli sogar wieder das kleine Appartement ihres letzten Aufenthalts für sie vorbereitet hatte.

Dann nahm sie in einer Bar unweit ihrer Pension einen *Cappuccino* und ein *Cornetto* zu sich, ihr übliches italienisches Standardfrühstück, bevor sie Venedig links liegen ließ und zum Lido hinausfuhr. Angesichts des warmen, wenn auch etwas schwülen Wetters wollte sie sich ein paar Erholungsstunden am Meer gönnen, um weiter über den Fall nachzudenken und sich die nächsten Schritte zu überlegen. Vor allem die Begegnung mit Henri Breguet, die sie sich für den nächsten Tag vorgenommen hatte, sollte gut geplant sein, fand sie.

Sie stieg an der Vaporettostation aus, flanierte durch die Via Elisabetta Richtung Lido, bis zum *Hotel Excelsior*. Sie mochte dieses Hotel nicht sonderlich – es war ihr mit seiner Architektur voller maurischer Zitate und seinem eher kühlen Innendesign zu unentschieden, um wirklich ihre Sinne zu fesseln. Doch der spektakuläre Blick von der riesigen Terrasse über den Strand war unbezahlbar. Sie hatte früher einmal – als sie nach einem hochdotierten Auftrag meinte, sich etwas Leichtsinn erlauben zu dürfen – im ungleich prächtigeren *Hotel des Bains* gewohnt, wo Visconti seinen Film *Tod in Venedig* gedreht hatte. Doch aus dieser Kultstätte der Belle Époque hatte man ein Resort mit Luxusappartements für die Schönen und Reichen machen wollen; nun war es eine Investitionsruine, die Isabelle mit einem beklommenen Gefühl passierte.

Das *Excelsior* hingegen hatte sich seinen Glanz bewahrt, der sich weitgehend den jährlichen Filmfestspielen und dem Aufgebot an Stars verdankte, die dieses Hotel frequentierten. Der Lido präsentierte sich hier besonders gepflegt: die byzantinisch weißen Zelte des Hotels, ein paar *bambini*, die im Sand herumtollten, das alles war schon im Frühjahr die lupenreine Inszenierung von Sommerfrische. Früher hatte Isabelle sich sogar mal eine *capanne* am Hotelstrand gemietet, eine private Badekabine. Bei allem, was hier zu erledigen gewesen war, hatte sie noch Zeit zum Sonnenbaden und Schwimmen gefunden. Doch diesmal war es anders.

Sie ließ sich auf der Terrasse des menschenleer oder vielleicht auch nur distinguiert wirkenden *Excelsior* einen Mittagsimbiss servieren und unternahm einen nachmittäglichen Spaziergang am Strand, im Licht der hochstehenden Sonne. Zwar würde sie nicht wie die schaumgekrönte Aphrodite aus dem Meer steigen, dazu war das Wasser noch zu kalt, wie sie feststellte. Isabelle lief auf dem Steg, der wie ein riesiger Finger vom hellen Sand bis weit ins Meer ragte, hinaus und dann zurück, den Strand entlang bis zum *Hotel des Bains*, dessen weißer Bau sich wie eine längst verlassene Filmkulisse auf der gegenüberliegenden Straßenseite erhob. Früher war auch hier umtriebiges Bade- und Hotelleben gewesen, jetzt stand das Gebäude abweisend da. Sie genoss das Flanieren über den feinen Sand, den Wind, der immer wieder ihr Sommerkleid aufbauschte und sich spielerisch in ihrem Haar verfing, das sie sich unentwegt aus dem Gesicht strich. Sie setzte sich in den Schatten einer verlassenen *capanne*, ließ ihren Blick über den vom Meer begrenzten Horizont schweifen und die Zeit verstreichen. Dann ging sie langsam zum *Excelsior* zurück.

Mehrmals an diesem Tag hatte sie versucht, Julien zu erreichen, doch er war nie ans Telefon gegangen. Sie begann sich schon Sorgen zu machen, als er doch endlich abhob und sich munter meldete. Isabelle schilderte ihm die jüngsten Ereignisse in Barcelona und bat ihn, sie bei Henri Breguet anzukündigen.

»Dieser alte Verbrecher …«, knurrte er nur. »*D'accord*. Ich rufe ihn an.«

»Heute noch?«

»Jetzt gleich. Gabrielle wird dir eine SMS mit seiner Adresse schicken. Er wohnt in San Polo, wenn ich mich recht erinnere. Und … *ma princesse* …«

»Ja?«

»Nimm dich in Acht vor ihm.«

Isabelle lachte. »Vor alten Malern habe ich keine Angst«, sagte sie.

»Du solltest ihn nicht unterschätzen.«

Lächelnd legte sie auf.

Auf der riesigen Terrasse waren inzwischen die Lichter angegangen, obwohl noch keine tiefe Dämmerung herrschte und der Tag erst allmählich eine Liebesaffäre mit der Nacht einging. Hier war es noch leer, bis auf ein sich anschweigendes Paar, eine ältere Dame mit riesigem, in Anbetracht der allmählich untergehenden Sonne ziemlich überflüssigem Sonnenhut und einen allein sitzenden Mann. Im Hintergrund hielten sich Kellner bereit, vier oder fünf, als sei hier mit einem Ansturm von Gästen zu rechnen. Sie bestellte einen Cosmopolitan und ließ den Blick über das Meer schweifen, ganz in Überlegungen versunken, wie sie es am besten bei Henri Breguet anfangen sollte. Es war sicherlich von Vorteil, sich bei ihm ganz konventionell mit einer Empfehlung von Julien Silva einzuführen. Das würde von vornherein Vertrauen schaffen, jedenfalls mehr, als wenn sie den Namen Orlando Vargas erwähnte, auf den der Maler sicherlich nicht gut zu sprechen sein würde. Dann könnten sie ein munteres Gespräch über Wahn und Wirklichkeit in der Kunst führen, bis sie es geschickt auf Kunstfälschungen im Allgemeinen und John Singer Sargent im Besonderen lenken konnte.

Zufrieden über diese kleine Strategie, nahm sie einen Schluck von ihrem Drink, als das Mobiltelefon klingelte, das sie auf dem Tisch abgelegt hatte. Den Anrufer konnte sie auf dem Display nicht identifizieren, trotzdem nahm sie ab.

»Signorina Silva?«, krächzte es aus dem Hörer. Die unverkennbare Stimme des Conte Giovanni D'Amario.

»Ja, *mon comte*?«

»Oh … ja … *buona sera* … entschuldigen Sie bitte die Störung …«

»Sie stören mich doch nie«, gurrte Isabelle, die ganz froh war, dass jemand sie aus ihren geschäftsmäßigen Gedanken riss.

»Oh … wie schön. Mein Freund Giuliano hat mir Ihre Mobilnummer gegeben und mir versichert, dass ich Sie anrufen dürfte. Welch ein glücklicher Zufall, dass Sie in Venedig sind.«

Nicht gerade ein Zufall, dachte Isabelle. *Aber vielleicht ganz praktisch*.

»Ich wollte Sie fragen … Sie bitten, mich noch einmal aufzusuchen. Es geht um eine Angelegenheit von höchster Dringlichkeit. Wären Sie dazu bereit?«, fragte er in seiner altmodischen Art, die wie stets von modernen Besorgnissen weit entfernt schien.

»Wann würde es Ihnen denn passen, *conte*?«

»Gleich morgen früh? Um neun Uhr?«

»Ich werde da sein.«

Sie fuhr mit dem Vaporetto zurück und stieg an der Station San Zaccaria aus, von wo es nur ein paar Schritte zu ihrer Pension waren. Während des Spaziergangs vom Hotel zur Lido-Station war sie noch geneigt gewesen, den Besuch beim Conte trotz der »höchsten Dringlichkeit« für eine höfliche Formsache zu halten, auf der Fahrt mit dem Vaporetto durch die ziemlich aufgewühlten Wasser der Lagune war sie sich dessen schon nicht mehr sicher. Der Conte hatte tatsächlich dringlich geklungen, ja besorgt. Er würde doch wohl nicht schon wieder ein Bild vermissen und sie um die Wiederbeschaffung bitten? Wie auch immer, sie beschloss, zunächst D'Amario aufzusuchen und den Besuch bei Breguet eventuell noch um einen Tag zu verschieben. Der Gedanke war kaum zu Ende gedacht, als ein *Ping* in ihrem Mobiltelefon ertönte. Gabrielle hatte die SMS mit der Adresse und Telefonnummer von Henri Breguet geschickt. Sie sandte ein *Merci* zurück.

In ihrem Appartement griff Isabelle zu einem Fläschchen Pinot Grigio – ihr Lieblingswein, den Signora Raffaelli ihr zum Willkommen hingestellt hatte –, öffnete es und goss es in ein Glas, das sie feierlich erhob.

»Auf die Serenissima!«, sagte sie mit Pathos, das ihr gleichwohl angemessen erschien, trat auf den kleinen Balkon hinaus und nippte theatralisch an dem Wein.

Jede Stadt hat ihren eigenen Rhythmus, fand sie. *Venedigs Rhythmus ist das Plätschern der Adria.* Sie freute sich, sich ihm wenigstens für ein paar Tage wieder anzuvertrauen.

Bei der Signora bestellte sich Isabelle einen leichten Imbiss, ließ sich ein Bad einlaufen und versank darin, während sie auf *carpaccio* und *insalata mista* wartete. Sie war wieder in Venedig, und sie war gespannt darauf, wie weit sie hier mit der *Schönen Unbekannten* kamen. Irgendwie schien ihr die Serenissima die perfekte Bühne für das große Drama zu bieten: die *città* der großen Illusionen und der blinden Spiegel; die Stadt der hohen Kunst und der miesen Kniffe. Ein magischer Ort voller Geschichte, Geheimnis, Doppelspiel und Täuschung.

Als es an der Tür klopfte, verließ sie das Bad und streifte sich rasch einen Bademantel über. Eine ausnehmend hübsche Zimmerkellnerin, deren einziger Makel der allzu unterwürfige Blick aus ihren Samtaugen war, rollte ein Tischchen mit den bestellten Köstlichkeiten herein. Und mit einer Flasche Champagner, die sie nicht bestellt hatte, an der sich allerdings ein Kärtchen befand mit den durchaus verheißungsvollen Worten: *»Zum Überbrücken, bis wir hier Bellinis trinken. A.«* Isabelle lächelte über Andrews romantische Geste. Damit ließ sich der Abend allein überstehen.

Am nächsten Morgen hatte der Frühsommer eine Pause eingelegt, schon in der Nacht war ein kühler Wind aufgekommen und hatte die Lagune durchzogen wie ein Feldherr auf Eroberungszug. Die milde Wärme des vergangenen Tages hatte einer unangenehmen Frische weichen müssen, ganz untypisch für Venedig in dieser Jahreszeit. Isabelle legte sich einen Seidenschal um, als sie die *Pensione del Sole* verließ, um sich wieder mit dem Wassertaxi zum Palazzo bringen zu lassen.

Sie blieb auch nicht auf der Bank sitzen, sondern ging unter Deck, ins Innere des Bootes, wo sie die ganze Fahrt durch die Glasscheiben auf die an ihr vorüberziehenden Palazzi blickte, die verschlossen wirkten, als hätten sie sich vor allen Neugierigen dieser Welt in Sicherheit bringen müssen.

Der Palazzo D'Amario hingegen empfing sie mit weit geöffneten Fensterläden, einige der Fenster standen sogar offen, vermutlich zum Durchlüften des modrigen Gemäuers. Als sie den Türklopfer, einen Löwenkopf aus Messing, betätigte, hallte es im Innern des Hauses, so dass Isabelle befürchtete, den Conte erschreckt zu haben. Der jedoch öffnete unmittelbar nach dem Klopfen die schwere große Tür, als habe er auf sie gewartet.

»Ah, Signorina Silva, welche Freude! Kommen Sie herein … kommen Sie herein.«

Der Conte trippelte ihr wieder voran, und als sie ihn so vor sich hin murmeln hörte, wie letztes Mal auf dieses und jenes hinweisend, hatte sie das Gefühl eines *Déjà-vu*. Doch diesmal führte er sie nicht in den Salone, sondern in die kleine Privatbibliothek, die ganz mit poliertem Nussbaum getäfelt war und vor allem Klassiker mit goldgeprägten Buchrücken zu beherbergen schien. Auf einem kleinen, intarsienverzierten Teetisch erwartete sie ein Kaffeeservice, aus dem der Conte ihr einschenkte.

»Sie trinken *Caffè*, nicht wahr? Wenn ich es richtig in Erinnerung habe …«

»Ihre Erinnerung täuscht Sie nicht, *mon comte*. Vielen Dank.«

»Ohne Milch und ohne Zucker.«

»Sie haben ein vorzügliches Erinnerungsvermögen.«

»Signorina Silva, ich will gleich zur Sache kommen«, begann der Conte. »Es ist mir nicht wenig peinlich, das müssen Sie mir glauben …«

Isabelle schüttelte den Kopf und hob beschwichtigend die Hände. Der Conte seufzte.

»Es ist schon wieder ein Bild gestohlen worden. Diesmal nicht hier im Palazzo, sondern draußen … in unserer Sommervilla am Brenta-Kanal. Ich bin so gut wie nie dort. Das Haus ist ziemlich verlassen, große Kunstwerke hängen dort nicht. Nur eben dieses Bild – allerdings ein nicht unbedeutendes unserer bescheidenen Gemäldesammlung.«

»Warum hängt … oder hing … dann dieses eine Bild dort?«

Der Conte räusperte sich.

»Aus traditionellen Gründen, wenn man so will. Es ist ein Porträt meiner Großmutter, und seit jeher befindet es sich in ihrem Schlafzimmer. Seit ihrem Tod ist die Villa so gut wie unbewohnt. Weshalb sie auch den Namen *Melanconia* trägt.« Er lächelte ironisch. »Ein etwas dramatischer Name für eine Villa, ich weiß. Früher hieß sie *Malinconia.*«

Isabelle erlaubte sich ein feines Lächeln über diesen venezianischen Romantizismus. Ein Porträt der Großmutter! Das dürfte wohl weniger künstlerischen als vielmehr sentimentalen Wert für den Conte und seine Familie haben. Allerdings, seltsam erschien es ihr doch, dass jemand ein Interesse daran gehabt und sich die Mühe gemacht hatte, es aus der Villa zu entwenden.

D'Amario schien ihre Gedanken zu erraten, denn er sagte mit einem düsteren Blick: »Auch wenn es Ihnen übertrieben vorkommt, mich Ihrer Dienste erneut zu versichern, *carissima*, ich möchte dieses Bild zurückhaben. Unbedingt. Das ist nicht irgend so ein Familienerbstück, wenn Sie verstehen, was ich meine.«

»Ich verstehe durchaus, *mon comte.*«

Er lächelte auf graziöse Weise über diese französische Anrede, die ihm schon irgendwie vertraut klang und ihm vielleicht schmeichelte. Er seufzte erleichtert und klatschte aufmunternd in die Hände. Die er dann erwartungsvoll rieb. Die Geste wirkte ein wenig zu aufgesetzt, um überzeugend zu sein. Der Conte hatte ganz offensichtlich keine Talente zur Schauspielerei.

»Bene, bene«, sagte er und nickte Isabelle aufmunternd zu. »Das freut mich … dass Sie Verständnis haben. Es fällt mir, wie Sie sich denken können, alles andere als leicht, Sie noch einmal bemühen zu müssen. Aber Sie haben mir meine *Flora* zurückgebracht – an wen sollte ich mich jetzt sonst wenden?«

»An die Polizei?«, fragte Isabella wenig überzeugt.

Der Conte schnaubte verächtlich. »Die Polizei! Die kommt für mich diesmal ebenso wenig in Frage wie letztes Mal. Nein, das müssen Sie übernehmen, und ich bin Ihnen unendlich dankbar, dass Sie es tun wollen.«

»Es gibt wohl keinen begründeten Verdacht, dass wieder Maître Ledoyen seine Finger im Spiel hat?«

»Nein, mit diesem Verdacht kann ich Ihnen heute nicht dienen, fürchte ich. Ich habe nicht die geringste Ahnung, wer diesmal hinter der Freveltat stecken könnte.«

Insgeheim lächelte Isabelle über den altmodischen Ausdruck *Freveltat*, wandte dem Conte jedoch gespannt das Gesicht zu. D'Amario legte beide Hände auf den Chippendale-

Schreibtisch, der das beherrschende Möbelstück in diesem Raum war. Durch das Fenster hinter ihm waren dramatisch sich auftürmende Wolken zu erkennen, doch die ledergebundenen Bücher an den Wänden schienen das bläuliche Licht, das in den stillen Raum fiel, eher zu schlucken als zu reflektieren, so dass hier eine düstere Atmosphäre herrschte. Dann stand der Conte auf, ging um den Schreibtisch herum, atmete tief durch, als sei er vollkommen erschöpft, und setzte ein tapferes Lächeln auf. Er trat ans Fenster und blickte hinaus.

Isabelle nickte stumm. Was, um alles in der Welt, hätte sie auch sagen sollen?

Das Schweigen breitete sich aus, bis es den ganzen Raum erfüllte.

»Noch Fragen?«, sagte der Conte schließlich mit heiserer Stimme.

»Ist alles in Ordnung, *mon comte*?«

Er wandte sich um und musterte sie. Isabelle erwiderte seinen Blick.

»Es geht schon. Es muss ja irgendwie gehen.« Er klang resigniert, als habe er sich mit etwas abgefunden, gegen das er sich lange gewehrt hatte. Er fingerte geistesabwesend an seinen Manschettenknöpfen herum. »Bitte entschuldigen Sie, dass ich Sie so mit diesem neuen Auftrag überfalle. Sie können nichts dafür … und ich werde mein Bestes tun, um meine fragilen Stimmungen nicht an Ihnen auszulassen. Sind Sie bereit?« Er blickte sie prüfend an, und als sie nickte, fuhr er fort: »Was halten Sie davon, Signorina Silva, wenn wir zur Villa hinausfahren und Sie sich den Tatort einmal anschauen?«

Dagegen hatte Isabelle nichts einzuwenden, im Gegenteil, sie kannte das venezianische Festland nicht und war durchaus neugierig, eine der legendären Villen kennenzulernen.

»Aber ich fürchte«, fuhr der Conte fort, »heute werden wir unseren kleinen Ausflug nicht mehr machen können. Es ist zwar noch früh am Tag, doch ich habe in der Nacht kaum ein Auge zugetan und bin müde und erschöpft, wie ich Ihnen gestehen muss.«

»Aber ja, Conte, ich werde mich augenblicklich verabschieden. Morgen ist auch noch ein Tag, wie es so schön heißt. Ich werde Sie am späten Vormittag anrufen, wenn ich darf. Oder wann immer es Ihre Zeit erlaubt.«

Der Conte nickte und lächelte wieder auf seine ihr nun schon bekannte schüchterne, wohlwollende Weise.

Als Isabelle vor den Palazzo trat und noch einmal zu den Fenstern des *Piano Nobile* hochblickte, sah sie, wie er ihr wehmütig zuwinkte. Als gelte es Abschied zu nehmen für immer.

Sie beschloss, den Weg zurück zur *Pensione del Sole* zu Fuß zu gehen. Etwas frische Luft zum Durchatmen, etwas Zeit zum Nachdenken würde ihr gut tun. Über den neuen Auftrag, über die niedergedrückte Stimmung, die den Conte ergriffen hatte, über ihren bevorstehenden Besuch bei Henri Breguet und nicht zuletzt über Éloise Ledoyen und ihre kriminelle Energie, auch wenn es keineswegs ausgemacht war, dass der Diebstahl auf ihr Konto ging. Und immer wieder auch über die sentimentale Komponente ihres »Falls«: Dass Palmer sich in die schöne Unbekannte verguckt hatte. Er würde einfach das Bild gerne haben beziehungsweise wiederhaben wollen, um sich am Anblick seiner virtuellen Geliebten erfreuen zu können. Dieser Aspekt war nach wie vor das skurrilste Moment einer an seltsamen Wendungen nicht gerade armen Geschichte.

Mit diesen Gedanken ließ sich Isabelle versonnen durch die *calli* und über die *campi* treiben. Sie würde den Conte morgen anrufen und mit ihm zum Brenta-Kanal hinausfahren. Dann würde man weitersehen.

Die Piazza San Marco war zu dieser Tageszeit schwarz von Touristen. Nur mühsam gelang es Isabelle, sich einen Weg durch die Menschenmassen zu bahnen, die hier allesamt ein besonderes Trägheitsgen befallen hatte, das jedes einigermaßen routinierte Durchkommen zu einem geradezu subversiven Akt machte. Die Tauben, die Rempler, die Mineralwasserflaschenträger, die Reiseführer mit ihren Schirmen und ihren desinteressiert dreinblickenden Gruppen, die Venedig-Verzückten verschmolzen auf der Piazza und der angrenzenden kleineren Piazzetta zu einem Amalgam, gegen das kaum eine forcierte Gangart ankam. Vor dem Campanile, vor der Basilika San Marco, vor dem Palazzo Ducale standen Menschenschlangen in geduldiger Ergebenheit, nicht wenige von Lethargie befallen. Isabelle flüchtete unter die Arkaden der Neuen Prokuratien; hier war ein etwas besseres Durchkommen. Sie hatte keinerlei Eile, trotzdem ging ihr die träge über den Platz wogende, teils auch erstarrende Menge auf die Nerven.

Als sie auf die Riva degli Schiavoni einbog und sich von den Menschenmassen über die Brücken schieben ließ – die jüngst von einem gigantischen und überaus verführerischen Dessous-Plakat verhängte Ponte dei Sospiri enttäuschte die meisten der photographierwütigen Tagestouristen –, kreisten ihre Gedanken noch immer um originale und falsche Sargents und die jüngsten Entwicklungen. Sorgen bereitete ihr auch die gedrückte Stimmung des Conte und das andauernde Pech, das er mit seinen Bildern hatte. Womöglich steckte doch wieder Maître Ledoyen dahinter? Beziehungsweise seine ebenso schöne wie skrupellose Tochter? Möglicherweise war dies kein neuer Fall und kein neuer Auftrag, sondern nur ein Puzzlestück, das irgendwann, so hoffte sie, das ganze Bild ergeben würde.

Als sie die mit Messing und geschliffenem Glas verzierte Flügeltür der *Pensione del Sole* aufstieß und die kleine kühle Lobby betrat, wartete eine Überraschung auf sie. In einem der dunkelroten Sessel saß ein älterer Herr, der sich lässig erhob, als sie die Tür hinter sich zufallen ließ.

»Signorina Silva, wenn ich mich nicht irre?« Er ergriff ihre Hand mit festem Druck. Amüsiert über ihren irritierten Blick stellte er sich vor: »Henri Breguet. Ich bin Ihnen einfach ein Stück weit entgegengekommen.«

22

VENEDIG, SAN POLO, CALLE PARADISO

Er zeigte ihr mit spürbarem Vergnügen, wie man sich als Venezianer einigermaßen zügig durch die Menschenmenge in den engen Gassen der Mercerie auf dem Weg von San Marco zum Rialto bewegte. »Wir Venezianer sind leicht zu erkennen«, lachte er. »Wir laufen, da wir meistens ein Ziel haben, mit einigem Tempo, während die Touristen trotten, flanieren, schleichen …«

»Und ihr Venezianer habt keine Mineralwasserflasche in der Hand.«

Breguet nickte ihr ironisch zu. »Gut kombiniert, Dottoressa Watson. Ich sehe schon, Ihnen entgeht nichts. Kein gutes Vorzeichen für mich, fürchte ich. Ich weiß, warum Sie hier sind«, sagte er dann übergangslos, als sei auch dies bloße Plauderei. »Julien hat etwas angedeutet, als ich gestern mit ihm sprach. Es geht wieder einmal um irgendeine Fälschung, nicht wahr? Es muss schon eine sehr gute sein, wenn der Verdacht auf mich fällt«, schloss er selbstgefällig.

»Ja, sie ist exzellent«, räumte sie ein, »wenn es denn überhaupt eine ist.« Sie ließ sich von Breguet, der sie leicht am Ellenbogen hielt und durch die Menge steuerte, bereitwillig führen.

Er hatte sie in sein Atelier eingeladen. Nur kurz war sie in ihrem Appartement gewesen, um sich frisch zu machen, dann waren sie zusammen losgezogen, Breguet ungestüm, Isabelle hatte bisweilen Mühe, ihm zu folgen oder den Anschluss zu halten. Sie schwamm sozusagen in seinem ununterbrochenen Redefluss, der erst abbrach, als sie sich auf der dicht gedrängten Rialto-Brücke einen Weg bahnten. Und als sie endlich auch dieses Hindernis überwunden hatten und in das düstere, von der Sonne nicht verwöhnte Gassengewirr von San Polo abzweigten, mäßigte Breguet seine Schritte. Es war deutlich zu spüren, dass er hier zu Hause war, auf sicherem Terrain, während es ihn wohl nicht mehr sehr oft nach San Marco, ins touristische Weltherz verschlug.

Langsam stiegen sie die enge steinerne Treppe mit den abgenutzten Stufen hoch in den dritten Stock, in Breguets Atelierwohnung unter dem Dach, dort, wo der Maler dem Himmel über Venedig nahe war. Außer dem Atelier mit den großen Dachfenstern gab es nur zwei kleine, klaustrophobisch wirkende Zimmer, eine kaum größere Küche und ein noch winzigeres Badezimmer. Die mit Mobiliar vollgestellte Wohnung wirkte wie eine Art urgemütliches Hideaway für zwei

Verliebte, die sich hier einander selbst genügten und Tag und Nacht Liebe machten.

Das Atelier allerdings machte einen alles andere als bohème-haften Eindruck, es war sogar aufgeräumt, als würde es schon seit Längerem nicht mehr benutzt. Ein paar Leinwände standen auf dem Holzboden, an den Wänden hingen keine Gemälde, sondern Filmplakate aus den vierziger und fünfziger Jahren. Es gab eine leere Staffelei, einen großen Tisch, auf dem Farben, Paletten und Behälter mit den verschiedensten Pinseln sowie andere Malutensilien penibel geordnet waren. Und ein paar Hocker und Stühle, die weder in ihren Farben noch in ihren Stilen zueinander passten. In der Mitte der Seitenwand prangte ein riesiges Sofa aus der Gründerzeit, das aber perfekt restauriert war, als sollte es bald auf der *European Fine Art Fair* in Maastricht ausgestellt werden.

»Nehmen Sie doch dort Platz, Isabelle«, sagte Breguet und wies auf das Sofa. »Es ist bequemer, als es aussieht. Ich versuche einstweilen etwas zu trinken aufzutreiben.«

Ping. Eine SMS war eingegangen. Andrew war schon in Venedig und erwartete sie in zwei Stunden im *Hotel Metropole*, wo er abgestiegen war. *Das ging ja schnell*, dachte sie und lächelte.

»Gute Nachrichten?«, fragte Breguet.

»Ja, schon …«, sagte sie und erwähnte kurz Andrew Palmer, mit dem sie in Venedig an einem Fall arbeite.

»Ein Fall … so, so … Und ich bin darin verwickelt?«

Bevor Isabelle darauf antworten konnte, wandte der Maler sich ab.

Er öffnete einen großen Buffetschrank, kniete sich vor ihn hin und traf eine Auswahl, was Isabelle Gelegenheit bot, ihn sich genauer anzuschauen. Im goldtrunkenen Licht der tiefer sinkenden Nachmittagssonne, das durch die Dachfenster hereinfiel, wirkte er wie eine aus der Zeit gefallene Persönlichkeit. Ein viriler Mann, keine Frage, aber doch kleiner und drahtiger, als sie ihn sich vorgestellt hatte. Wie alt mochte er sein? Schwer zu sagen. Jedenfalls jünger als Julien Silva oder Orlando Vargas. Vielleicht Anfang oder Mitte sechzig. Sein Gesicht war scharf geschnitten, der Mund mit den feinen Lippen passte nicht so recht dazu, der Blick unter den buschigen Augenbrauen war klar und fest, aber nicht unangenehm oder stechend. Breguet trug das noch ziemlich volle Haar etwas länger, jedoch gepflegt, und die Silberstreifen, die es melierten, verliehen ihm die etwas verblichene Aura eines Grandseigneurs. Nur seine Kleidung entspach ganz dem Klischee eines Fälscherbohèmiens: cognacfarbene Cordhose, kariertes Hemd, ein Jackett mit Lederbesatz an den Ärmeln und ein in die Reverstasche nachlässig hineingewuscheltes bordeauxrotes Einstecktuch.

Schließlich hatte er etwas gefunden, was ihm würdig erschien für die *belle*, die er in sein Reich geführt hatte. Er öffnete routiniert eine etwas angestaubte Flasche.

»Trinken Sie, der ist gut«, sagte er und schenkte seinem Gast Rotwein ein. »Und nun sagen Sie mir, was Sie zu mir führt.«

»Ein Bild, was sonst?« Sie erzählte ihm in groben Umrissen von dem Porträt, ohne den Maler zu erwähnen, dass sie es für Andrew Palmer ersteigert hatte, dass sie es für eine Fälschung hielt und dass es nun gestohlen worden war.

»Vargas hat Sie geschickt, nicht wahr?« Breguet knurrte halb verächtlich, halb anerkennend. »Dieser alte Fuchs … er glaubt vielleicht, er könne eine Rechnung begleichen, indem er Sie auf mich hetzt …«

»*Sie* sind zu *mir* gekommen, Signor Breguet«, rief Isabelle ihm in Erinnerung.

»Ja, aber nur, weil Julien mich darum gebeten hat. Er schien sehr besorgt zu sein. Na, schön, warum soll ich hier mit Ihnen Versteck spielen? Von meiner sogenannten Fälscherkarriere werden Sie einiges gehört haben, obwohl – das darf ich Ihnen versichern – vermutlich nicht einmal die Hälfte davon stimmt. Und ich bin schon einige Jahre aus dem Geschäft. Wie Sie sehen …« Er wies mit großer Geste auf das Atelier. »Also, womit kann ich Ihnen dienen?«

»Ich würde gern einiges von Ihnen erfahren, über das Metier Ihres Gewerbes … Ihres früheren Gewerbes. Man sagte mir, dass Sie nie erwischt worden sind. Und dass Ihre Bilder von geradezu werkgetreuer Perfektion sind … waren. Mich interessiert wirklich, wie Sie das angestellt haben …«

»Ich weiß, was Sie eigentlich fragen wollen, Isabelle. Sie fragen sich, wie ein Mensch unserer Zeit den Duktus des fünfzehnten, sechzehnten oder neunzehnten Jahrhunderts so zwangsläufig echt ausdrücken kann, dass es nicht nur empirisch ist, sondern in einem tieferen Sinn überzeugend wirkt. Nicht wahr?«

Isabelle nickte nur.

Breguet nahm einen Schluck Rotwein und kostete ihn aus. Dann sagte er: »Nun, die Antwort ist ziemlich einfach und doch schwer zu begreifen: Ich bin, wie Sie sehen, ein Kind des zwanzigsten Jahrhunderts, vermag jedoch – fragen Sie mich nicht, wie – auch die Seele und den Geschmack anderer Epochen zu empfinden. Nicht nur nachzuempfinden, sondern wirklich zu fühlen. Und damit bin ich so etwas wie ein Scharnier zwischen den beiden Welten des Seins und des Scheins. Dabei sehe ich mich keineswegs in der endlosen Reihe der von den geraden Wegen der Kunst abgekommenen Nachempfinder, Nachahmer und Verfälscher. Doch bin beziehungsweise war ich weder ein Fälscher-Genie noch ein bloßer Handwerker, ein Betrüger. Es gibt Kunsthistoriker, die Gemälde von meiner Hand als großartige Werke bezeichnet haben, und niemals bin ich irgendeiner ›Fälschung‹ bezichtigt worden.«

Breguet seufzte. Zu oft schon schien er sich verteidigt, immer wieder dieselben Argumente vorgebracht zu haben, um schlussendlich doch feststellen zu müssen, dass nichts ihn von dem Vorwurf befreien konnte, er sei letztlich kaum mehr als ein Fälscher, wenn auch ein »begnadeter«.

Isabelle stellte ihr Glas ab und beugte sich vor, als müsse sie sich auf diese Konfession in besonderer Weise konzentrieren. »Also verstehen Sie sich eher als Kopist … Verzeihung … als einen ziemlich genialen, natürlich?«

»Ach, ein Kopist bin ich noch weniger. Ich habe – bis auf eine Ausnahme – noch nie ein bestehendes Kunstwerk kopiert, und niemand kann auf ein einziges von mir reproduziertes Originalgemälde verweisen.«

»Aber es gibt doch auch Kopien ohne Einzeloriginale, wenn zum Beispiel … ein Maler … aus verschiedenen Originalvorlagen eine Synthese schafft.«

Breguet schenkte Isabelle ein feines Lächeln, das nicht überheblich, wohl aber wissend wirkte.

»Auch das trifft es nicht ganz. Vielleicht kann man sagen, dass ich aus inexistenten, nur meinem geistigen Auge sichtbaren ›Bildern‹ schöpfe. Ich versuche, das längst Vergangene in meine Gegenwart zu projizieren und zu formen. Ich bete die Madonnen längst vergangener Jahrhunderte an, ich versinke in den unbegriffenen Tiefen der Geschichte, ich öffne mich für die purpurnen Ströme der Sehnsucht, die durch meine Seele ziehen, die mich verwunden, erheben, inspirieren, wenn ich es einmal pathetisch sagen darf. Ja, *carissima*, ich schaue mit diesem unbeirrbar sehnsüchtigen Blick in die Vergangenheit, ich blicke der Tochter des Bäckers in ihre schönen Augen und empfinde das, was Raffael wohl empfunden hat, als er sie malte. Aber ich käme nicht auf die Idee, seine *Fornarina* zu kopieren. Ich würde immer ein ganz neues Bild schaffen, eine andere Frau auf die Leinwand bannen, eine imaginierte, eine ersehnte, wenn Sie so wollen. Aber ich weiß, wie Raffael sie angeschaut hätte. Ich kenne seinen Blick. Ich weiß, welche Maßstäbe, welche Träume, welche Obsessionen seinen Pinsel führen. Und in meinen besten Momenten weiß ich nicht mehr, ob ich Breguet oder Raffael bin. Sie können das für arrogant oder wahnhaft vermessen halten, wahrscheinlich ist es das auch. Mir aber ist es völlig egal, was Sie denken. Es ist mir sogar egal, was ich denke. Ich sehe einfach nur diese Frau in der Art, wie Raffael sie gesehen hätte. Und ich kann gar nicht anders, als sie dann so zu malen, wie Raffael sie auf die Leinwand gebannt hätte, mit diesem offenen Blick, diesem selbstbewussten, wenn auch nur angedeuteten Lächeln, ihrer provozierenden Nacktheit und der schützenden Gebärde, mit dem sie dem Betrachter zu verstehen gibt, dass der Maler sie ganz gesehen … und ganz gehabt hat. Wie es nie einem ihrer unzähligen Betrachter möglich war und möglich sein wird. Das ist, wenn Sie so wollen, mein ganzes Geheimnis.«

Isabelle hatte Breguet, der sich nun abwandte und mit beiden Händen auf dem Tisch abstützte, atemlos zugehört. Sie sah sich einem Aufruhr, ja Widerstreit von Gefühlen ausgesetzt, ohne zu wissen oder nur zu ahnen, welches die Oberhand gewinnen würde: Ablehnung, Bewunderung, Widerwillen, Faszination.

Schließlich wagte sie die Frage: »Dann müssten Sie doch auch mich malen können … wie irgendeine andere Frau … mich so malen, wie Raffael mich gemalt hätte. Oder Waterhouse. Oder Rossetti. Oder John Singer Sargent …«

Sie brach ab, weil dieser letzte Name ihr ganz unbeabsichtigt von den Lippen gekommen war. Sie biss sich auf die Unterlippe, als hätte sie ein Tabu gebrochen, einen verbotenen Namen, eine Art Du-weißt-schon-wer-Voldemort ausgesprochen.

Henri Breguet wandte sich ihr wieder zu, mit einem unergründlichen Lächeln, das alles Mögliche bedeuten konnte. Dann nickte er zerstreut und schaute sie direkt an, mit einem abschätzenden Blick, als stünde sie ihm schon Modell.

»John Singer Sargent? Ein gutes Beispiel … wirklich. Schwierig, ja eigentlich unmöglich, Sargents Empfindungen auf die Spur zu kommen. Er hat einen so kühlen Blick, nicht wahr, er scheint jeder der von ihm porträtierten Damen der feinen Gesellschaft bis auf den Grund ihrer Seele blicken zu können. Er kennt ihren Hochmut, ihr Standesbewusstsein, ihre um jeden Preis verborgene Verletzlichkeit. Ihr Geheimnis, von dem sie geglaubt haben, es gehöre ihnen ganz allein. In jedem seiner Bilder ist das zu spüren. Und er malt sie mit einer Wärme, die bei diesem kühlen Blick doch gänzlich unwahrscheinlich ist. Frappierend, wie er seine Modelle, seine Sujets mit Farben und Pinselstrichen zu berühren vermag, nicht wahr? Ja, er ist unverwechselbar – jede Studentin der Kunstgeschichte wird bereits im vierten Semester ein Winterhalter-Porträt von einem Sargent-Porträt unterscheiden können.

Doch um Ihre Frage zu beantworten: Ja, ich könnte Sie malen, Isabelle Silva. In jedem nur erdenklichen Stil, in der Art eines jeden Meisters, mit dem ich mich zu identifizieren vermag. Und wenn mich Ihre Lebendigkeit, Ihre Sinnlichkeit, Ihre Schönheit begeistern würde, was zweifellos der Fall ist … Nun werden Sie nicht gleich rot, *bellissima Isabella*, nur weil Ihnen ein alter Maler ein Kompliment gemacht hat. Bei Sargent dürften Sie auch Ihre Kleider anbehalten, was ich Ihnen bei Tizian nicht erlauben würde …«

Isabelle spürte Tränen in ihre Augen steigen, Tränen, die sie nicht zu weinen wagte. So setzte sie einen trotzigen Blick auf, wandte ihn aber ab, als sie Breguets Augen forschend auf sich ruhen spürte.

In einer seltenen Aufwallung von Mitgefühl hob der Maler mit einem Zeigefinger, den er unter ihr Kinn hielt, ihren

Blick wieder ihm zu. Isabelle musste schlucken, verwirrt über diese seltsam intime Geste, die Zuwendung eines anderen zu erzwingen. Doch Breguet sagte nur: »Lassen Sie uns übermorgen Abend weiterreden, Isabelle. Ich lade Sie zum Essen ein … Sie und Ihren Signor Palmer. Wir gehen zum *Saraceno* hier um die Ecke und lassen uns Orata in der Salzkruste auftischen. Auf Ihre Geschichte bin ich gespannt. Und … wer weiß … vielleicht habe ich sogar noch eine wirklich große Überraschung für Sie beide.«

23

VENEDIG, RIVA DEGLI SCHIAVONI, HOTEL METROPOLE

Sie umarmten und küssten sich leidenschaftlich, als würden sie sich nach Jahren der Trennung wiedersehen. Dann setzten sie sich in den nur wenige Gassen entfernten Garten des *Hotel Metropole*. Palmer rauchte einen Zigarillo, bestellte Bellinis. Sie waren allein hier zu dieser blauen Stunde; es war nicht sehr warm, aber doch angenehm unter den großen Sonnenschirmen.

»Na, hast du den Meisterfälscher enttarnt?«, fragte er übermütig.

Isabelle senkte den Blick und winkte ab. »Es war ziemlich interessant und anregend bei unserem Signor Breguet, er scheint ziemlich offenherzig zu sein, aber etwas Genaues habe ich nicht in Erfahrung bringen können. Er erzählte dies und das, aber dann kam schon deine SMS und ich war unruhig. Doch er hat uns übermorgen zum Dinner eingeladen. Dann kommen wir vielleicht einen Schritt weiter. Aber, sag, wie war's in London? Habt ihr was herausbekommen?«

»Eine ganze Menge, glaube ich.« Mit einer entschiedenen Handbewegung ließ Palmer den Zigarillo in den Aschenbecher fallen. »In unserem Fall hat sich einiges getan. Wir haben das Notizbuch entschüsselt. Mein Freund Alex hat ganze Arbeit geleistet.«

Das Kryptographie-Team in London, das im Wesentlichen aus dem Inhaber einer kleinen Galerie, Andrew Palmer, und seinem einzigen Mitarbeiter, dem Geschäftsführer Alexander Vandervere, bestand, brauchte nicht einmal einen Tag, um den Code zu knacken. Éloise Ledoyen war nicht gerade eine Meisterin im Verschlüsseln, und die berühmten Kryptoanalytiker von Bletchley Park, die im Zweiten Weltkrieg die legendäre *Enigma* der Deutschen dechiffrierten, hätten die notierten Geheimnisse des Büchleins vermutlich in nicht einmal fünf Minuten geknackt. Es war ein simpler Code, erzählte Palmer, allerdings mit einem Gegencode gesichert, der Vandervere schließlich noch etwas Kopfzerbrechen bereitete, bevor er auch ihn aufschloss wie ein Wächter das Tor zum Heiligtum.

Es waren im Wesentlichen Termine und Adressen, Letztere allerdings kryptifiziert, wenn auch so einfach, dass man kein Schlüsselbuch brauchte, um das Notizbuch zu nutzen. Im Grunde war es problemlos zu lesen, wenn man einmal das System verinnerlicht hatte. Die Termine lagen zum Teil in der

Vergangenheit, zum Teil in der Zukunft. Die Adressen waren fast ausnahmslos private Kunstsammler der *High Society* mit den genauen Standorten verschiedener Bilder. Die Sammlungen selbst waren unverschlüsselt – es las sich wie ein *Who's Who* der Kunstszene. Hinter manchen »Operationen« standen Kürzel wie C. M. oder P. L.; sie wiesen vermutlich auf die Namen von Komplizen hin – zumindest war dies die einleuchtendste Erklärung.

Folgte man der Liste, dann hatte Éloise in den letzten fünf Jahren jede Menge Streifzüge durch die Privatgalerien der europäischen Sammlerelite unternommen. Palmer hatte nur von einem einzigen dieser Diebstähle in den Medien erfahren, vermutlich war in den meisten Fällen nicht einmal die Polizei eingeschaltet worden. Die Presse blieb sowieso außen vor. Und die Versicherungsgesellschaften wickelten solche Fälle absolut diskret und geräuschlos ab. Nicht weniger als sechsundsiebzig Bilder waren geraubt und gestohlen worden. Wohin sie gegangen waren, verriet das Büchlein allerdings nicht. Es sei denn, man kam hinter das Kürzel TGL oder TGP, das den jeweiligen Eintrag abschloss.

Auch die *Schöne Unbekannte* war vermerkt. Unerklärlich jedoch blieb, warum Éloise Ledoyen es zunächst legal im Dorotheum zu ersteigern versucht hatte. Gestohlen wurde es erst zwei Tage später aus Palmers Suite im *Sacher.* Vermerkt war hier C. M.

Es war alles generalstabsmäßig geplant. Die Sammlungen wurden ins Visier genommen, ausgekundschaftet, bis ins Detail recherchiert. Termine wurden vermerkt, vielleicht Besuche, Besichtigungen, gesellschaftliche Anlässe. Was in Tresoren lag, würde für Éloise Ledoyen unzugänglich bleiben, doch darauf hatte sie es auch gar nicht abgesehen. Sie konzentrierte sich auf die Bilder, die in Bürosuiten, Eingangshallen von Landvillen, Empfangsräumen, Salons, Schlafzimmern hingen, mehr oder weniger zugänglich. Es war wohl letztlich immer nur ein simpler Einbruch, der mit dem Leichtsinn der Besitzer kalkulierte, ihre Unbedarftheit in Sicherungsfragen ausnutzte. Bestimmt, so überlegte Palmer, gab es Alarmanlagen, doch die waren ein Kinderspiel.

Als *It-Girl* der höheren Gesellschaft spazierte Éloise praktisch zu allen Empfängen, Partys und Soiréen, die man in ihren Kreisen so gab. Sie schaute sich um, sie parlierte und flirtete, vielleicht photographierte sie auch heimlich. Es gab immer diese Termine, drei, vier Wochen vor dem Einbruch. Dann trat C.M. oder P.L. in Aktion, ein Bild verschwand, vielleicht verschwanden auch mehrere. Keine weltbewegende Kunst, wie sie in Museen hing. Aber doch bekannte Maler. Alte Meister und moderne Klassiker. Nichts ganz Neues oder überhaupt etwas von lebenden Künstlern. Sondern das, was auf dem konventionellen Kunstmarkt gefragt war.

Das Notizbuch war Gold wert. Éloise Ledoyen trug ihr kleines kriminelles Tagebuch ständig mit sich. Sie war wohl zu clever, um ihre Listen elektronisch zu führen oder um auf ihrem Notebook oder im Internet auch nur die geringste Spur zu hinterlassen. Aber gab man ihren Namen bei Google ein, luden sich Hinweise auf Hunderte von Zeitungsartikeln, in denen sie erwähnt wurde, öffneten sich Tausende von Bildern, auf denen sie bei irgendwelchen Bällen, Vernissagen und Gartenfesten in die Kamera lächelte, vorzugsweise mit Filmstars im Arm, männlichen oder weiblichen. Dies war die Achillesferse der Éloise Ledoyen: ihre Sucht nach Prominenz. Paris und London, Wien und Rom, Barcelona und Monaco. Überhaupt viel Riviera und Côte d'Azur. Sie war umschwärmt, sie fiel auf, mit ihrer Schönheit, mit ihren extravaganten Kleidern, mit ihrem Network, auf das sie sich vermutlich viel einbildete. Sie kannte jeden und alle kannten sie. Sie war überall dabei und stand vermutlich bei jeder Hochzeitsplanerin, die ein gesellschaftliches Event ersten Ranges vorbereitete, ganz oben auf der Gästeliste. Und zweifellos war sie der Überzeugung, mit ihrem Beruf – als Kolumnistin eines großen französischen Frauenmagazins – die perfekte Tarnung zu haben: Sie berichtete über die *High Society* und war zugleich ein Teil von ihr.

Mit ihren Notizen glaubte sie alles in ihrem hübschen Prada-Täschchen verborgen zu haben. Und doch lag nun alles offen wie ein Buch vor Palmer, dem sie mit dem Diebstahl des Bildes zumindest einen schweren Schlag versetzt zu haben glaubte.

»Sie hat wirklich einen beeindruckenden Raubzug hinter sich«, schloss Palmer seinen Bericht. »Und noch einiges vor sich, wenn wir ihren Planungsnotizen Glauben schenken wollen, wozu ich dringend rate. Und drei Mal, liebste Isabelle, darfst du raten, wen sie sich als Nächstes vorgenommen hat …«

»Giovanni D'Amario«, sagte Isabelle tonlos.

»Kluges Mädchen! Seine Sammlung steht tatsächlich auf dem Plan. Ich hoffe nur, er hat das meiste in Tresorräumen weggeschlossen und es hängt nicht schutzlos in seinem Palazzo herum.«

Isabelles Miene wurde düster. »Ich fürchte, wir müssen vom Schlimmsten ausgehen. Er hat eine beeindruckende Sammlung, aber keines seiner Bilder ist auch nur irgendwie gesichert. Vermutlich ist der alte Herr der Auffassung, seine Kunstwerke seien völlig geheim, so zurückgezogen, wie er lebt. Aber der ›Alptraum in Rot‹ hat ihm schon mal die *Flora* gestohlen. Sie weiß, wie einfach es ist, den Palazzo um seine besten Werke zu erleichtern. Und ich kann dir versichern: *Dort* lohnt es sich *richtig*.«

Dann erzählte sie Palmer von dem neuerlichen Diebstahl eines Bildes aus der Sammlung D'Amario.

Da sich die Abendkühle über den Hotelgarten gesenkt hatte, verließen sie ihre leeren Gläser und setzten sich ins Restaurant, das zu dieser für Venezianer noch frühen Abendstunde vollkommen leer war. Sie suchten sich einen ruhigen Eckplatz, wo sie eine Bestellung aufgaben und wo Isabelle nach dem *amuse gueule* mit ihrem Bericht begann. Palmer war sofort Feuer und Flamme, sich in den »neuen Fall« zu stürzen, wie er es nannte.

Isabelle schaute ihn irritiert an. »Ich habe gar nicht gewusst, dass du seit Neuestem Partner in unserer kleinen Firma bist.«

»Ach, Isabelle, komm schon. Soll ich hier Däumchen drehen, während du auf Verbrecherjagd gehst und einen der spektakulärsten Kunstraube der Nachkriegszeit im Alleingang aufklärst?« Trotz der Ironie in seiner Stimme fühlte Isabelle sich geschmeichelt, dass Palmer an ihrer Arbeit so großes Interesse zeigte. Doch sie wehrte sein Ansinnen ab.

»Ich denke, ich werde mir die Villa morgen mal anschauen. Am Vormittag werde ich mit dem Conte hinausfahren.«

»Ich komme mit.«

»Das halte ich für keine gute Idee. Wie sollte ich ihm das begründen? D'Amario weiß nichts von dir. Nein, ich muss da allein hin. Ich glaube, ich habe sein Vertrauen, und wenn du dabei bist, ein ihm völlig Unbekannter, dann ist ihm das vielleicht nicht recht. Und ich möchte ihn nicht in Verlegenheit bringen.«

Palmer brummte nur und drehte das Rotweinglas zwischen den Fingern, als sei es das Rad, das sein Schicksal offenbaren könnte.

»Also gut, dann fahr allein. Wahrscheinlich war es doch Éloise Ledoyen, die wieder zugeschlagen hat. Wir müssen sie zur Strecke bringen. Und ich will endlich mein Bild zurück.«

In tiefem Blau stand die Nacht vor dem Fenster. Auch Palmer hatte im *Metropole* ein Zimmer mit *canal view*, mit Blick auf den Canale di San Marco. Das Hotel war ein Rausch in Rot- und Goldtönen, nicht nur im Foyer, in der Halle und im Restaurant, sondern auch in einigen der Zimmer. Man hatte Andrew ein Upgrade auf eine Junior Suite gegeben, die in ihrer etwas schwülen Romantik unwiderstehlich auf die Sinne wirkte.

Isabelle ließ sich auf das breite Bett fallen, auf die Tagesdecke aus schwerem Satin. Sie blickte Palmer ruhig an, doch als sie in seinen Augen ein Leuchten des Begehrens wahrzunehmen glaubte, wölbte sie den Rücken wie ein schönes, junges Tier und öffnete den Knopf ihrer Jeans. Er beobachtete sie, zugleich neugierig und verlangend. Sie zog den Reißverschluss nach unten und entblößte dabei ein dunkles Dreieck, das einen Kontrast zu dem weißen Seidenslip bildete, der zusammen mit den Jeans über die Hüften rutschte. Ihre langen Beine auf dem Bett brachten Palmer um den Atem. Erst recht, als sie die Arme anhob, um sich das T-Shirt auszuziehen. Ihre Bewegungen wirkten natürlich und graziös, weder kokett noch gleichgültig, doch die sanften, ruhigen Augen waren fiebrig auf ihn gerichtet, sie glänzten, als hätten sie dem Himmel das Licht geraubt.

Dann, ganz nackt, lehnte sie sich zurück und breitete theatralisch die Arme aus, als gelte es, einen Engel zu empfangen. Er beugte sich zu ihr hinunter und küsste ihr regloses Gesicht. Seine Hand strich wie absichtslos durch ihr Haar und fuhr die Konturen ihrer Taille und ihrer Hüfte nach, die sich jetzt deutlich im Gegenlicht abzeichneten. Er näherte sich dem warmen Hals, um ihren Duft einzuatmen, und in diesem Augenblick begann sein Herz heftig zu hämmern. Er drückte sich an Isabelle, zwängte sich zwischen ihre Schenkel und betrat endlich, wie betäubt, das feuchte Paradies. Isabelle rekelte sich wohlig und schlang die Arme um seinen Rücken. Er küsste sie auf den Hals und den Mund, dem sich ein langes, leises Stöhnen entrang.

Und als er dann bis auf den Grund ihres Fleisches vorstieß und sich instinktiv und völlig mühelos einen Weg bahnte zu dem im Gedächtnis verschollenen Ort, aus dem er einst hervorgegangen war, da hatte sie bereits die Augen geöffnet und sah ihn überrascht und glücklich an – ein grünliches Schillern zwischen den feuchten, langen Wimpern. »Ich liebe dich, Andrew. Ich liebe dich liebe dich liebe dich. Ich liebe dich.«

24

VENETIEN, BRENTA-KANAL, VILLA MELANCONIA

Das Wassertaxi zog seine gleichmäßigen Spuren durch den nur mäßig bewegten Brenta-Kanal. Der Conte hatte es vorgezogen, die kurze Reise zu seiner auf dem venezianischen Festland gelegenen *Villa Melanconia* unter Deck zu verbringen, ein dickes in Leder gebundenes Buch auf seinen Knien, während Isabelle sich neben den Fahrer stellte und den Fahrtwind durchs Haar wehen ließ. Sie fragte sich, warum die Venezianer mit solcher Vorliebe diese flache, melancholisch wirkende Landschaft zur Villegiatur erwählt und sich von Palladio und anderen Baumeistern ihre manchmal palastähnlichen Sommersitze an die weidenbesetzten Ufer dieses träge dahinfließenden Wassers hatten bauen lassen.

Ein Lächeln umspielte ihre Lippen, als sie an die vergangene Nacht dachte. Sie hatte im *Metropole* übernachtet und war von dort am frühen Morgen in ihre Pension gegangen, um sich umzuziehen. Schon als das erste Licht ins Zimmer fiel, war sie wach geworden, jedoch nicht von der Sonne, sondern von einem unendlich zärtlichen Streicheln, das ihren Rücken mit zarten Flammenspuren überzogen hatte.

Gleich nach ihrer Rückkehr würden sie einen Plan schmieden, wie man Éloise Ledoyen mithilfe ihres Notizbuches einen endgültigen Strick drehen könnte. Das Ergebnis all der Recherchen und Dechiffrierungen ging ihr noch einmal durch den Kopf, als sie sah, wie sich die *Melanconia,* umgeben von Zypressen, Weiden und Maulbeerbäumen, wie eine steingewordene, schwermütige Ballade über dem Kanal erhob. Die Villa machte ihrem Namen alle Ehre: Ein Hauch unsagbarer Melancholie, eine fast trostlose Verlassenheit ging von dem kleinen Palazzo aus, vor dem die bemoosten Steinstufen der eleganten Freitreppe in der feuchtwarmen Luft pittoresk verwitterten. Moos wuchs auch in warmen, grünen Tönen auf dem Marmor, der das Gebäude mit seinen fest geschlossenen Fensterläden bekleidete, die wie die toten Augen einer venezianischen Maske wirkten und hinter denen man kaum mehr vermutete als leere, unbewohnte Zimmer.

Angesichts dieses Anblicks befiel Isabelle ein leiser Schauder, als das Boot am Steg festmachte und sie ausstieg, freundlich vom Fahrer an die Hand genommen. Der Conte folgte ihr mit unsicher trippelnden Schritten. *Seltsam, für einen Nachfahren der seefahrenden Venezianer scheint ihm das Wasser Unbehagen zu bereiten,* dachte sie. In der Tat fühlte sich D'Amario, wie er ihr anvertraut hatte, auf dem Wasser nie wohl, weder in einem Motorboot noch auf dem Vaporetto und schon gar nicht in einer Gondel, die von Venezianern als Fortbewegungsmittel mit einem Tabu belegt war.

Er musste Isabelles skeptischen Blick bemerkt haben, denn er meinte wie entschuldigend: »Ja, unser Landhaus wirkt ein wenig deprimierend, nicht wahr? Nicht gerade ein lichtdurchfluteter Palladio-Bau und kaum ein geeigneter Ort für die Sommerfrische. Obwohl es wie viele andere Villen dieses Landstrichs genau zu diesem Zweck gebaut wurde: um einer von der schwülwarmen sommerlichen Hitze geplagten venezianischen Familie Abkühlung, Erfrischung und Erholung zu bieten.«

Der Conte schüttelte bedauernd den Kopf und ging dann voran, mit einem Bund riesiger Schlüssel in der Hand, Isabelle folgte ihm. Schweigend stiegen sie die Freitreppe hinauf, die Eingangstür wurde geöffnet und gab den Blick frei in eine Halle, die nicht so prächtig war wie in einem venezianischen Palazzo, sondern tatsächlich eher dem Charakter eines größeren Landhauses entsprach. Sie gingen durch eine Flucht von Zimmern und kleineren Sälen, die teils wohl eingerichtet waren, zumeist mit Mobiliar aus der Zeit des Historismus, jedoch erfüllt mit einem undefinierbar modrigen Geruch nach Verlorenheit und Vergeblichkeit. Auf dem steinernen, teppichlosen Estrich hallten ihre Schritte von den hohen Wänden wider, die zum Teil mit seidenen, allerdings schon etwas fadenscheinigen Tapeten bespannt waren, welche Szenen aus einem bukolischen, arkadischen Leben zeigten, und halbblinde Spiegel, zerbröckelnden Stuck oder zersprungene Freskomalereien wie Zeugnisse eines abgelebten, einst grandiosen Lebens trugen. Die Galleria war mit mythologischen Fresken ausgemalt – »ganz im Stil Raffaels«, wie der Conte mit einem Anflug von trockenem Humor sagte. Auch sie moderten vor sich hin in diesem Gemäuer, das wohl nur noch selten Luft und Licht bekam.

In einem der Zimmer, das er öffnete und das in Blau- und Goldtönen gehalten war, stand ein breites Himmelbett auf einer Estrade, von blausamtenen Vorhängen halb verhüllt, als erwarte es eine Renaissance-Schönheit zu heimlichem Spiel und Schlaf.

Hier stieß der Conte auch die Fensterläden auf, und nun, im hereinfallenden Sonnenlicht, gewann die Villa etwas an Farbe, Glanz und Leben. Die Tür führte hinaus auf eine Terrasse mit einer Balustrade, von der aus sich der Blick hinab in einen verwilderten, verträumten Park öffnete, dem die hohen, dunklen Säulenzypressen etwas Feierliches, Düsteres verliehen, das zur Weltabgeschiedenheit eines Klosters besser gepasst hätte als zu einer Landvilla. Weit hinten, am Ende des nicht allzu großen Parks stand eine ganze Gruppe von Zypressen, zwischen denen ein kleiner Pavillon schon aus der späteren Barockzeit zu erkennen war, mit anscheinend reichverzierter Fassade und breitem Portal; das Dach mit seinen Giebeln verschwand fast ganz hinter den dicht stehenden Bäumen.

»Was ist das dort drüben für ein Gebäude?«, fragte Isabelle und zeigte hinaus. »Wohl ein Sommerhäuschen? Oder gar ein Liebespavillon?«

»Das ist die Familiengruft der D'Amario«, erwiderte der Conte ungerührt, aber mit einem kleinen Seufzer. »Sie wurde vor zweihundertfünfzig Jahren gebaut. Es war aber wohl nie besonders attraktiv für die Familie, stets ihre letzte Wohnung vor Augen zu haben, und darum stand die Villa oft und lange leer. Auch ich bin nicht sehr oft hier gewesen; als Junge mochte ich die Gruft, damals gehörten noch Schauerromane zu meiner Lieblingslektüre und ich war verrückt nach grusligem Kitzel. Doch ich bin seit Jahrzehnten nicht mehr dort gewesen, nur noch einmal, als meine Frau beigesetzt wurde. Aber ich kann hier nicht trauern. Irgendwann setzte sich der Name *Melanconia* für die Villa durch, die Melancholische, und heute weiß kein Mensch mehr, dass sie ursprünglich den schönen Namen *Mia Gioia*, meine Freude, trug. Meine Großmutter Francesca sollte hier nach ihrer Hochzeit wohnen, aber sie war noch jung und lebenslustig, als diese ihr wohl etwas zu düster erscheinende Villa zugedacht und eingerichtet wurde. Sie ließ sich hier nur selten blicken. Reisen durch Europa und amouröse Abenteuer in Paris, London und Wien fand sie ganz offensichtlich aufregender, wenn Sie verstehen, was ich meine. Sie hat die Villa erst in späteren Jahren bezogen, sich dann aber nur noch selten von hier fortbewegt. Seit ihrem Tod ist das Haus unbewohnt. Allerdings … ihr Porträt hing noch hier, im Blauen Salon. Dort … hinter dem Vorhang, der es allen unbefugten Blicken entzog.«

Er zog den hellblauen Volant beiseite, doch es war nur noch ein Nagel zu sehen sowie ein blasser Abdruck des Rahmens auf dem Stoff der Wandbespannung, den das Licht hinterlassen hatte.

»Ich lasse Sie jetzt einen Augenblick allein«, kündigte der Conte an. »Schauen Sie sich in Ruhe um. Vielleicht finden Sie ja … irgendwelche Spuren.«

Er schloss die Salontür und ließ Isabelle zurück, die etwas ratlos war. Welche Spuren sollte sie hier finden? Sie verfügte ja nicht über einen großen Tross der Spurensicherung wie die Polizei. Unschlüssig schaute sie sich um, setzte sich auf den Rand des Bettes und heftete ihren Blick auf die leere Stelle an der Wand, als könne sie durch pure Willensanstrengung das gestohlene Bild wieder an seinen Ursprungsort zurückbringen.

Wie hatte Francesca D'Amario wohl ausgesehen? Sie nahm sich vor, den Conte danach zu fragen; vielleicht gab es ja noch andere Bilder von ihr. Oder eine Photographie des Gemäldes. Sie stand auf und untersuchte das Fenster auf Spuren eines gewaltsamen Eindringens. Es war morsch und konnte wie alle anderen Holzfenster der Villa einen neuen Anstrich gut vertragen, doch Hinweise auf einen Einbruch vermochte sie nicht festzustellen.

Sie fand den Conte zwei Zimmer weiter eingesunken in einem Sessel sitzend. Die kleine, fragile Gestalt dieses Mannes, der ihr so erschöpft vorkam, so überfordert von einer Mission, deren Sinn und Zweck sich ihr noch nicht erschlossen hatte, rührte Isabelle. Er schien sogar eingenickt zu sein, als sei ein Mittagsschläfchen unwiderstehlich gewesen. Der Kopf mit dem wirren silbrigen Haar war leicht zur Seite gesunken, der Mund stand etwas offen. Und ein zurückhaltendes Lächeln lag auf seinen Lippen, als gebe es da eine Scheu, es dem zurückgezogenen, weltabgewandten Leben abgetrotzt zu haben, das zu führen er sich auferlegt hatte. Bedrückt von Sorgen und erfüllt von einer undefinierbaren Traurigkeit, die er so gekonnt mit Charme zu überspielen vermochte, dass sie all ihren Schrecken verlor.

Sie berührte ihn leicht an der Schulter, was ihn wieder zu sich kommen ließ.

»Nun, haben Sie etwas entdecken können?«, fragte er mit müder Neugier.

Isabelle schüttelte den Kopf. »Mich würde aber interessieren, um was für ein Gemälde es sich genau handelt. Haben Sie vielleicht eine Photographie des Bildes? Wer ist der Maler … ein bekannter Name vielleicht?«

Der Conte richtete sich auf und nahm das ledergebundene Buch zur Hand, das er auf dem Beistelltisch neben seinem Sessel abgelegt hatte. Er blätterte ein wenig, dann reichte er Isabelle das aufgeschlagene Buch.

Sie vermochte kaum zu glauben, was sie dort las.

John Singer Sargent (1856-1925)

Die schöne Unbekannte, undatiert, ca. 1884

Öl auf Leinwand, 72,5 mal 105,0 cm, signiert in der rechten unteren Ecke

Bildtitel (original) auf Messingschild des Rahmens

Provenienz: Geschenk des Künstlers, dokumentiert durch Brief an Francesca D'Amario, 24. Oktober 1884 (Arch.col.)

Standort: Mel. Blauer Salon

Die penible Schrift des Conte verschwamm vor Isabelles Augen. Sie ließ das Buch auf den Tisch gleiten. Wie benommen stand sie auf. Die Luft war plötzlich unerträglich stickig. Sie öffnete das Fenster zum Kanal. Draußen stand die Luft still. Lange blickte sie hinaus, und erst nach einer Weile, als sie merkte, dass von draußen keine Erfrischung zu erwarten war, schloss sie das Fenster wieder.

Die schöne Unbekannte. Ein Original, keine Fälschung, wenn man mal davon ausging, dass in Wien dieses Bild zur Versteigerung gelangt war. *Jetzt wird es aber wirklich interessant.*

Sie wandte sich um und nahm den Conte ins Visier.

»Wann haben Sie entdeckt, dass das Gemälde fehlt?«

D'Amario zog ein schuldbewusstes Gesicht. »Erst vor ein paar Tagen«, räumte er ein. »Als ich mit einem Bauleiter und zwei Handwerkern durch das Gebäude ging, um mit ihnen ein paar Dinge zu besprechen, die dringend der Erledigung bedürfen. Auch wenn die Villa unbewohnt ist, fallen doch alle paar Jahre Ausbesserungsarbeiten an. Wir sind durch sämtliche Räume gegangen, der Bauleiter hat sich Notizen gemacht. Und im Schlafzimmer, im Blauen Salon, habe ich dann festgestellt, dass der Vorhang, hinter dem das Bild verborgen war, beiseitegeschoben worden war. Das Gemälde war verschwunden.«

»Dann haben Sie mich gleich angerufen?«

»Erst habe ich mit Giuliano gesprochen. Zwei Tage später habe ich dann Sie zu erreichen versucht. Ich kann Ihnen leider keinerlei Anhaltspunkte über den Zeitpunkt des Diebstahls geben. Es kann zu jeder Zeit innerhalb der letzten vier, fünf Jahre gewesen sein. Ja, ich bin seit Jahren nicht mehr hier gewesen.«

Isabelle atmete mit einem enttäuschten Seufzer aus. *Das ist mal ein präziser Tatzeitpunkt*, dachte sie. Doch da man jetzt davon ausgehen konnte, dass das gestohlene Bild die *Schöne Unbekannte* war, die sie in Wien ersteigert hatte, konnte man annehmen, dass der Diebstahl nicht sehr lange zurücklag. Was das Ganze nicht leichter machte, wenn auch die Sache mit der Fälschung nun definitiv vom Tisch war. Sie würde Breguet um Entschuldigung bitten müssen wegen ihrer Andeutungen.

»Und John Singer Sargent hat Ihre Großmutter gemalt? Da sind Sie sich sicher?«, fragte sie den Conte.

»Ganz sicher, ja. Mitte der achtziger Jahre des neunzehnten Jahrhunderts hatte meine Großmutter ein Verhältnis mit dem Maler. In Paris. Er hat ihr das Gemälde zum Abschied geschenkt.« Isabelle hatte dem Conte ernst und mit düsterem Blick zugehört, so dass dieser hinzufügte: »Die *Melanconia* scheint auch auf Sie, *carissima*, ihre Wirkung auszuüben. Sie scheinen mir ziemlich melancholisch, wenn nicht sogar ergriffen zu sein … wenn ich das sagen darf.«

»Vielleicht«, sagte sie und raffte den Kragen ihrer Bluse zusammen, als fröstelte sie. »Solche Geschichten von verlassenen Frauen und verlassenen Häusern stimmen mich immer traurig.«

Weitere große Kunstwerke hatte sie, so weit sie es auf dem raschen Gang durch die Säle und Zimmer feststellen konnte, in dieser Villa nicht gesehen. Ein bisschen Genremalerei, manches viktorianisch, es passte zum düsteren Stil des Hauses.

Allerdings wunderte sie sich darüber, wie ungeschützt auch dieser Landsitz war – ein paar knarzende Schlüssel, rostige Schlösser, die leicht aufzubrechen waren, ungesicherte Fenster. Ein Kinderspiel, hier einzusteigen. Sie würde den Conte darauf hinweisen. Er war einfach zu sorglos, wie sich schon bei seiner *Flora* gezeigt hatte, die im Salone seines Palazzo hing, als handelte es sich um einen gerahmten Kunstdruck.

»Kommen Sie, wir brechen auf und fahren zurück«, riss sie D'Amario aus ihren Gedanken. »Die Villa macht mich heute noch schwermütig.«

25

VENEDIG, SAN MARCO, PALAZZO D'AMARIO

Es war nur das Ticken der Kaminuhr zu hören, und von draußen drangen die unverwechselbaren Verkehrsgeräusche vom Canal Grande durch die geöffneten Fenster zu ihnen herein. Conte Giovanni D'Amario, letzter Spross einer ehrwürdigen Dynastie, einer der letzten *Nobili* der Serenissima, saß aufrecht in seinem Sessel und versuchte Haltung zu bewahren. Was Isabelle ihm vom Geschick der *Schönen Unbekannten* berichtet hatte, musste ihm einen Schlag versetzt haben.

Sie waren zum Palazzo zurückgefahren, und auf der Fahrt hatte Isabelle den Conte in groben Zügen von Andrew Palmer und ihren Ermittlungen in Kenntnis gesetzt. D'Amario hatte zunächst etwas befremdet die Augenbrauen gehoben, ihr dann jedoch mit erschrockener Miene zugehört, und es schien ihn zu entsetzen, dass wohl Éloise Ledoyen wieder ihre Finger im Spiel hatte. Isabelle hatte Palmer vom Wassertaxi aus angerufen und ihn gebeten, zum Palazzo zu kommen.

Sie stellte Andrew als ihren »Kollegen« vor. Nach allem, was er zu hören bekommen hatte, war dem Conte etwas männlicher Beistand vermutlich ganz recht. Er bot seinen Gästen *aqua minerale* an, das diese dankbar entgegennahmen. Von außen betrachtet sah dies aus wie ein Plauderstündchen, wie man es auch im *Caffè Florian* hätte führen können, an irgendeinem launigen Nachmittag, mit Walzermusik auf der Piazza. Sie saßen im Salone, Isabelle war direkt unter die *Flora* platziert worden, aber dies war alles andere als ein nostalgischer Besuch bei einem alten Freund. Es war nichts weniger als eine Krisensitzung.

Sie schenkten dem Conte reinen Wein ein. Sie ließen nichts aus, auch nicht den nächsten Coup, den Éloise Ledoyen offensichtlich in diesem Palazzo plante. Weder die Details der Versteigerung des Bildes mit dem Titel *Die schöne Unbekannte* in Wien noch seinen Raub aus dem *Sacher*. Atemlos verfolgte D'Amario Palmers Schilderung all der verwirrenden Vorgänge, die ihn fast noch mehr zu empören schienen als der Diebstahl seines Bildes.

Ausführlich erzählte der Conte nun auch Palmer, wie vor einem halben Jahr François Ledoyen ihn besucht hatte und ihm Tizians zweite *Flora* abkaufen wollte. Was der Conte prompt abgelehnt hatte. Und nicht nur einmal. Ledoyen war ziemlich hartnäckig gewesen, hatte immer wieder angerufen und Unsummen für das Bild geboten. Doch D'Amario war nicht zu erweichen gewesen. Woher Ledoyen überhaupt von diesem Kunstwerk wusste, war ihm unerfindlich. Wenige

Wochen später war ausgerechnet dieses Bild gestohlen worden, und für den Conte lag der Verdacht auf der Hand, wer es ihm entwendet hatte. Von Éloise hatte er allerdings zum ersten Mal durch Isabelle gehört.

»Ich habe wirklich nicht die geringste Ahnung, woher die Ledoyens ihre Informationen haben«, räumte der Conte ein. »Unsere Gemälde sind nie in der Öffentlichkeit gezeigt worden. Es gibt keine Kataloge, keine Ausstellungen, keine Leihgaben. Nichts davon hat jemals die Mauern unseres Palazzo und unserer Villa verlassen.«

»Haben Sie Bedienstete, die Informationen nach draußen tragen könnten?«

»Ach, Bedienstete«, seufzte der Conte. »Schon lange nicht mehr. Vor zwanzig Jahren habe ich den letzten entlassen müssen. Seit sich meine Enkelin Chiara nur noch sporadisch in Venedig aufhält – sie studiert in Spanien und kommt nur noch in den Semesterferien –, lebe ich ganz allein in diesem Gemäuer, das ich nur selten verlasse. Das Essen wird mir von einem Hotelrestaurant in der Nähe geliefert. Nein, es gibt niemanden, dessen Verrat ich befürchten müsste.«

»Und François Ledoyen hat sie allein aufgesucht? Er war ohne Begleitung?«

»Ganz allein, ja. Ich musste ihn empfangen, da er ein Empfehlungsschreiben von Verwandten unserer französischen Linie hatte, entfernten Verwandten zwar, aber immerhin. Er schmeichelte sich ein, entwarf kühne Pläne, wie ich den Palazzo restaurieren und die Sanierung mit seiner Hilfe finanzieren könnte. Die *Flora* war da nur ein Steinchen in einem

Mosaik, das er mir in den glühendsten Farben schilderte. Er traf bei mir einen wunden Punkt, denn natürlich ist mir klar, dass der Palazzo einer grundlegenden Erneuerung bedarf, die horrende Summen kosten würde. Und ich habe nicht mehr viel Zeit, sie rinnt mir unter den Fingern weg. Ich möchte meiner Enkelin ein Haus hinterlassen, in dem sie gerne wohnt. Sie ist die Letzte meiner Familie, wissen Sie, ihre Eltern sind gestorben, Geschwister oder andere Nachkommen habe ich nicht. Ich weiß, dass ich das für sie tun sollte … nur für sie.«

Er unterbrach sich und blickte seine Gesprächspartner ernst und wie um Verständnis bittend an. »Aber ich bin ein alter, verwirrter Mann«, fuhr er dann nach einer Pause fort. »Lange Zeit gab ich mich wirklich dem Wahn hin, den Palazzo, meine Enkelin und auch mich retten zu können, ohne mich von einem meiner Bilder zu trennen. Und das Geld, das ich brauchen würde … irgendwie anders aufzutreiben. Der Palazzo wird tatsächlich Unsummen verschlingen. Aber er ist es wert. Er ist das Haus meiner Familie. Wir leben seit achthundert Jahren in dieser Stadt. Was soll Chiara, wenn sie mit ihrem Studium fertig ist, mit einem heruntergekommenen Palazzo anfangen? Wenn ich es wenigstens noch schaffte, mir Geld zu beschaffen und mit der Restaurierung anzufangen, wäre es doch noch ein Glück, oder? Aber meine Bilder zu verkaufen, das bringe ich nicht übers Herz. Und nun werden sie mir gestohlen, eines nach dem anderen. Wo soll das noch hinführen?«

Mit einer harten Bewegung setzte der Conte sein Wasserglas ab. Dann stand er auf, raufte sich die Haare, bis sie noch verwegener vom Kopf abstanden als sonst schon, und ging zum Fenster. Ganz offensichtlich musste er sich beruhigen.

Isabelle blickte Palmer an, bedrückt und wie betäubt. Sie nickte ihm zu, wie zur Ermutigung, nun auch seinen Part der Geschichte zu erzählen.

Die Empörung des Conte begann in dem Augenblick zu schwinden, als Palmer zu seinem Bericht von seiner Begegnung im Nachtzug nach Barcelona ansetzte. Ja, diese Geschichte schien den alten Herrn nachgerade zu amüsieren. Seine *schöne Unbekannte* als Reisebekanntschaft eines britischen Antiquitätenhändlers, das war doch zu kurios. Gebannt hörte der Conte zu, bis ihn ein Geräusch aus den Tiefen des Palazzo aus seiner Konzentration riss, ein seltsames Klappern. Er schüttelte den Kopf, wie um einen Gedanken abzuschütteln. »Nur ein Fenster oder eine Tür, die der Wind zugeschlagen hat. In diesem Gemäuer gibt es permanent undefinierbare Geräusche«, murmelte er, »man darf nicht allzusehr darauf achten, sonst wird man verrückt. Doch erzählen Sie weiter, Signor Palmer, das ist doch alles … alles …«, er kicherte, »gar zu komisch … Verzeihen Sie!«

Palmer wand sich verlegen. »Ach, sehr viel mehr gibt es gar nicht zu erzählen. Isabelle hält es ohnehin für eine *idée fixe*, und je länger ich darüber nachdenke und je ferner mir das Erlebnis rückt, umso eher bin ich geneigt, ihr recht zu geben.«

Isabelle beschloss, ihrem Freund aus der Verlegenheit zu helfen und den sich immer noch köstlich amüsierenden D'Amario von der kuriosen Nachtzug-Geschichte abzulenken. »Aber, lieber Conte, erzählen Sie uns lieber etwas über die Geschichte des Sargent-Bildes. Ihre Großmutter hatte in jungen Jahren tatsächlich eine Liebesaffäre mit dem Maler, sagten Sie?«

»Ja, Sargent hat Francesca D'Amario gemalt, als sie gegen Ende seiner Zeit in Paris seine Geliebte war. Schon dass er ihr auffälliges Dekolleté zeigte, lässt erkennen, dass er das Bild als Privatgabe sah. Es sollte nie ausgestellt werden, und das wurde es dann ja auch nicht. Erst ein Jahr zuvor hatte Sargent mit seinem *Porträt der Madame X* einen veritablen Skandal in der Pariser Kunstszene produziert. Der Wunsch, Madame Pierre Gautreau zu porträtieren, war von ihm ausgegangen. Madame Gautreau war eine ziemlich exzentrische Amerikanerin aus New Orleans, die nach dem Tod ihres Vaters zusammen mit ihrer französischen Mutter nach Paris gezogen war. Wo sie dann den Bankier Pierre Gautreau heiratete und mit ihrem kapriziösen Getue rasch für Getuschel in den Pariser Klatschblättern sorgte. Ein bisschen sieht man es diesem berühmten Bild an, finden Sie nicht? Sargent versprach sich jedenfalls von ihrem Porträt, das er im Salon von 1884 ausstellte, eine verstärkte Aufmerksamkeit. Die er auch prompt bekam, doch ganz anders als erwartet. Der Schuss ging nach hinten los, es war ein unglaublicher Skandal, dass er es gewagt hatte, die Schultern der legendären Madame X., die jeder kannte, zu entblößen und den damit entfesselten erotischen Phantasien der Betrachter sozusagen freien Lauf zu lassen.«

Der Conte sprach mit brüchiger Stimme, die dieser Erzählung eine seltsame Authentizität verlieh. Als lauschte man einem Zeugen der Vergangenheit.

»Zu dieser Zeit war Sargent bereits mit Francesca liiert«, fuhr er fort. »Es muss eine stürmische Liebesaffäre gewesen sein. Sie bedrängte ihn, mit ihr nach Italien zu kommen, sich in Venedig niederzulassen. Doch Sargent zog es nach London, wo er sich einen größeren Radius und lukrativere Aufträge versprach. Und in der Tat stieg er dort, im Alter von nicht einmal dreißig Jahren, ja bald zum konkurrenzlosen Porträtmaler der Aristokratie auf und hielt diese Position unangefochten über Jahrzehnte.

So erlaubte er sich – quasi zum Abschied von seiner lebenslustigen Contessa – nur noch einmal eine ähnliche frivole Freizügigkeit, als er Francesca porträtierte und das Bild *Die schöne Unbekannte* nannte. Ja, dieser Bildtitel ist von ihm, doch das Gemälde auszustellen, hätte zu einem neuerlichen, noch gewaltigeren Skandal geführt, den sich Sargent nicht erlauben zu können meinte. Schließlich war er gerade im Begriff, einer der gefragtesten Porträtmaler der europäischen und später auch der amerikanischen *High Society* zu werden. Das Bild der *Schönen Unbekannten* war sein Abschiedsgeschenk für Francesca. Er nahm ihr das Versprechen ab, dass die Identität der Porträtierten niemals gelüftet werden dürfte. Und dass das Bild in ihrem Besitz unter Verschluss blieb.«

»Und hat Francesca ihren Maler jemals wiedergesehen? Sargent war ja noch oft in Venedig, hat hier gemalt …«, fragte Isabelle.

»Nein, sie ist Sargent nie wieder begegnet. Francesca wagte es sogar erst nach dem allzu frühen Tod ihres späteren Mannes, das Gemälde im Blauen Salon, ihrem Schlafzimmer in der Villa, aufzuhängen. Dort wurde es wie ein Familienschatz gehütet, hinter einem Vorhang versteckt und allen Blicken entzogen. Die Identität der Porträtierten blieb ein Geheimnis. Es ist eine hübsche Anekdote, finden Sie nicht? Aber der Sargent-Forschung ist nicht viel entgangen, die Biographie des Malers muss wahrlich nicht neu geschrieben werden ... Schade ist es trotzdem, dass das Bild sogar zwei Mal gestohlen wurde, mir und Signor Palmer. Dem es nun trotz seiner Million, die er dafür ausgegeben hat, nicht einmal gehört.«

Palmer nickte betrübt. Für ihn war nun alles verloren, das Bild und das Geld. Selbst wenn es ihnen gelänge, es Éloise Ledoyen, der Meisterdiebin, abzujagen – er würde es dem Conte zurückgeben müssen. »Es bleibt nur eine Frage«, sagte er und trank einen letzten Schluck Wasser. »Wer hat das Bild aus der Villa gestohlen? Und wie kam es in die Auktion nach Wien?«

Der Conte fuhr sich mit den Händen durch seine verstrubbelten Haare. »Das ist tatsächlich alles verzwickt«, lamentierte er. »Ich kann Ihnen, Isabelle ... und Signor Palmer ... nur viel Glück wünschen für Ihre weitere Suche.«

Der Abend ging für Isabelle und Palmer mit einem Essen im *Hotel Metropole* kulinarisch erfreulich zu Ende. Sie saßen noch eine Weile in der Hotelhalle zusammen, doch Isabelle verabschiedete sich bald und ging zu ihrer wenige Schritte entfernten *Pensione*. Sie gab Palmer noch einen Kuss, bevor sie sich abwandte und ihn im Hoteleingang zurückließ. Doch diesmal war es ein zärtlicher Kuss, mit sie sich voneinander verabschiedeten.

Sie ließ sich auf ihr Bett fallen, aber an Schlaf war nicht zu denken. Müde musterte sie die Stuckornamente und den Kristalllüster an der Decke, die rosafarbenen Applikationen und Posamenten, die den Raum schmückten. Dann stand sie mit einem Seufzer wieder auf, rief Mails ab und stürzte sich geradezu in eine Telefonorgie: eine Viertelstunde mit Gabrielle Obéron, die ihr von den florierenden Geschäften der *Galerie Lumière* berichtete und wieder ein paar ihrer Ideen auf Lager hatte. Über eine Stunde mit Hélène, der sie sich voll und ganz anvertraute. Und schließlich noch eine halbe Stunde mit Julien, der sich von seiner Erkältung langsam wieder zu erholen begann und nach wie vor Angst um sie hatte (dabei erzählte sie ihm schonenderweise von den neuen kriminellen Entwicklungen nur in Andeutungen). Sie merkte gar nicht, wie die Zeit verstrich, während sie redeten und redeten und die Nacht vor ihrem Fenster undurchdringlich wurde, als wollte sie die Lagune mit einem dunkelblauen Tuch zudecken.

»Du musst Commissario Silvestri einschalten, Isabelle«, beschwor Julien sie.

»Ich weiß, ich weiß«, wiegelte sie ab.

»Der Fall gehört jetzt in die bewährten Hände des römischen Kunstdezernats. Ohne Silvestri wirst du das Bild der Ledoyen nicht abnehmen können.«

»Ich weiß«, sagte sie noch einmal. Sie klemmte das Telefon zwischen Kinn und Schulter, verschränkte herausfordernd die

Hände vor der Brust und begann im Zimmer auf und ab zu gehen.

»Hast du denn gar keine Angst, *ma princesse*?«

»Hab ich. Inzwischen glaube auch ich, dass mit Éloise Ledoyen nicht zu spaßen ist.«

»Umso wichtiger ist es, dass du dir nun Unterstützung holst. Silvestri ist der richtige Mann dafür.« Julien konnte sehr überzeugend sein. »Es geht nicht mehr wie früher darum, den Schatz zu finden«, fuhr er nach kurzem Überlegen fort. »Es ist nicht mehr wie in den alten Zeiten, als du noch ein Trotzköpfchen warst.«

»Das weiß ich, *Grand-Papa*.« Sie stellte sich vor den Wandspiegel und betrachtete ihr Spiegelbild.

»Aber du hast immer noch mich. Ich passe auf dich auf.«

»Wie immer, nicht wahr? Wir beide … du und ich.«

»Du und ich, ja.«

Sie stellte sich vor, wie er eine verschmitzte Miene schnitt, wie in seinen Augen ein listiger Funke aufblitzte.

»Wir sind verrückt, mein Mädchen«, sagte er. »Findest du nicht auch?«

»Ja … und?«

»Aber das hier ist kein Spiel, meine Liebe. Dieses Mal nicht!«

»Ein Spiel ist es nie«, sagte sie ernst. »Nie«, wiederholte sie leise.

26

VENEDIG, FONDAMENTA DI SAN LORENZO, QUESTURA

Signorina Silva … Wir werden von Ihnen erwartet, denke ich.«

Die Beamten waren zu zweit in das nur spärlich möblierte Büro der Questura gekommen, das ihr ein zuvorkommender Commissario für das Treffen zugewiesen hatte. Am frühen Abend des folgenden Tages. Isabelle saß angespannt auf dem Stuhl, hatte die Ballerinas abgestreift und verharrte in einer unbequemen kauernden Position. Nach zwanzig Minuten war endlich die Tür aufgegangen, zwei Polizisten hatten sie begrüßt, Commissario Amedeo Silvestri, ein perfekt gekleideter, soignierter Herr, distinguiert bis in die Fingerspitzen, und ein jüngerer Sergente, der sich murmelnd als Giancarlo Franchi vorstellte und der in allem das Gegenstück zu seinem Vorgesetzten war, eine Art römischer Columbo in einem zerknitterten Mantel, mit kurz geschnittenem, aber struppigem Haar und einer – wie sie fand – sehr nachlässigen Art der Höflichkeit.

Isabelle nickte nur stumm und blickte auf die anderen Stühle, die verstreut im Raum standen. Doch nur der Commissario nahm Platz, öffnete das Anzugjackett und beugte sich vor, indem er die Unterarme auf die Oberschenkel legte.

»Sie haben es ja ziemlich spannend gemacht, muss ich sagen. Aber wenn Julien Silvas Enkelin meine Hilfe braucht und unser Dezernat einen dicken Fisch an Land ziehen kann, dann lasse ich natürlich alles stehen und liegen. Und hier bin ich nun, Signorina Silva.«

Zunächst stockend und nach den richtigen Worten suchend, dann immer flüssiger gab Isabelle dem Commissario vom römischen Kunstdezernat einen umfassenden Bericht über die Vorgänge der letzten Wochen. Der zur Versteigerung in Wien eingebrachte Sargent, der anschließend gestohlen wurde. Der Verdacht gegen Éloise Ledoyen. Das türkisfarbene Notizbuch, das sich in ihrem Besitz befand (dass Sofia ihr die Kopie beim Abholen des Gemäldes unbemerkt untergeschoben hatte, glaubte sie unerwähnt lassen zu können, wie überhaupt die Tatsache, dass sie das Büchlein kopiert hatten). Die Dechiffrierung der Aufzeichnungen. Die Hinweise auf die Kunstsammlung des Conte D'Amario. Palmers Nachtzug-Geschichte sparte sie aus.

Der Commissario hatte aufmerksam zugehört, nur dann und wann eine Frage gestellt, die ihm notwendig erschien. Grimmig blickte er drein, als der Name Ledoyen fiel, doch als Isabelle ihre Schilderung unterbrach, gab er ihr nur mit einer ungeduldigen Handbewegung zu verstehen, sie solle fortfahren.

»Der Schlüssel zu allem ist das kleine Notizbuch«, schloss Isabelle schließlich.

»Woher kennen Sie es?«, fragte Silvestri.

»Das muss vorerst mein Geheimnis bleiben. Zu guter Letzt … wenn alles vorbei ist … werde ich es Ihnen verraten, doch zunächst müssen Sie es bei Signorina Ledoyen finden. Mein Part ist abgeschlossen, jetzt sind Sie an der Reihe, sie ihrer gerechten Strafe zuzuführen.«

»Wir sind Ihnen zu großem Dank verpflichtet, Signorina Silva. Für uns ist Éloise Ledoyen ein unbeschriebenes Blatt. Es gibt viele ungeklärte Kunstraubfälle, etliche werden gar nicht erst angezeigt. Und das Notizbuch enthält lückenlose Aufzeichnungen darüber, sagen Sie?«

»Ja, in der Tat. Altmodisch, nicht wahr? Heute wird alles auf Festplatten gespeichert und kunstvoll verschlüsselt. Mademoiselle Ledoyen jedoch hat's in ihr kleines *Tiffany*-Buch gekritzelt. Das sie wohl meistens mit sich führt, vermute ich.«

»Wissen Sie oder haben Sie eine Ahnung, wo sie sich zur Zeit aufhält?«

Isabelle schüttelte den Kopf. »Aber das lässt sich leicht herausfinden, denke ich. Sie müssen nur die Agenda der Society-Events recherchieren. Oder Andrew Palmer fragen … er kann Ihnen sofort einen Kontakt herstellen.«

»Wieso Andrew Palmer?«

»Er war mal mit ihr zusammen. Eine kurze Zeit. Hat natürlich noch ihre Handynummer und kann sie jederzeit anrufen.«

Der Commissario nickte. Sein Blick wechselte in regelmäßigem Rhythmus vom Parkettboden zu Isabelle. Irritierend, dass er ihr die Fragen immer offen ins Gesicht stellte, während er bei ihren Antworten den Blick zumeist auf den Boden heftete, wobei er unablässig nickte und zustimmend brummte, als sei ihm alles, was sie ihm sagte, schon längst bekannt. Während des ganzen Gesprächs stand der Sergente nur unschlüssig herum oder tigerte durch den Raum, nahm hier einen Aschenbecher in Augenschein und hielt dort ein Blatt Papier gegen das Licht, als könnte er hier Indizien sammeln, Beweisstücke oder Asservate für die Depots der Questura. Manchmal notierte er sich auch etwas in einem kleinen Moleskine-Buch, dessen Verschlussgummi er immer wieder provozierend zuschnappen ließ, wie um die Bedeutung des Aufgeschriebenen zu unterstreichen.

»Also haben Sie eine persönliche Rechnung mit Éloise Ledoyen offen?«, schaltete sich der Sergente ein. Es war das Erste, was er zu diesem Gespräch beitrug, und es klang irgendwie misstrauisch, aggressiv.

»Nein … wie kommen Sie darauf?«

»Sie sind jetzt mit Signor Palmer zusammen, oder nicht? Vorher war es Éloise. Da kann man schon auf Gedanken kommen …«

»Es ist mir egal, auf welche Gedanken Sie kommen«, entgegnete Isabelle kühl. »Meine Beziehung zu Andrew Palmer spielt hier nicht die geringste Rolle.«

»Nun … ein bisschen schon«, sagte Commissario Silvestri.

»Ein bisschen schon«, echote Franchi und fing sich einen tadelnden Blick seines Vorgesetzten ein.

»Und wieso?«

»Das könnte alles auch ein kleiner Rachefeldzug sein, um eine unliebsame Konkurrentin auszuschalten«, sagte der Sergente. »Aber lassen wir das für den Augenblick. Viel wichtiger für uns zu erfahren wäre, wo Andrew Palmer nun ist.«

Isabelle blickte erstaunt auf.

»Was ist mit Andrew … Ich meine, was wollen Sie von Signor Palmer?«

»Mit ihm sprechen vielleicht? Oder haben Sie etwas dagegen? Sie selbst sagten soeben, wir könnten über ihn an Signorina Ledoyen herankommen.« Franchi erlaubte sich ein schmales, schiefes Lächeln. »Nachdem Sie für uns so weit vorgearbeitet haben, dürfen Sie der italienischen Polizei schon ein erhöhtes Ermittlungstempo zutrauen.«

»Was wollen Sie damit unterstellen?«

»Gar nichts. Ich frage Sie nun schon zum zweiten Mal nach Signor Palmer.«

»Sergente Franchi, ich bin keine Hellseherin. Ich bin auch nicht seine Frau. Ich habe wirklich keine Ahnung, wo er sich in diesem Augenblick aufhält. Warum rufen Sie ihn nicht einfach an?«

»Oh, das werden wir tun. Ich wollte nur … vorfühlen, ob wir bestimmte Optionen ins Kalkül ziehen müssen oder nicht.«

»Welche Optionen?«

»Dass Signor Palmer womöglich Ihr Liebhaber ist und Sie nichts anderes als seine Spielfigur in einem Spiel, dessen Regeln Sie nicht durchschauen. Oder dass Sie vielleicht erpresst werden und für Signor Palmer ein Problem aus der Welt schaffen sollen. Oder dass ein Verdacht auf Éloise Ledoyen gelenkt werden soll, um sie aus dem Weg zu räumen. Sie sehen, es gibt eine ganze Reihe von Optionen, die wir nach und nach ausschließen müssen, um schließlich der Wahrheit näherzukommen.«

Isabelle starrte ihn empört an. Der Commissario unterbrach seinen Sergente mit den Worten: »Lass es gut sein, Giancarlo. Schließlich geht es hier nicht um irgendwelche Verdächtigungen gegen Signorina Silva, die schließlich uns gerufen hat und der wir schon jetzt so vieles verdanken.« Silvestri erhob sich. »Vielen Dank, Signorina, Sie haben uns sehr geholfen. Hier ist meine Visitenkarte. Ich brauche nicht zu erwähnen, dass Sie mich jederzeit anrufen können, wenn Ihnen noch etwas einfällt, das … erhellend sein oder uns weiterbringen könnte. Aber wir sprechen bald ohnehin weiter … morgen schon, denke ich. *Buona sera*, Signorina.«

Er gab Isabelle die Hand und wandte sich zur Tür. Der Sergente nickte ihr nur zu und verzog den Mund, was einen gewissen Grad an Zufriedenheit erkennen ließ. *Eine Unverschämtheit, wie der grinst.* Doch Isabelle wusste nur zu gut, dass sie die Karten, die sie bislang in Händen gehalten hatte, weggegeben hatte. Sie hatte kein Blatt mehr, mit dem sie irgendwie auftrumpfen könnte. Kein Ass, keinen Joker.

Sie wählte Palmers Nummer. Er ging nicht an den Apparat. Sie sprach ihm eine Nachricht auf die Voicebox, er solle den Commissario anrufen. Und las ihm die Nummer von der Visitenkarte ab.

Müde ging sie den Weg von der Questura zu ihrer *Pensione* zurück. Sie fühlte sich ausgelaugt, mochte weder etwas essen noch duschen. Sie zog sich aus und sank ins Bett. Doch der ersehnte Schlaf, der tiefe Schlaf, der Erholung schenkt, blieb aus. Unruhig dämmerte sie vor sich hin und wurde nur von kurzen Traumfetzen heimgesucht.

Das Telefon klingelte. Nur mit Mühe kehrte Isabelle aus dem Halbschlaf zurück und tastete nach dem Apparat auf ihrem Nachttisch. *Andrew, endlich. Wo hat er bloß gesteckt?*

»Oui?«

Keine Antwort. Mit einem Mal war sie schlagartig wach.

»Wer ist denn da?« Schweigen am anderen Ende. »Verdammt, wenn Sie denken, Sie könnten mir Angst …«

Plötzlich war die Leitung gekappt.

Wutentbrannt warf Isabelle ihr *telefonino* aufs Bett. Sie schaltete das Licht ein, griff erneut nach dem Telefon und drückte eine Taste, um sich die Nummer des Anrufers anzeigen zu lassen. Die Nummer war unterdrückt. Sie spürte eine diffuse Angst, als wäre ihr eine Warnung zuteil geworden, die sie nicht entschlüsseln konnte und die deshalb wirkungslos bleiben musste. Sie fühlte sich eingeschüchtert, obwohl oder gerade weil der Anrufer keinen Ton gesagt hatte. Trotzdem hatte Isabelle das Gefühl, dass von diesem Schweigen eine viel größere Gefahr ausging als von einer offen ausgesprochenen Drohung.

Éloise? Wusste sie vielleicht, dass Isabelle längst die Wahrheit über sie herausgefunden hatte, und wollte ihr Angst einjagen, um sie abzuschrecken? Trotz aller Beschwichtigung, die sie sich selbst zusprach, saß Isabelle starr auf ihrem Bett und versuchte, ihre Atmung und den Herzschlag wieder zu beruhigen. Dann sprang sie auf und untersuchte alle Fenster und Türen. Sie ließ eines der Fenster leicht geöffnet und zog die Vorhänge zu. *Was für kindliche Reflexe*, sagte sie sich, als sie wieder die Bettdecke über sich zog.

In dieser Nacht schlief sie tief und schwer. Immer wieder wurde sie wach, atemlos von einem dieser abgründigen Träume, die durch ihre Sinne jagten wie flüchtende Schatten. In ihrem letzten Traum lief sie theatralisch wie in einem Kostümfilm mit einem fünfarmigen Kerzenleuchter durch einen endlosen Gang, und ihr Schatten lief mit ihr. Den Gang kannte sie und auch die Bilder an der Wand, über die das Kerzenlicht wanderte; eine Ähnlichkeit mit dem Palazzo D'Amario war unverkennbar. Sie ging zu irgendwem oder zu irgendwas, sie suchte, hätte jedoch nicht sagen können, wonach oder nach wem. In einem der Gemächer sprang sie ausgelassen und unbekümmert wie ein Mädchen auf ein Bett und dann wie auf der Flucht über ein zweites, in dem zwei nackte Menschen lagen, in heftiger Umarmung, der Mann zwischen den Beinen der Frau, und die Frau war sie selbst. Sie schwebte über dem sich auf und ab bewegenden Rücken des Mannes und über ihrem eigenen, nach oben gerichteten, ins Leere starrenden Gesicht, schwebte in die Dunkelheit und stand schließlich mit hoch erhobenem Leuchter in einem unermesslich weiten

Raum, der wie ein verlassener Ballsaal aussah, dessen Lichter erloschen waren. Auf dem Terrazzoboden lagen ein paar Masken. Und der, den sie suchte, war ganz nahe. War er es? Andrew? Nein, Andrew war es nicht. Nichts geschah – sie stand und wartete, eingehüllt in eine eisige Angst, die nach und nach zum namenlosen Entsetzen wurde, ein dunkler Mantel des Grauens, und die Stimme, nicht laut und nicht leise, von überall her, eine schreckliche Stimme, von der sie nicht sagen konnte, ob es die einer Frau oder eines Mannes war, sagte: »Du wirst ihn verlieren. Du hast keine Chance.«

Mit einem Entsetzensschrei fuhr Isabelle hoch. Sie starrte um sich, sah sich in ihrem Zimmer um, wie sich die matt in der Dunkelheit schimmernden Vorhänge in einem Windstoß aufbauschten, hörte noch immer den Nachklang der entsetzlichen Stimme. Warum ließen sie diese furchtbaren Worte noch immer erzittern, obwohl sie wusste, dass sie nur im Traum gesprochen worden waren? Gesprochen von einer Traumstimme, die nicht wirklich gewesen war. Warum also dieses wuchernde, jeden anderen Gedanken und selbst den Sinn für die Realität des Wachseins betäubende Grauen?

Die Vorhänge flatterten, ein Fensterflügel schlug zu. Isabelle überwand ihre sinnlose Furcht vor der dunklen Ungewissheit hinter dem Musselin, stand auf, zog die Vorhänge entschlossen auf und machte das Fenster zu. Im Zimmer war es kalt, der Terrazzoboden unter ihren bloßen Füßen war eisig, aber sie blieb trotzdem am Fenster stehen und sah hinaus in die Nacht.

Es stürmte noch immer. Der Wind jagte dunkle Wolken über den Nachthimmel mit dem abnehmenden Mond. Licht und Schatten auf den Wassern der Lagune, die unter der Gewalt des Windes aufschäumten, jagende Schatten auf dem Canal, die schreckliche Stimme, die vorhin gesprochen hatte.

Sie ging in ihr Bett zurück, legte sich hin, deckte sich zu, so fest sie nur konnte, bis nur noch ihr Haar und ein Auge aus der Bettdecke schaute. Wieder überfiel sie die bleierne Müdigkeit. Sie gab ihr mit einem Seufzer nach und schlief wieder ein.

27

VENEDIG, PIAZZA SAN MARCO, CAFFÈ FLORIAN

Als beunruhigend empfand Isabelle am nächsten Morgen nicht mehr die Gespenster der Nacht, sondern dass die Geschichte, in die sie nun auch die Polizei involviert hatte, keineswegs abgeschlossen war. Im Gegenteil, die Karten waren zwar offen auf den Tisch gelegt, aber auch neu gemischt worden. Und niemand konnte absehen, wie und wohin sich das Spiel entwickeln würde. Denn noch keineswegs war es klar, dass Commissario Silvestri und sein sinistrer Adlatus bei Éloise Ledoyen wirklich fündig wurden. Noch fehlte der schlagende, der unumstößliche Beweis.

Dass Gefahr dabei war, vermochte Isabelle nun, bei Tageslicht, nicht zu erschrecken. Sie war noch immer nicht aus dem Spiel, und sie empfand nach wie vor eine Verantwortung, die Sache zu Ende zu bringen. Ja, wenn sie ehrlich war, sogar gegenüber Andrew Palmer und seinen Obsessionen, zu denen auch sie sich zählte, wie sie sich mit einem Lächeln eingestand. Sie würde ihn erst später wiedersehen, da er zu einem Künstlerfreund hinausfahren wollte, der in Chioggia sein Atelier hatte. Unbehagen bereitete ihr schon eher der überfällige Anruf bei Julien. Nach dem von wirren Träumen angefüllten Schlaf war sie mit dumpfem Kopf aufgewacht. Sie hatte keine große Lust auf Juliens Besorgnisanfälle und zögerte den Anruf hinaus. Sie schlenderte zur Piazza, wo sie sich vor dem *Caffè Florian* niederließ und es genoss, dass die Musik noch nicht spielte, so dass sie ungestört telefonieren konnte. Sie saß bei ihrem *Caffè* und Mineralwasser, und nichts lag in ihrem Blickfeld, abgesehen von einem jungen Pärchen, das die ersten Schritte ins Land der Verliebtheit unternahm, und einem elegant gekleideten Geschäftsmann, der konzentriert auf seinem iPhone herumtippte. Und die allgegenwärtigen Tauben.

Schließlich fasste sie sich mit einem Seufzer ein Herz und rief in Paris an. Julien nahm augenblicklich ab, und seine Ausrufe der Erleichterung rührten sie, obwohl sie es übertrieben fand, dass er sich immer so viele Sorgen um sie machte, als sei sie eine kleine Studentin auf Weltreise. Allerdings hatte er eine Sensation zu vermelden.

»Ich habe mir die Kopien angeschaut … weißt du … von dem kleinen Notizbuch, das Palmer entschlüsselt hat und die er mir per Kurier geschickt hat. Auch wenn ich nicht alles verstanden habe, so sind die Gemäldelisten schon imponierend, wie ich finde. Ich wusste gar nicht, was in so manchen Häusern hängt, deren Besitzer ich durchaus kenne und von denen ich das eine oder andere frequentiert habe. Schon beeindruckend, nicht wahr? Allein die Bilder der Bélancourts und der Ruffini – wer hätte gedacht, dass die so viele gute

Gemälde haben? Brassens ist sogar Delacroix-Sammler, hast du das gewusst? Und Monsieur Boudreau, der bekommt ja einen Chagall-Schock, wenn er durch seine Räume geht …«

»*Grand-Papa* … bitte! Komm zum Punkt!«

»Du hast recht. Ich sollte mich nicht immer so von meiner Begeisterung mitreißen lassen. Eine *déformation professionelle*, die eigentlich ziemlich unprofessionell ist. Na schön … was soll's. Was wollte ich sagen? Ach ja, die Kürzel habt ihr noch nicht entschlüsselt, nicht wahr? Nein? Seht ihr, da ist euer alter Julien doch noch zu etwas nutze.«

»Spann mich nicht auf die Folter … bitte! Sag schon, wer sich hinter den Kürzeln verbirgt.«

»Bei P. L. bin ich mir nicht sicher, könnte Pierre Lagarde sein. Oder auch Pablo Lampérez, aber der arbeitet vor allem in Nord- und Südamerika. C. M. jedoch – das ist mit ziemlicher Sicherheit Charles Meurier. Er ist das, was man früher durchaus mit Anerkennung und widerwilligem Respekt einen Meisterdieb genannt hat. Eine Art John Robie …«

»Wer?«

»John Robie, die Katze …«

»Wie bitte?«

»*Über den Dächern von Nizza*. Cary Grant als ehemaliger Juwelendieb John Robie … den kennst du doch sicher.«

»Ach so, ja … Klettert Monsieur Meurier auch Fassaden entlang und steigt in Hotelsuiten reicher Damen ein?«

Julien lachte. »Nein, das nicht. Aber er war … oder ist … doch ziemlich *oldfashioned*. Auch wenn sein Revier nicht nur die Côte d'Azur war. Er geht, wohin man ihn schickt. Arbeitet nie auf eigene Rechnung, sondern lässt sich beauftragen. Ist nie geschnappt worden …«

»Und woher kennst *du* ihn … wenn ich fragen darf?«, fragte Isabelle nun lebhaft interessiert.

»Ach, *ma petite princesse* … du darfst mich alles fragen, musst aber nicht alles wissen. Aber schön … das gehört zu einer Phase meiner Biographie, als ich noch … etwas experimentierfreudiger war, um es mal so zu sagen. Ich war ein einziges Mal in meinem Leben bei einem Einbruch dabei, und das war mit ihm. Ich hatte den Auftrag, ein gestohlenes Gemälde wiederzubeschaffen, und bekam den Tipp, Charles Meurier anzusprechen. Das Sümmchen, das ich ihm, dem um etliche Jahre Jüngeren bot, war wohl verführerisch genug, aber er war zunächst strikt dagegen, dass ich dabei sein wollte. Erst nach längerem Hin und Her erklärte er sich einverstanden. Der Einbruch selbst war für ihn wohl eine leichte Übung, wir spazierten da rein und wieder raus, wie du mit der *Flora* aus der Villa Ledoyen. Aber für meine zartbesaiteten Nerven war das nichts, ich bin fast gestorben vor Angst. Der Clou allerdings war …« Er kicherte und zog hörbar mehrmals an einer Zigarre. »Der Clou war: Meurier hatte das Bild zwei Mal gestohlen. Auch der erste Diebstahl ging auf sein Konto. Und die ›Wiederbeschaffung‹ empfand er vielleicht als ausgleichende Gerechtigkeit.«

»Unglaublich!«

»Ja, nicht wahr? Vielleicht hat ihn der erste Auftraggeber auch mit dem Honorar über den Tisch gezogen und Meurier hat die Gelegenheit, ihm eins auswischen zu können, mit Freuden ergriffen. Wie auch immer … seither habe ich mit

Meurier nichts mehr zu tun gehabt, natürlich auf Umwegen und aus mehr oder weniger zuverlässigen Quellen das eine oder andere über ihn gehört. Die Gerüchteküche hat ja nie geschlossen. Aber ich hatte und habe keinen Kontakt mehr zu ihm. Wäre interessant zu erfahren, was aus ihm geworden ist.«

»Das kann ich dir leider nicht sagen«, meinte Isabelle lapidar. »Aber ein paar andere Neuigkeiten habe ich doch für dich.«

Und sie berichtete Julien von den Ereignissen in Venedig, auch von ihrem Besuch bei Henri Breguet.

»Wie gefällt er dir?« Juliens Frage erstarb in Husten.

»Was heißt, wie gefällt er dir? Er ist ein Fälscher, schon vergessen? Oder meinst du, ich sei seinem Charme erlegen und befände mich jetzt auf Abwegen?«

Julien lachte knarzend. »Zuzutrauen wär's ihm. Und dir auch.«

»Julien!«

»Schon gut … Aber seid ihr wenigstens bei Éloise einen Schritt weitergekommen?«, fragte er.

»Die Täterin ist noch nicht gefasst worden, wenn du das meinst.«

Julien schnaubte, kämpfte sich dann durch einen weiteren Hustenanfall. »Diese verflixte … Ledoyen«, krächzte er schließlich. »Kundschaftet so ziemlich alle Kunstsammlungen des Kontinents aus, organisiert Diebstähle, verpflichtet Diebe und Einbrecher und allerlei düsteres Gesindel. Und das alles für diesen Oberverbrecher.«

»Oberverbrecher? Wen meinst du?«

»Na, die anderen Kürzel. TGL und TGP. Habt ihr nicht rausbekommen, wer sich dahinter verbirgt?«

Obwohl er es nicht sehen konnte, schüttelte Isabelle am Telefon stumm den Kopf. Einen Moment lenkte sie der Kellner ab, der die bestellte *spremuta d'arancia* mit Eis servierte. Sie nickte ihm dankbar zu und konzentrierte sich dann wieder auf das Gespräch mit Julien.

»Nein, haben wir nicht.«

»Na ja, so leicht ist das ja auch nicht. Doch TGL und TGP, das kann im Kunst- und Antiquitätenhandel eigentlich nur eines bedeuten: *Trevillion Galleries London* und *Trevillion Galleries Paris.* Matthew Montgomery ist der große Unbekannte im Hintergrund. Éloise Ledoyen muss wohl für ihn arbeiten, wahrscheinlich exklusiv, ihrer Liste nach zu urteilen. Die meisten Bilder, die sie erbeutet hat, sind entweder nach London oder Paris geliefert worden. Ich bin sicher, bei einer Razzia würden Dutzende Gemälde entdeckt werden, die Montgomery auf dem denkbar diskretesten Weg an Privatkunden verkauft. Tja, ich fürchte, ein gewisser Teil des Erfolgs der von uns allen beneideten *Trevillion Galleries* besteht aus mit höchster krimineller Energie zusammengestohlenen Bildern.«

Isabelle holte tief Luft. *Meine Güte, was wird Andrew dazu sagen?* Sie trank in raschen Zügen das kleine Glas Orangensaft aus. Warum war ihm das nicht selbst aufgefallen? Vermutlich, weil es einfach zu ungeheuerlich war …

»Was sagst du dazu? Hast du deine Sprache verloren?« Juliens Stimme kam etwas verzerrt aus dem Mobiltelefon. Für ein paar Sekunden war der Empfang wackelig, dann wieder so klar, als säße Silva senior direkt neben ihr.

»Das ist unfassbar! Wirklich unfassbar! Wenn das stimmt … *Pépé*, du bist der Größte!«

»Weiß ich doch, *ma petite,* weiß ich doch«, sagte Julien gönnerhaft. »Und natürlich stimmt das: TGL und TGP, das können nur die *Trevillion Galleries* in London und Paris sein. Ja, hundertprozentig. Kein Zweifel möglich. Nur das Kürzel für die Lagerliste habe ich nicht entschlüsseln können.«

»Was für eine Lagerliste?«

»Hinten im Notizbuch, zwei, drei Seiten. Da sind Gemälde vermerkt, die wohl noch nicht bei Montgomery eingetroffen sind. Unter *Mel.* Keine Ahnung, was das bedeutet.«

Die Erkenntnis traf Isabelle wie ein Blitz. So plötzlich und so voller Wucht, als habe sie nur auf eine Zündung gewartet, die Julien Silva schließlich mit nur drei Buchstaben ausgelöst hatte.

Mel.

Die Abkürzung des Standorts des Sargent-Bildes. *Mel steht für Melanconia.*

»Julien?«

»Ja?«

»Diesmal bin ich am Zug, dich zu überraschen. Ich kann dir verraten, wo Éloise ihre Bilder versteckt, bevor sie sie an die *Trevillion Galleries* schickt.«

Am anderen Ende der Leitung wurde nicht mehr geschnaubt und nicht mehr gehustet. Es herrschte nur noch gespannte Stille. Isabelle sagte ihm, was *Mel.* bedeutete.

»Hundertprozentig. Kein Zweifel möglich«, wiederholte sie die Worte ihres Großvaters.

»Nun kommen wir der Sache endlich näher«, sagte Palmer, als sie sich wenige Stunden später zu einem Spaziergang durch San Marco trafen.

»Wie meinst du das?«

»Unser Plan. Er nimmt allmählich Konturen an. Ein geheimes Bilderlager der Éloise Ledoyen in Venedig … Ein Depot, zu dem wir über deinen lieben Conte Zugang haben werden. Das ist der Hebel, mit dem wir ansetzen können. Fast zu schön, um wahr zu sein.«

Er hatte die Nachricht, dass niemand anderer als sein Vater und dessen *Trevillion Galleries* die Drahtzieher hinter Éloises Aktivitäten waren, mit erstaunlicher Gefasstheit aufgenommen. Als Isabelle ihm das enthüllte, nickte er immer nur, als würde dies etwas bestätigen, was er seit langer Zeit vermutet hatte. Es schien ihn nicht zu schockieren, sondern ihm nur noch mehr Energie zuzuführen. Mit einem Schlag hatte sich ihm die Möglichkeit eröffnet, mit seinem Vater und mit Éloise abzurechnen. Endgültig und für immer. Diese Aussicht schien ihn geradezu zu elektrisieren.

Sie gingen durch die engen Gassen hinter dem Campo Santo Stefano, bahnten sich einen Weg durch die Touristen, die diesen Weg als Flaniermeile schlechthin ansahen. Dann weiter zur Ponte di Rialto, wo überhaupt kein Durchkommen war. Eigentlich hatte Palmer Isabelle in das winzige *Caffè Colombina* in der Nähe des Campo San Polo einladen wollen, einen kleinen Kaffeetempel mit einzigartiger Atmosphäre, die jeden, der unter den Gemälden in dem etwas düsteren Gewölbe Platz nahm, zu adeln schien. Doch das *Caffè* war unerwarteterweise derart überfüllt, dass Isabelle Palmer zu einem »Geheimtipp« nur wenige Ecken und Schritte davon entfernt führte, nämlich die Salons eines kleinen Luxushotels. Ein Refugium für vom Sightseeing und Shopping erschöpfte Venedig-Besucher.

Dort fanden sie eine ruhige, kühle Ecke. Palmer entwarf grandiose Pläne, wie man Éloise Ledoyen aus ihrem Schlupfloch locken könnte. Und Matthew Montgomery aus der Reserve. Doch Isabelle winkte ab.

»Jetzt sind andere dran, Andrew.«

»Wie meinst du das?«

»Wir haben alles aufgeklärt, was es zu recherchieren gab. Den Rest muss das römische Kunstdezernat erledigen. Schließlich können wir selbst Éloise und deinen Vater nicht verhaften.«

»Der Commissario hat mich bereits angerufen und mich gebeten, einen Kontakt zu Éloise herzustellen. Und das habe ich dann auch getan. Ich habe sie auf ihrem *mobile* angerufen und ihr ein Treffen vorgeschlagen. Natürlich nur zur Tarnung, ich wollte herausbekommen, wo sie sich zur Zeit aufhält. Es wird dich und deinen Conte nicht verwundern, dass sie bereits hier ist … in Venedig. Wahrscheinlich bereitet sie ihren Raubzug durch den Palazzo D'Amario vor, was weiß ich?«

»Und Silvestri? Wie hat er reagiert?«

»Sie werden ihr einen Besuch abstatten, denke ich. Sie wohnt im *Excelsior* …«

»Wo sonst?«, sagte Isabelle mit unverhohlener Häme.

Dann fragte sie sich besorgt, ob Éloise sie wohl gesehen hatte bei ihrem Lido-Spaziergang.

28

VENEDIG, RIALTO, RISTORANTE SARACENO

Der Himmel mit seinen Wolkenungetümen sah dramatisch aus, wie von Caravaggio gemalt, kurz davor, sich in einem gewaltigen Gewitter zu entladen, welches das von Touristen überflutete Areal der Rialto-Brücke überfluten würde. Es herrschte eine lastende Schwüle, und sicherlich würde ihr ein Unwetter das verdiente Ende bereiten. Doch vermutlich nicht vor Mitternacht. So etwas kündigte sich in Venedig immer lange vorher an und ließ dann auf sich warten. Solche Wolkenbrüche allerdings waren hier gefürchtet und keine Seltenheit.

Die holzparkettierte Terrasse des *Saraceno* war überfüllt, alle Tische unter den Markisen waren besetzt, aber Breguet bekam hier immer einen Platz. Er war Stammgast, kam jeden Abend zu vorgerückter Stunde hierher. Diesmal hatte er Isabelle und Palmer im Schlepptau und sich einen größeren Tisch geben lassen als sonst, wo er sich allabendlich seine Pasta und seinen Fisch an einem kleinen Einzeltisch servieren ließ.

Sie hatten Meeresfrüchte-Carpaccio bestellt, eine Spezialität des Hauses. Dann Orata in der Salzkruste; die Goldbrasse war vorzüglich. Dazu frischen Salat. Doch ob es nun die drückenden Temperaturen waren oder die lärmige Umgebung – eine spritzige Unterhaltung wollte nicht in Gang kommen. Palmer war irgendwie in sich gekehrt, vielleicht reagierte er auf Breguet, den Meister, der nun nicht mehr der große Sargent-Fälscher war, sondern nur ein zuvorkommender, amüsant plaudernder Gastgeber, aber auch nur zurückhaltend. Appetitlos stocherte Palmer in seinem Fisch, während Isabelle und Breguet der Köstlichkeit mit großem Genuss zusprachen und die Unterhaltung praktisch allein bestritten.

Von Fälschungen und Ähnlichem war nicht die Rede. Es wäre auch nicht opportun gewesen, hier mit so dicht sitzenden Tischnachbarn im Schatten der Rialto-Brücke über solche heiklen Themen zu debattieren und sich lautstark über den Lärm der heftig diskutierenden und gestikulierenden Gäste am Nachbartisch hinweg zu verständigen. Sie unterhielten sich über Kunst, was sonst, über antikes Erbe und Malerei, über das Accademia-Museum, das Isabelle sich am nächsten Tag wieder einmal anschauen wollte, über das Künstlerleben in Venedig, das so ganz anders war als in jenen fernen Tagen, als die venezianischen Maler ganz neue Malweisen erfanden. Breguet war bestens aufgelegt und ergötzte sich selbst an den Anekdoten, die er zum Besten geben konnte und die in Isabella ein dankbares Publikum fanden.

Sie hatten das Essen beendet und sich gerade Kaffee bringen lassen, als Isabelle sie langsam von der Brücke herunterkommen sah.

Sie wusste augenblicklich, dass die Frau nur auf ihren Tisch zusteuern konnte, und ein Ziehen im Unterleib vermittelte ihr ein eigentümliches Zeichen von Anspannung. Als sie in ihrem trägen, schlendernden Gang näher kam, konnte Isabelle ihr Gesicht genauer erkennen.

Wer da auf sie zukam, war niemand anderes als die schöne Unbekannte.

Mit einer energischen Bewegung stellte Isabelle die kleine Kaffeetasse ab, die sie zum Mund geführt hatte. Das Klirren schreckte auch Palmer aus seiner Versunkenheit auf. Isabelle stieß ihn in die Seite, Breguet jedoch saß mit dem Rücken zu der Herankommenden und bemerkte von alldem nichts. Mit suchenden Blicken musterte die junge Frau die Tischreihen. Dann ging ein Ausdruck des Erkennens über ihr Gesicht, ein freudiges Erkennen, und sie bewegte sich nun zielstrebig auf den Tisch zu. Und auf Palmer, der aufstand, wie er es immer tat, wenn eine Frau sich von seinem Tisch entfernte oder zu ihm zurückkehrte. Aber er schaffte es nur halb, sich aufzurichten, zu groß, zu überwältigend war sein Erstaunen.

»Ich habe dich gefunden«, sagte sie, so einfach, als hätte sie ihn erst am Nachmittag verlassen, um ihn am Abend in diesem Restaurant wiederzusehen.

Palmer nickte nur. Auch Breguet nickte, aber anders, wissend. Er wies mit einer Kopfbewegung und einem Grinsen auf den leeren Stuhl neben sich.

»Setz dich zu uns, Chiara. Dies sind Isabelle Silva … und Andrew Palmer. Sie haben zusammen an einem Fall gearbeitet … an *unserem* Fall, um genau zu sein.«

Nur wenige Augenblicke später fielen die ersten Tropfen. Große Tropfen, die immer dichter, immer rascher auf die riesigen Markisen des Restaurants prasselten, die sich unter dem Gewicht des Schauers gefährlich senkten. Einige weniger wagemutige Gäste stoben prustend ins Innere des *Saraceno*, wo sie mit ihren Gläsern und Tellern Schutz suchten, obwohl ihnen unter der Markise eigentlich nichts passieren konnte. Doch die Markise hielt der Last der herabstürzenden Wassermassen nicht stand. Breguet ließ sich nicht einmal von diesem Fiasko beeindrucken, sondern stand seelenruhig auf, drückte einem der Kellner gleichmütig ein paar Scheine in die Hand und hieß dann seine Gäste mit einer Kopfbewegung, ihm zu folgen.

Es waren nur wenige Schritte bis zu seiner Wohnung in der Calle Paradiso, doch diese kurze Zeit des Gehens durch ein geradezu apokalyptisches Niederrauschen ungeheurer Regenmengen reichte, um alle bis auf die Haut zu durchnässen, die nicht in Hauseingängen Schutz suchten. Isabelle sah aus dem Augenwinkel, dass Chiara, die Fremde, die nun wie ihre Urgroßmutter Francesca nicht länger unbekannt, wohl aber tatsächlich so schön wie auf dem Bild war, mit Palmer im Laufschritt davonstürmte. Breguet folgte ihnen gemessenen Schrittes, aber noch langsamer ging Isabelle, die wie betäubt war. Ihr rotes Sommerkleid war nass und hing schwer an ihr. Sie trug keinen BH, sondern nur einen Slip darunter, und auch dessen Seide hatte sich mit Wasser vollgesaugt, als müsste er es speichern.

Sie war bereits nach wenigen Augenblicken klatschnass, also warum sollte sie sich beeilen? Niemand wartete auf sie, niemand führte sie, auch der vor ihr herschreitende Breguet nicht, der von seltsamem Gleichmut war. Sie wusste, dass die Wohnung nur um zwei Ecken entfernt lag, und würde mühelos dahin finden. Also ließ sie sich Zeit und spazierte zuerst bis zum Platz vor der Kirche San Aponal, der nun menschenleer war und in dessen Mitte sie sich in den Regen stellte, der von Grollen, Donner und Blitzen begleitet die Herrschaft über den sonst so idyllischen *campo* an sich gerissen hatte. Sie richtete den Blick nach oben, als stünde sie in einer Dusche oder mitten im dschungelwarmen Regen auf Sumatra. Und als sei das Nass, das vom Himmel fiel, lang ersehnt.

Und so war es auch, in gewisser Weise. Es bildete den dramatischen Schlusspunkt unter eine abenteuerliche Suche nach einer Unbekannten, die auf einem Gemälde aus dem späten neunzehnten Jahrhundert porträtiert worden war und nun so unbefangen über die Rialto-Brücke spaziert war, als sei sie eben dem Bild entstiegen und als sei dies das Alltäglichste von der Welt. Trotz der schummrigen Lichter auf der *Saraceno*-Terrasse hatte Isabelle sie gleich erkannt.

Und Breguet, der gesenkten Hauptes ruhig durch den Regen gegangen war und nur seinen Mantelkragen hochgeschlagen und seinen Hut tief in die Stirn gezogen hatte, war vermutlich ihr Geliebter, dem Kuss nach zu urteilen, den Chiara ihm zur Begrüßung auf den Mund gegeben hatte. Er hatte den Arm um sie gelegt und sie kurz an sich gedrückt, eine besitzergreifende Geste. Doch hatte er sie gleich wieder losgelassen, denn es war allzu offensichtlich, dass Chiaras Blicke, ihre ganze Aufmerksamkeit in diesem kulminierenden Augenblick niemand anderem galt als Andrew Palmer, dem romantischen Ritter, von dem sie nicht mehr den Blick wandte.

Sie trug die dunklen Haare anders als auf dem Bild, doch das überaus feine Gesicht war unverkennbar und unverwechselbar. Chiara D'Amario war eine Schönheit, das konnte niemandem verborgen bleiben. An diesem Abend trug sie ein weißes Hemd, das sie vor ihrem Bauchnabel zusammengebunden hatte, und eine Jeans, die restlos *grunge* war. Sie war auf vollkommene Weise schlicht gekleidet, wirkte aber wie eine Erscheinung. Denn die Befangenheit, die sich über den Tisch gelegt hatte, wich mit den ersten großen Tropfen einer kollektiven Erleichterung der kleinen Tischgesellschaft. Chiara D'Amario hatte allein durch ihr Erscheinen das Geheimnis gelüftet, ganz offensichtlich von Breguet angestiftet, der tatsächlich die angekündigte große Überraschung wahrgemacht hatte.

Isabelle hatte kein einziges Wort gesagt. Aber auch Palmer nicht. Er war sprachlos. Und schien, wenn man sein Lächeln richtig deutete, restlos glücklich zu sein, wie über ein Wunder, auf das er immer gewartet hatte, ungeachtet des Wissens, wie unwahrscheinlich solche Wunder waren. An Isabelle schien er keinen Gedanken mehr zu verschwenden; als er mit Chiara im Arm durch den Regen lief, schaute er kein einziges Mal zurück.

Die schöne Unbekannte. Es gab sie wirklich, das war nun auch für Isabelle keine Frage mehr. Chiara D'Amario, die Enkelin des Conte. Allzu auffällig war die beneidenswerte Ähnlichkeit zu ihrer Ur-Urgroßmutter Francesca. *Sie wird uns einiges zu erklären haben,* dachte Isabelle, als sie Breguets Haus erreicht hatte, die steinernen Stufen hochgestiegen war und sich als Erstes ihres Kleides entledigen und sich abtrocknen wollte. Die Tür zum Dachatelier mit den großen Fenstern, auf die der Regen prasselte, stand offen, ein kühler Wind wehte herein. Breguet hatte seinen Gästen etwas Hochprozentiges serviert, das in kleinen Gläsern vor ihnen stand. Sie alle blickten Isabelle erwartungsvoll an, als sei sie der Stargast des Abends.

Sie nickte nur kurz, als sie die Wohnung betrat, schob sich im Gehen die Träger ihres Kleides von den Schultern, und es wirkte wie eine genau kalkulierte Geste, dass das Kleid just in dem Moment von ihren Schultern fiel und zur Erde glitt, als Isabelle die Badezimmertür erreicht hatte. Rechtzeitig, um den anderen nicht mehr als einen reizvollen Blick auf ihren Rücken zu bieten, verschwand sie im Badezimmer, wo sie sich abtrocknete. Das Kleid ließ sie auf dem Boden liegen, wo seine dunkle Röte wie ein Blutfleck wirkte. Schließlich erhob sich Chiara und hängte es auf, in das offene Küchenfenster, wo es im Wind trocknen konnte.

Als Isabelle das Atelier wieder betrat, hatte sie sich die Haare hochgesteckt und Breguets Seidenbademantel angezogen; ein anderes Kleidungsstück hatte sie in dem kleinen Badezimmer nicht gefunden und die Handtücher waren zu klein gewesen. Dann nahm sie rücklings auf einem der Stühle Platz und nippte an dem Glas, das Breguet ihr hingestellt hatte. Palmer und Chiara hatten sich nebeneinander auf das Sofa gesetzt und erweckten den Eindruck, als wollten sie sich den Eltern vorstellen.

»Es wäre entzückend«, begann Isabelle, »wenn wir einige Erklärungen bekommen könnten … Signor Breguet … Signorina Chiara. Wenn es Ihnen nichts ausmacht.«

Breguet öffnete den Mund zu einer Antwort, doch Chiara kam ihm zuvor und legte ihm eine Hand auf den Arm, wie um ihn zum Schweigen zu bringen. »Lass mich die Geschichte erzählen.« Breguet nickte.

Isabelle blickte zu Palmer, der nur auf den Boden starrte. Vielleicht wusste er bereits mehr als sie, möglicherweise hatte Chiara mit ihm schon ein paar Worte gewechselt, draußen im Regen oder hier in der Sicherheit vor allen Unwettern und Widrigkeiten dieser Welt. Dann hob er den Blick, schaute Isabelle kurz an, aber seiner Miene war nichts zu entnehmen als gespannte Konzentration.

»Ich bin Henris Schülerin«, begann Chiara schlicht. »Ich nehme bei ihm Stunden, sitze ihm Modell, manchmal. Wir sind kein Paar«, sagte sie mit Nachdruck und mit einem Blick auf Palmer, der verständnisvoll nickte, als habe er nichts anderes erwartet. »Zumindest leben wir nicht zusammen. Ich studiere in Barcelona Kunstgeschichte und Medienwissenschaft, bin aber in den Semesterferien fast immer in Venedig, wo ich bei meinem *Nonno* wohne. Henri hat mich das Malen gelehrt …«

»Das Fälschen, möchten Sie wohl sagen.« Isabelle schnaubte verächtlich.

Chiara wollte auffahren, doch Henri brachte sie mit einer beschwichtigenden Handbewegung zum Schweigen. »Doch, Chiara, auch das ist die Wahrheit. Die muss jetzt auf den Tisch …«

Sie schwieg und schaute dann alle ihre Zuhörer der Reihe nach an, wie um sich ihrer vollen Aufmerksamkeit zu vergewissern.

»Okay, Malen … Fälschen … ich will nicht um Worte streiten. Ich bin weder eine Meistermalerin noch eine Meisterfälscherin. Aber ich gebe zu, dass das Metier mich fasziniert. Henri hat mir alles beigebracht, was ich wissen muss. Jetzt ist es an mir, was ich daraus mache. Ich habe aber keineswegs vor, in seine Fußstapfen zu treten.«

Sie wandte sich jetzt wieder Palmer zu, in dessen Miene sich ein feines, undurchschaubares Lächeln festgefroren hatte.

»Da war unsere Begegnung im Nachtzug nach Barcelona … unser Gespräch im Speisewagen, beim Frühstück. Meine Güte, Gespräch konnte man es kaum nennen, als wir uns gegenübersaßen. Wir haben ein paar Worte gewechselt, über den *Schatten des Windes*, den ich las. Über das Reisen in Zügen, über die Langsamkeit, über das Schauen von Bildern und vor dem Fenster vorbeifliegender Landschaften … wie verschieden beides ist … so etwas. Du hast gesagt, du seist Kunsthändler, aber nicht, wo. Ich wusste nichts von dir, nicht wo du wohnst, nicht wer du bist, nicht einmal deinen Namen. Du warst schüchtern, scheu fast … ich war mir nicht sicher, ob das nur Höflichkeit war oder doch … ein bisschen … verschämtes Interesse an mir. So plätscherte unsere kleine Konversation dahin, und wir näherten uns Barcelona, unserem Ziel, fuhren durch die Vororte, als du aufstandest und sagtest, du müsstest zurück in dein Abteil. Es ging so schnell … mir blieb in meiner Verwirrung nichts zu sagen und zu fragen. Ich wollte deinen Namen wissen, deine Adresse, deine Telefonnummer … irgendetwas, um nach der Ankunft Kontakt mit dir aufnehmen zu können. Aber du standest so abrupt vor mir und unser Abschied geriet so hastig und in so seltsamer Verlegenheit, dass ich vollkommen verwirrt zurückblieb. Und dann, schon im Gehen, mit einem raschen Blick zurück, hast du etwas gesagt, das es mir schlicht unmöglich machte, diese kleine Begegnung, die nicht einmal ein Flirt war, je wieder zu vergessen. Weißt du es noch?«

Palmer nickte. Kaum hörbar sagte er: »Es ist tragisch, eine schöne Unbekannte zurücklassen zu müssen.«

Chiara senkte beschämt die Augen. »Weißt du, was ich gehört habe?«

Palmer schüttelte den Kopf.

»Ich weiß nicht, ob es das Rattern der Räder war, das quietschende Geräusch beim Abbremsen des Zuges, der auf die Estació de Franca zusteuerte … ich hatte gehört: Es ist tragisch, *dich* schöne Unbekannte zurücklassen zu müssen. Vielleicht habe ich es auch nur hören wollen. Jedenfalls machte es mir dieser Satz, der sich in mein Gedächtnis einbrannte, unmöglich, das kleine ironische Lächeln auf deinen Lippen, mit dem du dich wieder umwandtest, anders zu deuten denn als einen wehmütigen kurzen Abschied, der nur ein paar Minuten dauern würde, jedoch niemals endgültig sein konnte.«

»Ich habe dich nicht mehr gefunden … Ich bin durch den ganzen Zug gelaufen, habe in jedes Schlafabteil geschaut …«

»Ich hatte keinen Schlafwagenplatz«, flüsterte Chiara. »Ich bin so rasch wie möglich ausgestiegen und habe den ganzen Bahnhof nach dir abgesucht …«

»Wir haben uns verpasst«, stellte Palmer nüchtern fest. »Unglaublich, aber so war es.«

»Und das Bild?«, fragte Isabelle. »Warum das Bild?«

»Er hatte ›schöne Unbekannte‹ gesagt, nicht wahr? Das ging mir nicht mehr aus dem Kopf. Und eines Tages, in einem Gespräch mit meinem Großvater … da erwähnte *Nonno* zufällig den Titel dieses Gemäldes in unserem Familienbesitz, und er meinte, er habe es schon Jahre nicht mehr gesehen, aber ich sähe seiner Großmutter Francesca sehr ähnlich und dass sie *una bellezza* gewesen sei. Er sagte es so … zärtlich zu mir, dass ich geschmeichelt war und … gerührt. Ich fuhr zur *Villa Melanconia* hinaus und fand das Gemälde im Schlafzimmer der Contessa. Eine halbe, eine ganze Stunde blieb ich vor dem Porträt stehen. Der Eindruck war verblüffend. Wenn die Contessa in ihrem Prunkbett lag, hatte sie ihr eigenes Jugendbildnis vor Augen gehabt. Es muss deprimierend gewesen sein, dem eigenen Altern vor diesem strahlenden Bild ihrer längst vergangenen Jugend zusehen zu müssen. Ich empfand das Gemälde als eine glühende Vision weiblicher Schönheit, die nur eine Feindin kennt: die Zeit.

Wenn dies Francesca D'Amario war, dann hatte John Singer Sargent sie noch vor der Blüte ihrer Jahre gemalt. Und wenn sie tatsächlich die Geliebte oder Muse des Malers gewesen war – ein bislang unbekanntes Detail der Biographie des Künstlers –, dann hatte Sargent sie ganz offensichtlich in einer Phase höchster Verliebtheit auf die Leinwand gebannt.«

Chiara senkte den Blick, als habe sie damit auch etwas von sich selbst enthüllt.

»Und ich war ihr tatsächlich wie aus dem Gesicht geschnitten«, fuhr sie fort. »Ich hatte das Gefühl, in einen Spiegel zu schauen. Die Ähnlichkeit war frappant … überwältigend. Als mir dann Andrews Worte wieder durch den Kopf gingen und ich den Bildtitel wieder und wieder las …«

»Da fassten Sie einen Plan«, half Isabelle ihr auf die Sprünge.

»Zuerst war es nur eine verschwommene Idee. Vollkommen verrückt, das Ganze, ich weiß. Absolut unwahrscheinlich. Doch ich sah buchstäblich keine andere Möglichkeit, den Unbekannten aus dem Nachtzug aus der Ferne auf mich aufmerksam zu machen. Es war ein Versuch … ein Köder, den ich auswerfen wollte, um Andrew auf meine Spur zu locken. Ich kannte, wie gesagt, weder seinen Namen noch seine Adresse.

Aber ich wusste, dass er Kunsthändler war. Bestimmt würde er die großen Auktionen verfolgen, dort Gemälde ersteigern; er hatte London erwähnt, Paris. Und eben auch Wien. Es war einen Versuch wert, auch wenn mein Optimismus, ihn auf diese Weise zu finden, immer wieder ins Wanken geriet.«

Chiara nahm einen Schluck aus ihrem Glas, das sie mit einer verlegenen Miene wieder abstellte. Sie senkte den Blick.

»Ich nahm das Bild mit. Ich wollte es mir eine Zeitlang ausleihen, dann wieder zurückbringen … wenn alles vorbei war. Ich lieferte es im Auktionshaus ein …«

»Aber Sie konnten doch in keiner Weise sicher sein, dass Andrew Palmer das Bild ersteigern würde. Das war doch pures Hazardspiel. Der Zuschlag hätte an jeden der Auktionsbesucher und Bieter im Saal gehen können.« Isabelle schüttelte den Kopf über so viel Naivität.

»Ja, es war verrückt. Ich war blind vor … Liebe.« Chiara warf Isabelle einen trotzigen Blick zu. »Natürlich war mir klar, dass es auch anders ausgehen könnte, doch es wurde geradezu zu einer Obsession, einer fixen Idee, dass Andrew nach Wien kommen und das Gemälde ersteigern würde. Zum Schluss hielt ich gar nichts anderes mehr für möglich. Es würde so kommen, weil es so kommen musste … Eine *self-fulfilling prophecy*. Verstehen Sie?«

»Aber ich war nicht in Wien auf der Auktion«, warf Palmer ein.

»Dabei war ich mir so sicher, dass du auf das Bild aufmerksam geworden seist. Es prangte als Titelbild auf dem Katalog, und ich konnte mir gar nichts anderes vorstellen, als dass du als

Kunsthändler den Dorotheum-Katalog zu Gesicht bekommst. Und mich dazu …«

»Die schöne Unbekannte wollte sich zu erkennen geben«, warf Isabelle ein, noch immer konsterniert über die Liebesblindheit dieses Mädchens, das ihnen hier und jetzt ihre unglaubliche Geschichte erzählte.

»Ich war in Wien, im Dorotheum dabei. Und wie abgrundtief enttäuscht, als nicht Andrew das Bild ersteigerte, zu diesem Wahnsinnspreis, sondern Sie, Isabelle. Ich war wie vor den Kopf geschlagen. Er war überhaupt nicht da. Und nicht in meinen kühnsten Phantasien habe ich mir vorgestellt, dass Andrew einer anderen Person den Auftrag erteilt haben könnte, es für ihn zu ersteigern. So war es doch, oder?«

»Ja, so war es. Nur seltsam …«, warf Isabelle ein, »dass Sie mir im Auktionssaal … dass mir Ihre Ähnlichkeit mit dem Bildsujet nicht aufgefallen ist.«

»Ich hatte *Sie* schon bemerkt, wissen Sie. Sie sind nicht gerade eine Frau, die man zu übersehen pflegt. Doch Sie hatten kein Auge für mich, sie waren ins Gespräch mit Ihrem Nachbarn vertieft und dann ganz beansprucht von dem Bietgefecht mit dieser blonden Hexe, die Ihnen das Bild streitig zu machen suchte. Sie haben mich einfach nicht gesehen. Ich aber hatte mir immer wieder den Blick vorgestellt, mit dem er mich anschauen und erkennen würde. Die *schöne Unbekannte*, wie er *mich* genannt hatte … Er würde, er sollte das Bild bekommen. Und mich dazu.«

29

VENEDIG, RIVA DEGLI SCHIAVONI, PENSIONE DEL SOLE

Sie wusste, das Spiel war aus für sie. Nicht Éloise Ledoyen, die hitzköpfige Rivalin, hatte den Sieg davongetragen, den Sieg über Andrews Herz, sondern eine kleine Studentin, die ihrem Großvater ein Familienerbstück entwendet hatte, um aus einer flüchtigen Bekanntschaft die Liebe ihres Lebens zaubern zu können. Ein Bild als Lockvogel – raffiniert, das musste sie zugeben, und von völlig unschuldiger Naivität. Chiara hatte nicht wissen können, dass Isabelle Silva ihr Herz an ihren Auftraggeber verloren hatte, ja, nicht einmal, dass es einen solchen Auftraggeber gab. Eine schicksalhafte Macht schien die Herrschaft über diese Geschichte an sich gerissen zu haben. Wie oft hatte sie nicht schon den Satz gelesen »Es brach ihr das Herz«, und nun musste sie feststellen, dass es tatsächlich geschehen konnte. Das Herz kann einem brechen, und es ist ein starker, physischer Schmerz, ein lauter, brüllender Schmerz, der dabei die tiefsten Tiefen des Körpers erschüttert.

Den ganzen Tag ließ sie sich ziellos durch Venedig treiben, in Gedanken versunken, wie es nun weitergehen sollte. Warum nicht Andrew Palmer seinen Krempel vor die Füße werfen, ihn mit seiner schönen Unbekannten glücklich werden lassen? Und ob er sein Bild wiederbekam und Éloise Ledoyen noch zur Strecke gebracht wurde, konnte ihr inzwischen herzlich egal sein. Doch sie hasste es, Dinge, die sie begonnen hatte, nicht zu Ende zu bringen. Sie glaubte, es sich schuldig zu sein. Jetzt erst recht. Alles andere wäre unprofessionell gewesen. Und doch hatte sie keinen Plan.

Mit dem *telefonino* am Ohr streifte sie durch die *calli* von San Marco und Dorsoduro, spazierte über Brücken und Plätze und redete lange mit Julien, dem sie alles erzählte von Chiara D'Amario und ihrem tollkühnen Plan, den Mann ihres Herzens für sich zu gewinnen. Und wie dieser Plan nach allerlei Irrungen und Wirrungen doch noch aufgegangen war. Bei jeder Wendung, welche die Geschichte nahm, hörte sie über die weit über eintausend Kilometer zwischen Paris und Venedig hinweg hektisches Ziehen an der Zigarre, erstaunte Ausrufe, tadelnde Einwürfe. Immer wieder Husten.

»Aber … aber, *princesse* … das ist ja kaum zu fassen! Dieser Palmer … dieser Schuft … hat dir das Herz gebrochen. Und ich bin jetzt nicht einmal bei dir, um dir mein berühmtes weißes Taschentuch zu geben.«

»Ja, das könnte ich jetzt gut gebrauchen. Andrew hat sich für seine schöne Unbekannte entschieden.«

Im kleinen Garten des Museums von Peggy Guggenheim sprach Isabelle mit Hélène – ein Telefonat, das einfach kein Ende fand, obwohl ihre Freundin immer wieder Kunden bedienen und das Gespräch kurz unterbrechen musste – so wichtig war es Isabelle, die vertraute Stimme der Buchhändlerin im fernen Paris zu hören. Dann flüchtete sie in die Accademia, die erstaunlicherweise an diesem Nachmittag mal nicht überlaufen war, und suchte Trost in den ausgestellten Bildern. Allerdings war Giorgiones *Sturm* – eines ihrer Lieblingsbilder, vielleicht weil es so rätselhaft war – gerade ausgeliehen, an eine Ausstellung in Boston. Der freie Platz, an dem dieses Gemälde sonst hing, ließ ein Gefühl der Leere in ihr aufkommen, als sei das Bild nun für immer verschwunden. Deprimiert verließ sie das Museum wieder, und mitten auf der Accademia-Brücke klingelte das Telefon.

Es war Andrew.

»Isabelle … endlich … ich konnte dich nicht erreichen …«

»War im Museum«, sagte sie knapp.

»Im Museum … aha. Wir müssen uns sehen, Isabelle.«

»Das denke ich nicht.«

»Komm schon, Isabelle. Gib mir eine Chance. Wir sollten reden, findest du nicht?«

»Liebe sind Taten, keine Worte.« Kaum ausgesprochen, ärgerte Isabelle sich über diesen pathetischen Spruch. *Als ob es hier noch um Liebe geht.*

»Aber wir müssen … wir sollten diese Sache zu Ende bringen.«

»Von mir aus ist sie zu Ende. Sie ist gestern Abend zu Ende gegangen.«

»Ich verstehe ja, dass du verärgert bist. War wahrscheinlich auch nicht die feine englische Art, dass ich nur Augen für Chiara hatte. Aber das war alles so … überraschend. Und du bist so rasch aufgebrochen, gerade, als dein Kleid wieder trocken war, bist du auf und davon. Ich hätte dich doch noch nach Hause gebracht …«, setzte er kleinlaut hinzu.

»Nicht nötig, Andrew, ich finde mich in Venedig ganz gut zurecht. Und ich war und bin jetzt vollkommen überflüssig in deinem kleinen Liebesdrama. Du hast Chiara gefunden … deine schöne Unbekannte. Und das Bild, das dem Conte gehört … das wird wahrscheinlich Commissario Silvestri wieder beschaffen. Wenn er erst einmal Éloise überführt hat. Das liegt jetzt in seinen professionellen Händen. Ich … ich bin raus aus dem Fall, Andrew.«

»Du kannst doch jetzt nicht so einfach abreisen. Wir müssen uns noch einmal sehen.«

»Besser nicht. Ich werde meinen Part heute Nachmittag erfüllt haben, nachdem ich mir Éloises Depot in der Familiengruft der *Villa Melanconia* angeschaut habe. Wenn ich Glück habe, finde ich das Bild, dann rufe ich Silvestri und D'Amario sofort an. Und dich auch. Der Conte erhält sein Bild wieder, du bekommst deine Million zurück und kannst dir künftig deine schöne Unbekannte *in natura* anschauen, so oft und so lange du willst. Julien wird dir eine Rechnung schicken. Sie wird happig sein, das kann ich dir jetzt schon versichern.«

»Es geht mir doch nicht um das Geld.«

»Nein, natürlich nicht. Es ging und geht dir immer nur um die schöne Unbekannte. Jetzt hast du sie. Weißt du noch, wie wir in Wien darüber gesprochen haben: Am Ende wirst du das Bild haben oder die Geliebte?«

»Isabelle … du … ich …«

»Leb wohl, Andrew. Ruf den Commissario an, er wird dich auf dem Laufenden halten. Und bring die Sache mit deinem Vater in Ordnung. Und … und werde glücklich.« Bevor ihre Stimme brach, setzte sie noch tränenerstickt hinzu: »Es war eine wunderbare Zeit mit dir … für mich. Doch es ist nun vorbei, verstehst du?«

Dann legte sie auf, ohne seine Antwort abzuwarten.

Die Ernüchterung traf sie wie ein Kälteschock. Dass es nun ausgesprochen war, erleichterte sie. Mit einem zittrigen Lächeln kämpfte sie gegen die Tränen an. So trat Isabelle den Rückweg zu ihrer Pension an. Sie war genug herumgelaufen, hatte genug gegrübelt und sehnte sich nach Ruhe, die sie in ihrem Zimmer zu finden hoffte.

Im Appartement unter dem Dach zog sie ihr dunkelrotes Sommerkleid aus, hängte es über einen Bügel und legte sich nackt auf die seidene Tagesdecke des Bettes. Sie blickte starr nach oben, auf den venezianischen Kristalllüster, der über ihr hing, und für einen kurzen, aber umso schrecklicheren Moment gab sie sich der absurden Vorstellung hin, der Kronleuchter würde auf sie herabstürzen und unter sich eine Frau begraben, der man den Boden unter den Füßen weggezogen hatte, einfach so.

Dass dies das Ende der Geschichte war, war ihr klar. Daran gab es nicht den geringsten Zweifel. Die *amour fou* zwischen Palmer und seiner nun nicht mehr Unbekannten würde sich entwickeln, sie hatte ihren verheißungsvollen Anfang in beider Augen gesehen. Wohin auch immer, aber das konnte ihr egal sein. Sie würde morgen noch einmal den Conte aufsuchen, dann zur *Villa Melanconia* hinausfahren und am Abend zurück nach Paris fliegen, zu Julien. Und sich vielleicht weiter bei Hélène ausweinen, wie man es eben tut, wenn man Trost braucht, obwohl man genau weiß, dass es keinen Trost gibt, von niemandem.

Sie stand auf und öffnete das Fenster. Es war kühler geworden, doch kaum weniger schwül als vor all den Gewittern der letzten Tage. Vermutlich würde es noch ein weiteres geben in dieser Nacht. Aus der Richtung der Lagune rollte ein Geräusch heran, das wie ferner Donner klang, und es war nicht auszumachen, ob es die letzten Ausläufer der Unwetter waren, die sie erlebt hatte, oder ob sie ein neues ankündigten. Sie fand das dramatische Wetter passend zum Aufruhr ihrer Gefühle, in dem sie sich befand, schutzlos, wie ihr schien. *Was für eine verrückte Geschichte, in die ich mich habe hineinziehen lassen.* Sie beugte sich aus dem Fenster. *Und sie findet ein so banales Ende. Ich kann nicht einmal mit voller Berechtigung wütend auf jemanden sein.* Nicht einmal auf Andrew Palmer, wie sie sich eingestand. Er hatte nie einen Hehl aus seiner euphorischen Verliebtheit in die schöne Unbekannte gemacht, nur Isabelle hatte sie einfach nicht ernst genommen, nicht einmal in Erwägung gezogen, dass es doch eines Tages ernst werden könnte. Dieser Tag war schneller gekommen, als sie in ihren kühnsten Phantasien hätte annehmen oder erwarten können.

Widerwillig musste sie lächeln bei dem Gedanken an das Urteil des Herkules, dutzendfach in der Barockzeit gemalt, eine klassische Allegorie, die mythologische Motive benutzt, um moralische Themen zu illustrieren. Eine der beliebtesten Gemäldegattungen des ausgehenden siebzehnten Jahrhunderts. Das Thema ist sehr einfach: Herkules, der starke Mann der Antike, bekleidet nur mit einem knappen Löwenfell, damit der Betrachter sowohl ihn identifzieren sowie das Können des Malers bei der Darstellung des männlichen Körpers bewundern kann, steht zwischen zwei Frauen und lauscht ihnen. Beide sind wunderschön, aber die eine trägt meistens sehr strenge Kleider, die fast ihren ganzen Körper verhüllen, und hält häufig ein Schwert in der Hand. Sie ist die Tugend, manchmal in der Person der Athene, der Tochter des Zeus und der Streiterin für die gerechte Sache, dargestellt.

Auf der anderen Seite befindet sich die zweite Frauengestalt, oft träge am Boden liegend und immer halbnackt. Sie redet vielleicht nicht viel, aber sie führt Herkules mit ihrer hingestreckten Gestalt in Versuchung. Sie ist das süße Leben, manchmal Laster genannt und manchmal Versuchung, in der Person der Aphrodite, der Göttin der Liebe. Links, wo Athene steht, ist eine ziemlich steinige und hügelige Straße, die zum Ruhm und zur Erfüllung führt, auf Aphrodites Seite dagegen schlängelt sich ein bequemer Pfad, der an allen möglichen Lustbarkeiten vorbei ins Nichts führt.

Herkules hört sich die Argumente der Frauen an und versucht sich zu entscheiden, welchen Weg er einschlagen soll. Im Allgemeinen ist sein Gesicht das des Mäzens, der das Bild bezahlt hat, und er ist genau in dem Moment dargestellt, da er sich Athene zuwendet. Eine hübsche, schickliche Schmeichelei.

Mein Herkules hat sich anders entschieden.

Sie genoss das leichte Frösteln, das der kühle Wind auf ihrer Haut hervorrief, die von einem feinen Schweißfilm überzogen war. Träge massierte sie die Herzgegend unterhalb ihrer linken Brust, als müsse sie sich ihrer Körperlichkeit vergewissern. Eros hatte ihr seinen Liebespfeil ins Herz getrieben und ihn dann unter Zufügung größtmöglichen Schmerzes wieder herausgezogen. Nun stand sie da, verwundet und schutzlos, preisgegeben diesen lächerlichen Empfindungen, mit denen sie rang wie mit Dämonen, die nicht von ihr lassen wollten. In nur einer einzigen Stunde war das Fieber, das Andrew Palmer in ihrem Herzen entzündet hatte, rapide gesunken. Nun hatte sie Abschied genommen und wartete auf Gesundung ihres wunden Herzens.

Sie ließ das Fenster weit offen, die abendlichen Geräusche der Riva degli Schiavoni drangen herein, viel zu leise, um als störend empfunden zu werden. Der Wind bauschte die

Vorhänge aus weißem Musselin, Schatten tanzten durch den Raum. Isabelle legte sich wieder auf das große Bett; es war nun auch im Zimmer kühler geworden, so dass es ihr angeraten schien, unter die dünne Bettdecke zu schlüpfen. Sie schloss die Augen und hoffte Schlaf zu finden. Eine Hoffnung, die nicht viel Kraft haben würde, wie sie befürchtete. Dann, nach einer halben Stunde, hatte der Schlaf ein Einsehen und hüllte sie ein, nahm sie mit sich fort in sein Land. Er brachte Träume mit, die wunderlicherweise keinerlei Schrecken kannten, sondern nur eine sanfte Sinnlichkeit, mit denen sie durch die Fluten des Unbewussten trieb, als habe sie ein Recht erworben, sich geborgen zu fühlen, trotz allem.

Sie wurde vom Klingeln des Telefons geweckt. Ein Blick auf die Uhr. Schon zehn Uhr. Ein neuer Tag hatte Venedig erobert.

»Signorina Silva«, sagte Commissario Silvestri mit morgenmunterer Stimme. »Entschuldigen Sie, wenn ich Sie so früh störe. Aber wir kommen soeben von Signorina Ledoyen. Wir haben sie in ihrem Zimmer im *Excelsior* aufgesucht, dort sogar alles durchsucht. Ein türkisfarbenes Notizbuch haben wir leider nicht gefunden. Und Ihre Verdächtige hat alles abgestritten, wie nicht anders zu erwarten war. Eine höchst attraktive, höchst arrogante und höchst empörte junge Dame, muss ich sagen. Schwer vorstellbar, dass sie die Drahtzieherin einer Kunstraubserie sein soll, wie Sie sagten.«

Isabelle seufzte. Kein Notizbuch, na schön. Dann musste sie ihr eben – Plan B – das zweite Exemplar unterschieben. Der Commissario würde erneut suchen und – *coucou, me voilà* – einen Fund machen, mit dem man sie doch noch zweifelsfrei überführen konnte. Sie rief sich schon das *Excelsior* vor Augen, und blitzschnell durchzuckten ihre Gedanken verschiedene Möglichkeiten, Silvestri das Büchlein zuzuspielen.

»Commissario, ich bringe Ihnen den Beweis. Versprochen! Ich weiß zwar noch nicht, wie und ob heute oder morgen, doch verlassen Sie sich darauf. Nur eine Bitte hätte ich: Behalten Sie sie im Auge.«

Nun war es an Silvestri zu seufzen. »Sie haben vierundzwanzig Stunden, Signorina Silva. Mehr kann ich Ihnen nicht zugestehen. Und wir bleiben an ihr dran … wenn möglich. Sollte sie uns nicht mit einem superschnellen Motorboot in der Lagune davonfahren …«

30

VENETIEN, BRENTA-KANAL, VILLA MELANCONIA

Totes Laub, das seit dem letzten Herbst niemand zusammengekehrt hatte, raschelte unter ihren Schuhen, während sie auf das Gebäude zuschritt. Die Mauer des Parks hinter der Villa wurde von Granitsäulen abgeschlossen, auf denen verwitterte Skulpturen aus graugrünem Stein standen. Überhaupt war der Garten völlig verwahrlost, von der Vegetation überwuchert, die alles unter sich begrub. Bänke und Aussichtsterrassen, mit rostigen Geländern und bemoosten Steinböden. Marmorstatuen von mehr oder weniger bekleideten Göttinnen, die den Weg früher einmal flankiert hatten und nun ebenfalls vom allgegenwärtigen Verfall in Mitleidenschaft gezogen waren. Auf der linken Seite neben einem ausgetrockneten Teich voller abgestorbener Wasserpflanzen ein steinerner Brunnen mit einem weiblichen Engel, der den Kopf ermattet zum himmlischen Schlummer auf ein Buch gebettet hatte. Die Augen blickten leer, und aus dem halb geöffneten Mund tröpfelte Wasser. Die ganze Atmosphäre des

Parks hinter der Villa war von einer unendlichen Traurigkeit durchtränkt, der Isabelle sich auch diesmal nicht entziehen konnte. *Villa Melanconia*, wiederholte sie bei sich. Welch passender Name, nicht nur für das Gebäude, sondern auch für den Pavillon, ja, das gesamte Anwesen.

Dichter Efeu rankte sich an der Wand, an den Fenstergittern empor und an der moosbedeckten, mit alten, zum Teil zerborstenen Kacheln verkleideten Steintreppe des verlassenen und nur noch von Geistern bewohnten Ruhestätte einer einstmals großen venezianischen Familie.

Die Familiengruft der D'Amarios war ein nicht sehr großes Gebäude aus dem achtzehnten Jahrhundert mit verblichener ockerfarbener Fassade, an der ein verspielter Baumeister Verzierungen angebracht hatte, fast verdeckt von den wie ein Schutzwall dicht stehenden Bäumen. Das Portal, eine schmiedeeiserne Tür, war mehrfach gesichert, durch ein Schloss und zusätzlich durch abschließbare Riegel. Isabelle hatte vom Conte D'Amario ein ganzes Schlüsselbund mit schweren Eisenschlüsseln bekommen, die sie in einer bestimmten Reihenfolge in die dafür vorgesehenen Öffnungen stecken sollte. *Hoffentlich ist nicht alles hoffnungslos verrostet*, dachte sie, als sie sich einen Moment lang in den Anblick versenkte, bevor sie den ersten Schlüssel ausprobierte. Er passte, der Riegel schob sich knirschend zurück. Dann einen zweiten, einen dritten. Sie alle schienen den Eingang nur widerstrebend freizugeben, bis der letzte Verschluss aufsprang.

Nach einem kleinen Vorraum öffnete sich die Gruft, die überraschend wenig nach Moder roch. Eines der hohen, kathedralenhaften Spitzbogen-Fenster war leicht gekippt, so dass frische Luft eindringen konnte. Auch Licht fiel in den Raum, der wider Erwarten so gar nicht nach einer düsteren Begräbnisstätte aussah. Sarkophage aus Eisen gab es hier nicht, nur eine marmorverkleidete Wand, auf der Schilder mit in düsteren Versalien gemeißelten Namen von den dahinter befindlichen Gräbern kündeten. Gegenüber dem Eingang befand sich eine schwere, eisenbeschlagene Holztür, in deren Schloss keiner der Schlüssel passte. Aber es war kein modernes Sicherheitsschloss, das ihr den Zutritt verwehrte, sondern im Gegenteil eine archaische Schließvorrichtung. *Gewusst wie*, dachte Isabelle und erinnerte sich an das Buch *Die geheimen Schlüssel der Renaissance*, das sie einmal in der Bibliothek ihres Großvaters entdeckt und verschlungen hatte. *Wie gut, dass ich nicht nur Mädchenbücher gelesen habe.*

Im Zeitalter des Barock muss das Wissen um geheime Schließtechniken und Schlösser schon nicht mehr so ausgefeilt gewesen sein, denn mithilfe eines rostigen Nagels, einer Pinzette aus ihrer Handtasche und dem Schweizer Messer, das sie immer mit sich führte, gelang es ihr nach einigen vergeblichen Versuchen, das Schloss zu öffnen. Die schwere Tür schwang auf und ließ einen Schwall Luft heraus, die so eisig war, als habe Isabelle eine Kühlschranktür geöffnet. Warum es in diesem Raum, der vielleicht fünfzig Quadratmeter groß war, so kühl war, ja sein musste, erschloss sich Isabelle auf den ersten Blick.

Es war eine Kammer. Eine wahre Kunstkammer.

Elektrisches Licht gab es hier nicht, nur ein paar Kandelaber mit dicken, zum Teil heruntergebrannten Kerzen, die Isabelle mit ihrem Zippo anzündete und die den Raum in ein weiches, mysteriöses Licht tauchten.

Die Bilder standen in ihren Rahmen – die meisten zusätzlich in Hüllen – allesamt auf Decken am Boden, nur wenige kleinere lagen übereinander auf dem großen Refektoriumstisch aus Walnussholz – vermutlich siebzehntes Jahrhundert – in der Mitte des Raums, umgeben von einigen Stühlen, die mit blassgrünem, bereits brüchigem Leder bezogen waren. Alles wirkte ungesichert und leicht zugänglich, wie zufällig abgestellt, anders als üblicherweise bei einem Sammler, den die Leidenschaft gepackt hat und der sich als Erstes einen bombensicheren Tresor bauen lässt. Und dessen Versicherungsagenten immer größere Autos fahren. Die Wände dieser Kunstkammer waren aus nur grob verputztem Stein, der Boden bestand aus an mehreren Stellen bereits beschädigtem Terrazzo. An der Wand gegenüber der Tür hing ein großer, jedoch halb blinder Spiegel in einem Goldrahmen, der von den Spuren der Zeit bereits erheblich gezeichnet war.

Noch bevor sich Isabelle den Bildern zuwandte, fiel ihr Blick auf ein altersschwaches, etwas schiefes Nussbaumregal, in dem sich schwarze Archivkästen stapelten – die üblichen Behälter, welche die meisten Museen und Institutionen benutzen, um Werke aus Papier oder auf Leinwand aufzubewahren. Sie holte den ersten Kasten hervor und stellte ihn auf dem Tisch ab. Verschlossen war er nicht. In der Box lagen, aufeinandergestapelt, mit feinsten Pergamentbögen dazwischen, zwölf Pastelle von Odilon Redon. Isabelle nahm sie vorsichtig aus der Box und breitete sie auf dem Tisch aus. *Zwölf Redons!*

Sie betrachtete sie ein paar Minuten und schüttelte dann staunend den Kopf. Der nächste Archivkasten enthielt vier kleine Aktskizzen von Renoir und eine fertige Fassung dieser Studien in Öl. Isabelles Finger fingen an zu kribbeln. Sie wischte sich die feuchten Hände an den Jeans ab. Allein die beiden Kästen, die sie zufällig geöffnet hatte, enthielten Grafiken und Gemälde im Wert von zwei bis drei Millionen Euro.

Sie begann, die Archivkästen zu öffnen und zu schließen, wie ein atemloses Kind an Heiligabend, das sich nicht entscheiden kann, welche Geschenke es zuerst auspacken soll. Sie ließ die in Hüllen steckenden Gemälde zunächst unbeachtet und konzentrierte sich auf die Grafiken. Sie fand sechs Cézannes – zwei Aquarelle mit Äpfeln und Pfirsichen, zwei beinahe abstrakte Stillleben, eine Bleistiftskizze für *Die Badenden* und eine ziemlich ausgearbeitete Studie für *Die Kartenspieler*. In einer Mappe lagen fünf Akte von Klimt – sehr erotische und unglaublich anmutige Rötel- und Bleistiftzeichnungen, besser als alles, was in Wien zu sehen war. In einer weiteren Schublade fand sie drei fertige Pastellzeichnungen von Degas und weitere zwei Skizzen, die er von tanzenden Ballerinen gemacht hatte. Isabelle spürte ein Zittern.

Arbeiten auf Papier sind oft skizzenhaft – flüchtiges Gekritzel, hingeworfene Striche, als wolle der Künstler sich erst einmal mit seinem Sujet vertraut machen. Manchmal sogar nur Randnotizen, die er sich zur Erinnerung an Beobachtungen oder Motive macht, um sich später weiter damit zu beschäftigen. Aber die hier versammelten Grafiken hatten Substanz. Bislang hatte Isabelle keine einzige durchschnittliche oder schlechte gesehen. Sie waren alle wie aus Fleisch und Blut – kraftvolle Zeugnisse des schöpferischen Geistes, der die großen Künstler von den Normalsterblichen unterscheidet. Isabelle hatte noch nicht alle Kästen und Mappen gesichtet, doch was sie gesehen hatte, genügte, um zu wissen, dass dies ein wahrer Schatz war, ein Fund, wie er ihr noch nie vor Augen gekommen war. Der Gesamteindruck war überwältigend. Sie ließ sich auf einen Stuhl fallen und versuchte ihre Gedanken zu ordnen.

Auch die Gemälde, die in ihren Rahmen hintereinandergestapelt auf dem Boden standen, waren durchweg wertvoll. Eine Mischung aus verschiedenen Epochen, auch etwas klassischer Moderne. Jedoch auch Bilder von durchschnittlicheren, weniger berühmten Malern, etwa des Manierismus, Rokoko oder Klassizismus. Hinter einer von Bouguereau sehr freizügig gemalten Venus entdeckte sie schließlich das Bild, das die Jagd beendete: die *Schöne Unbekannte*. Von John Singer Sargent.

Isabelle atmete erleichtert auf.

Selbst im dämmrigen Licht dieses morbiden Depots strahlte Francesca D'Amario ihrer Betrachterin entgegen, als schiene sie erfreut, wiedergefunden worden zu sein und endlich befreit zu werden aus dem Halbdunkel dieses düsteren Gefängnisses, in das eine Kriminelle sie verbannt hatte. Vorsichtig legte Isabelle das Bild auf dem Tisch ab und wandte sich dann wieder den anderen, auf dem Boden abgestellten Gemälden zu.

Sie war mit der Durchsicht noch nicht fertig, als sie spürte, wie plötzlich Luft durch die Tür, die jemand geöffnet haben musste, hereindrang. Dazu war ein winziges Geräusch zu hören, als ob Stoff über eine glatte Fläche strich. Blitzartig wandte sie sich um. In der Tür stand, die Hände an beiden Seiten des Rahmens abgestützt, hoch aufgereckt wie ein Racheengel, eine Frau in einem taubengrauen Hosenanzug, die ihre Wirkung nur mit einer einzigen Farbe erzielte: Lippen und Top knallrot, perfekt aufeinander abgestimmt. Sie trug einen dünnen, weit geschnittenen Mantel mit großen abgesetzten Taschen, ebenfalls in hellem Grau.

»Das darfst du nicht, du böses, böses Mädchen«, sagte sie mit leiser, nur mühsam gebändigter Stimme. Es klang wie ein Zischen und verströmte eine Kälte, mit der echtes Eis nicht konkurrieren kann.

Isabelle stellte den Rahmen, den sie in der Hand hielt, vorsichtig auf dem Boden ab.

»Éloise … bitte … verschonen Sie mich mit Ihren theatralischen Auftritten. Sie haben kein Talent dazu … wirklich nicht. Es wirkt lächerlich.«

»Nicht so lächerlich wie du. Du hast dich Andrew an den Hals geworfen wie ein billiges Flittchen. Bist aber, wie ich vernahm, schon wieder abserviert worden. Doch den Rekord halte immer noch ich. Mich hat er nach nur einer Woche, in der ich – zugegeben – den heißesten Sex meines Lebens hatte, in die Tonne getreten. *Tant pis.* Doch sag mir eines: Wie hast du das hier gefunden? Niemand weiß davon, schon gar nicht dieser trottelige alte Conte.«

Ein heißer Schauer lief Isabelle über den Rücken, als ihre rechte Hand verstohlen das kleine türkisfarbene Notizbuch ertastete, das sich in ihrer Hosentasche befand. Wenn es gelänge …

»Intuition?«, sagte sie leichthin, als käme gar nichts anderes in Frage und als habe es ihr gewiss keine Mühe bereitet, Éloise Ledoyens Geheimdepot ausfindig zu machen.

»Ach, tu nicht so überheblich, du kleine Spionin. Du hast hier nichts verloren.«

»Ich denke, all diese Bilder haben hier nichts verloren.«

»Da denkst du falsch. Und sie gehören mir auch gar nicht, ich verwahre sie nur.«

»Ich weiß, sie gehören – wenn man einen solchen Eigentumsbegriff in diesem Fall überhaupt anwenden kann – den *Trevillion Galleries* beziehungsweise ihrem Obermafioso Montgomery.«

Éloise Ledoyens Ärger entlud sich in einem verächtlichen Naserümpfen. Sie nahm die Hände aus dem Türrahmen und bewegte sich auf Isabelle zu, die instinktiv ein paar Schritte zurücktrat, bis sie an den Tisch hinter ihr stieß.

»Woher weißt du das?«, fragte Éloise, schärfer jetzt.

»Das spielt keine Rolle. Ich weiß es. Ich weiß alles. Und damit ist Ihr … euer Spiel zu Ende.« Vorsichtig, in einer unendlich langsamen Bewegung zog sie das Notizbuch aus der Tasche und verbarg es in der Handfläche hinter ihrem Rücken.

»Mein Spiel … das hat gerade erst begonnen.«

»Da täuschen Sie sich gewaltig, Éloise. Ich weiß alles«, wiederholte Isabelle und hielt den bohrenden Blicken ihres Gegenübers stand. »Und Commissario Silvestri vom Kunstdezernat in Rom auch. Sie hatten ja bereits die Freude seiner Gesellschaft, wie ich gehört habe.«

»Der weiß gar nichts. Und sein idiotischer Sergente noch weniger. Und du wirst keine Zeit mehr haben, es Ihnen zu erzählen.« Sie trat noch einen Schritt auf Isabelle zu. »Denn das Spiel ist nun für dich zu Ende. Du fährst zur Hölle, Schätzchen.«

»Ach, wirklich?«

»Ja, wirklich.« Éloise drückte sich an Isabelle, so hart, dass sie beide aufeinander zu liegen kamen, auf dem Bild und auf dem Tisch. In dieser gewaltsamen Bewegung gelang es Isabelle, Éloise das Notizbuch unbemerkt in die Tasche ihres Mantels zu schieben.

Wo bleiben sie?, dachte sie.

Es war zu spät.

Ein goldenes Feuerzeug blitzte auf, mit irrem Lachen setzte Éloise zunächst den Rahmen des Bildes in Brand, dann schickte sie sich an, ihre Gegenspielerin, die sie niedergedrückt hielt, wie eine Fackel anzuzünden. Doch mit einer einzigen heftigen Bewegung gelang es Isabelle, sich von der auf ihr liegenden Frau zu befreien. Sie stolperte, fiel zu Boden. Rappelte sich wieder auf und stürzte auf das Gemälde zu, um die Flammen zu löschen.

Schwer atmend und mit einem einzigen Sprung gelang es Éloise, den brennenden Rahmen vom Tisch zu wischen. Das Bild ging zu Boden, doch durch den Luftzug griff das Feuer nun auf die Leinwand über. Fassungslos sah Isabelle, in welch unaufhaltsamer Geschwindigkeit die *Schöne Unbekannte* ein Opfer der Flammen wurde. Rasend schnell fraßen sie sich in die Leinwand.

Außer sich vor Wut und Enttäuschung und mit einem Schrei sprang sie auf Éloise zu und riss sie zu Boden. Doch es gelang ihr nicht, sie niederzuringen. Mit einer einzigen Drehung befreite Éloise sich aus dem Griff und schwang sich auf Isabelle wie eine Reiterin auf ein wild gewordenes Pferd. Sie griff nach dem Feuerzeug, das ihr aus der Hand geglitten war, jedoch nur ein paar Zentimeter von ihr entfernt auf dem Boden lag, ließ es aufschnappen und fuchtelte damit herum. Die Flamme tanzte einen lasziven Tango vor Isabelles Augen. Nur eine Handbewegung, und ihre Haare würden lichterloh brennen.

»Das wirst du nicht tun«, keuchte sie.

»Und ob ich das tun werde«, schrie Éloise. »Ich werde deinen verdammten kleinen Arsch hier vor meinen Augen verbrennen und die Asche draußen in die Regentonne werfen. Ich hab's dir gesagt, damals in Wien. Du solltest mir besser glauben. Mich zu unterschätzen wirst du jedenfalls nie wieder Gelegenheit haben.« Sie starrte Isabelle an, wie um ihr zum letzten Mal das Wort zu geben.

Isabelle versuchte erneut verzweifelt, sich aus der Umklammerung zu befreien. Vergeblich.

Mit einem leisen Zischen erlosch die Flamme, welche die *Schöne Unbekannte* in ihrem Rahmen restlos zerstört hatte. Für einen winzigen Moment waren sie beide abgelenkt.

Dann sah Isabelle aus dem Augenwinkel einen huschenden Schatten in dem Spiegel, der ihr gegenüber hing und die Tür spiegelte.

Éloise sah ihn nicht.

31

VENEDIG, SESTIERE SAN MARCO

Was auch immer in ihrem weiteren Leben geschehen mochte, bei dem Sergente Giancarlo Franchi noch eine unrühmliche Rolle spielen würde, für einmal, dieses eine Mal, hatte sie nichts an ihm und seinem Verhalten auszusetzen. Er rettete ihr schlichtweg das Leben.

Franchi verlor keine Sekunde. Mit einem Blick erfasste er die Situation in der Kammer des Pavillons, zwei, drei lautlose Schritte, und er griff Éloise Ledoyen an den Haaren und am Mantelkragen, riss sie mit solcher Kraft von Isabelle los, die sich hustend aufrappelte und wie in Panik zur Tür lief, dass die Überwältigte hart auf den Rücken fiel. Hasserfüllt starrte sie Franchi an, der mit unerschütterlichem Gleichmut die Handschellen hervorzog und sie an Éloises Handgelenken zuschnappen ließ. Er blickte wenig erstaunt, als sei es alltägliche Routine, ständig schöne Verbrecherinnen schachmatt zu setzen und nicht weniger schöne Heldinnen zu retten. Er nickte Isabelle kurz zu, wobei er ein Lächeln nicht unterdrücken konnte, das jedoch nicht mehr überheblich war, sondern erleichtert. Als habe er sich damit für sein früheres rüdes Benehmen entschuldigt.

Isabelle nickte zurück. Sie sagte leise »Danke!«, als Franchi ohne ein weiteres Wort, die widerstrebende Éloise hinter sich her ziehend, die Gruft verließ.

Der Brenta-Kanal lag in nebliger Dämmerung wie eine Wasserspur, die sich auf die Lichter Venedigs zubewegt, als Isabelle und Franchi – mit der inzwischen schweigsamen, trotzig blickenden Éloise im Schlepptau – das Polizeiboot betraten, auf dem Commissario Amedeo Silvestri wartete. Franchi stieß Éloise in die Kabine, stellte sich in die Tür und zog eine Zigarettenschachtel hervor. Als er sein Feuerzeug aufschnappen ließ, bemerkte er nur trocken: »Das ist dann auch das letzte Feuer heute.«

Isabelle stellte sich mit Silvestri draußen an die Reling. Ein lauwarmer Wind verfing sich in ihren Haaren und zerzauste auch das kurzgeschnittene graue Haar des Commissarios.

»Es ist verbrannt«, sagte sie nur. »Diese Idiotin hat der *Schönen Unbekannten* den Rest gegeben.«

Silvestris fragender Blick ermunterte sie, die Ereignisse der letzten Stunde zusammenfassend zu rapportieren, so lakonisch, als sei sie gar nicht beteiligt gewesen, sondern als erstatte eine Kriminalassistentin ihrem Chef Bericht. Sie fühlte sich erschöpft, und auch Silvestri stellte nur wenige Fragen.

So fuhren sie durch die immer mehr Tiefe gewinnende Dämmerung, bis am Horizont die ersten Lichter von San Marco zu sehen waren.

»Versuchte Körperverletzung und Brandstiftung ist nicht gerade die Anklage, auf die wir aus waren«, murmelte der Commissario.

Isabelle warf ihm einen amüsierten Blick zu.

»Oh … damit werden Sie sich nicht begnügen müssen, *carissimo*«, sagte sie spöttisch. »Schauen Sie nur mal in der Manteltasche Ihrer frisch Inhaftierten nach. Dort werden Sie finden, was Sie suchen.«

Commissario Amedeo Silvestris Überraschung hätte nicht größer sein können. Er öffnete den Mund, schloss ihn wieder. Und stürzte dann in die Kabine.

Das Polizeiboot setzte sie an einer *Servizio Gondole*, fast vor der Tür der *Pensione del Sole* ab. Isabelle ließ sich beim Aussteigen von Silvestri helfen, sagte »Adieu!« und schritt dann mit unsicheren Schritten über die Planken ans Festland. »Ich rufe Sie nachher noch an«, rief der Commissario ihr hinterher, doch sie wandte sich nicht noch einmal um, hob aber eine Hand zum Zeichen, dass sie ihn gehört hatte.

Die Erschöpfung packte sie mit Wucht. Wie auf einen geheimen Befehl hin gaben ihre Kräfte nach, wich die Anspannung einer geradezu unwiderstehlichen Müdigkeit. Sie hatte keine Lust, sich in ihrem kleinen Appartement die Decke auf den Kopf fallen zu lassen, noch weniger, sich in der Nähe des *Hotel Metropole* aufzuhalten, wo Andrew Palmer und Chiara D'Amario vermutlich in inniger Umarmung den Schlussakt ihres romantischen Dramas feierten. Vielleicht waren sie auch im Palazzo, Isabelle zuckte die Schultern, es konnte ihr egal sein, und es war ihr auch egal. Der Fall war abgeschlossen – der Fall der *Schönen Unbekannten* und auch der Fall Andrew Palmer.

Ziellos und mit müden Schritten flanierte Isabelle über das Pflaster von San Marco. Manchmal blieb sie stehen und schaute in ein Schaufenster, wenn es ausnahmsweise einmal keine Masken ausstellte. Der allgegenwärtige Maskenterror in Venedig irritierte sie. Wo man hinblickte: Konfektionsware aus Fernost. Nur selten war ein Geschäft zu entdecken, das noch eigenes Kunsthandwerk bot: Masken, aber auch Roben und Kostüme für den *carnevale*, in dem ein jeder Colombina und Arlecchino, Bragante oder ein obskurer *dottore* sein konnte. Die Zitate der *commedia dell'arte* waren unübersehbar, aber irgendwie mochte Isabelle diese Beschwörungen einer einst vitalen Theatertradition, auch wenn nichts mehr davon übrig geblieben war.

In einer Bar ließ sie sich einen *ombra* servieren, das als »flüssiger Schatten« bezeichnete, für Venedig typische kleine Glas gekühlten Wein, das sie in langsamen Schlucken trank, während sie ihr Gesicht, das sich in der Fensterscheibe spiegelte, wie eine Museumsbesucherin betrachtete. Sie hatte keine Ahnung, wer die Fremde war, die ihr wie aus einem Spiegel entgegenblickte.

So ging sie Stunde um Stunde durch die abendliche Stadt, lauschte auf der Piazza dem Wettstreit der Kaffeehausorchester und wandte sich dann auf den Weg zurück zur *Pensione*.

Gerade als sie den geflügelten Löwen auf der Piazzetta passierte, klingelte ihr Mobiltelefon. Es war nicht Palmer, wie sie befürchtet hatte, sondern Commissario Silvestri, der sein Versprechen einlöste und sie anrief, um sie von dem Ergebnis seines Verhörs in Kenntnis zu setzen.

»Éloise Ledoyen hat alles gestanden«, sagte er begeistert. »Ein umfassendes Geständnis … ein Triumph.«

»Ah … ja«, erwiderte Isabelle müde. Ein triumphierendes Gefühl mochte sich nicht einstellen.

»Nachdem sie die Ausweglosigkeit ihrer Situation erkannt hatte, brach sie zusammen. Ja, wirklich. Das hätte ich bei dieser obercoolen *giornalista* nicht erwartet, aber so war es. Zuletzt saß sie wie ein Häufchen Elend vor uns, halb in Tränen aufgelöst. Und überhaupt nicht erklären konnte sie sich, dass wir das Notizbuch bei ihr gefunden hatten. Ungläubig blätterte sie es immer wieder durch, zunächst wütend, schließlich ergeben. Sie wusste wohl zu gut, dass es die Sache besiegelte und dass es keinerlei Schlupfloch bot, um sich noch irgendwie rauszuwinden.«

Dann stellte er die Frage, vor der Isabelle sich insgeheim gefürchtet hatte: »Woher haben *Sie* das Buch, Signorina?«

Sie gestand ihm alles, den Fund, die Fälschung, nur den Namen Orlando Vargas erwähnte sie nicht. Sie wollte den alten Herrn nicht in Schwierigkeiten bringen, ihn nicht dem Verdacht aussetzen, dass er womöglich noch anderes fälschte als Notizbücher von *Tiffany*.

Widerwillig, das war deutlich zu hören, zollte Silvestri ihr Respekt. *»Un colpo«*, knurrte er. Ein Coup. Weitere Fragen stellte er nicht; ihm war wohl klar, dass aus Isabelle Silva nicht mehr herauszubekommen sein würde, als was sie ihm freiwillig erzählt hatte.

Zum Schluss aber rückte Isabelle noch mit einer Frage heraus, auf die sie bislang keine Antwort hatte finden können, so oft sie auch darüber nachgedacht hatte: »Warum hat Éloise die *Schöne Unbekannte* überhaupt ersteigern wollen? Und warum hat sie das Bild schließlich angezündet? Haben Sie auch darüber mit ihr gesprochen, Commissario?«

»Ja, gewiss habe ich das. Sie muss ein starkes Motiv gehabt haben, sich das Bild unter nahezu allen Umständen in der Auktion sichern zu wollen. Und, als das nicht geklappt hat, es Ihnen beziehungsweise Signor Palmer wieder zu entreißen. Die *Trevillion Galleries* waren ausnahmsweise außen vor. Es war ganz und allein für sie selbst. Es sollte der Anfang einer seriösen Karriere als Kunsthändlerin sein. Sie hatte genug vom Leben in permanenter Gefahr, und sie glaubte genug von Matthew Montgomery gelernt zu haben, um zu wissen, wie es geht, Bilder nicht nur an sich zu bringen, sondern mit ihnen zu handeln. Auch die Inhalte der schwarzen Archivkästen in der Gruftkammer, die Grafiken und Zeichnungen, hatte sie für sich reserviert. Sie war wirklich kurz davor auszusteigen. Doch als sie Sie, Isabelle, in der Kammer überrascht hat, war sie außer sich vor Wut, aufgeflogen zu sein. *Die Schöne Unbekannte* wäre wohl das Letzte, was sie Ihnen gegönnt hätte. Fast scheint es, als hätte Éloise Ledoyen ausgerechnet Sie damit identifiziert. Wie in einem verzweifelten Akt wollte sie beides verbrennen, was ihr im Wege stand, wie ein Fanal, wie ein Symbol. Das Gemälde – und die Frau, die im Begriff stand, es ihr zum zweiten und letzten Mal streitig zu machen.«

»Und von Chiara D'Amario hatte sie keine Ahnung?«

»Von wem?«

»Chiara, die Enkelin des Conte D'Amario. Seine Sammlung war das nächste Objekt ihrer Begierde.«

»Nein, eine Chiara hat sie nicht erwähnt. Ihr Vater hatte Montgomery gesteckt, was im Palazzo D'Amario zu holen war. Und der hat gehörig Druck gemacht.«

»Sie wusste also nicht, dass das Bild im Schlafzimmer der Contessa in der *Villa Melanconia* hing?«

»Nein, sie hatte es auf dem Katalog des Auktionshauses gesehen. Wie Signor Palmer auch. Und sie hat sich in das Bild verliebt – ein fataler Fehler ihrer ansonsten beeindruckenden kriminellen Karriere. Eigentlich ihr einziger, wenn man so will. Tragisch, nicht wahr, dass Gefühle einen so ins Aus befördern können?«

»Tragisch, ja«, sagte Isabelle bitter. »Und die Gruft der D'Amarios? Wie ist sie auf die gekommen?«

»Das habe ich sie noch nicht gefragt. Aber ich werde es tun, versprochen. Ich vermute, dass sie bei ihrer Suche nach einem verlassenen Gebäude darauf gestoßen ist. Eigentlich perfekt – nicht direkt in Venedig, aber gut für ein Boot erreichbar. Die in Frankreich gestohlenen Kunstwerke hat sie direkt bei *Trevillion* in Paris abgeliefert. Die italienischen … nun, die kamen wohl in eine Art Zwischenlager. Bis sie nach und nach mit der kleinen Yacht der Ledoyens nach Paris oder London transportiert wurden.«

Inzwischen war Isabelle an der *Pensione* angekommen. Sie blieb noch einen Augenblick vor der Tür stehen, um sich von Commissario Silvestri am Telefon zu verabschieden.

»Grüßen Sie Sergente Franchi von mir«, sagte sie. »Er ist mir ganz zuletzt doch noch sehr ans Herz gewachsen.«

»Er ist kein übler Kerl. Trotz seiner bisweilen miserablen Manieren …«

»Von Ihnen kann er jedenfalls noch viel lernen. Sie sind ihm Lichtjahre voraus … in jeder Hinsicht.«

Silvestri lachte. Dann sagte er ernst: »Leben Sie wohl, Signorina Silva. Bis zum nächsten Mal, möchte ich sagen. Ich bin Ihnen zu großem Dank verpflichtet.«

Isabelle lächelte. *»Non c'è di che, Commissario. Addio!«*

32

VENEDIG, RIVA DEGLI SCHIAVONI, PENSIONE DEL SOLE

Sie schreckte hoch, als es an die Tür klopfte. Im ersten Moment hatte Isabelle nicht die geringste Ahnung, wo sie sich befand, in welchem Zimmer, in welchem Hotel, in welcher Stadt, in welchem Leben. Doch sie wusste augenblicklich, dass sie nicht die Kraft haben würde, jetzt, mitten in der Nacht, aufzustehen und die Tür zu öffnen. Wer konnte es sein außer Andrew Palmer? Das Klopfen wurde energischer, drängender, und Isabelle meinte, eine unterdrückte Stimme zu hören, die ihren Namen rief. Doch als diese etwas lauter wurde, glaubte sie herauszuhören, dass es unmöglich Andrews Stimme sein konnte. Es war die Stimme einer Frau. Es konnte nur Chiara D'Amario sein.

Sie ging zur Tür und fragte, um sich zu vergewissern: »Wer ist da? Was wollen Sie?«

»Ich muss mit Ihnen reden«, sagte die Stimme.

»Chiara, es ist mitten in der Nacht. Was es auch ist, es wird Zeit bis morgen haben.«

»Isabelle, ich muss Sie sprechen. Bitte machen Sie auf.«

Sie seufzte. Wahrscheinlich würde sie sie jetzt nicht loswerden. Sie konnte sie ebenso gut hereinlassen, sich anhören, was sie zu sagen hatte, und sie dann wieder fortschicken wie einen Boten, der seine Nachricht abgegeben und damit seine Schuldigkeit getan hatte.

Also ging sie ins Bad, zog sich ein dünnes Nachthemd über und ging dann zur Tür, die sie entriegelte und einen Spalt öffnete. Chiara D'Amario stand vor ihr, außer Atem, ihr Haar war nass vom Schweiß oder vom Regen. Sie sah sie nur an, mit einem merkwürdigen Blick, den Isabelle nicht zu deuten vermochte.

Isabelle ließ sie herein, bot ihr einen Platz auf dem Sofa in dem kleinen Salone an und schloss mit einer nicht fehlzudeutenden Bestimmtheit die Tür zu ihrem Zimmer. Ein Blick auf die Uhr verriet ihr, dass es zwei war.

»Chiara, was wollen Sie? Es ist mitten in der Nacht. Wenn Sie nicht schlafen können … warum gehen Sie nicht einfach wieder in Ihren Palazzo und überlegen sich, welches Bild Sie als Nächstes stehlen wollen, um damit weiteres Unheil anzurichten?«

Sollte ihr Sarkasmus Chiara verletzt haben, ließ diese es sich jedenfalls nicht anmerken.

»Isabelle …«, begann sie, verstummte jedoch wieder. Isabelle bot ihr nichts an, weder etwas zu trinken noch eine besondere Aufmerksamkeit, denn sie trat ans Fenster und schaute gelangweilt hinaus, als könnte das, was ihr Gast zu sagen hatte, für sie nicht von Bedeutung sein.

»Isabelle … bitte hören Sie mir zu … Das ist nicht leicht für mich, aber Sie sind aus naheliegenden Gründen die Einzige, mit der ich darüber sprechen kann. Andrew und ich … wir sind jetzt ein Paar.« Isabelle schnaubte. »Und was hat das mit mir zu tun?«, fragte sie. »Ich bin die Letzte, die Ihnen etwas über Andrew Palmer erzählen kann. Ich bin sogar die Letzte, die sich für seine Bettgeschichten interessiert. Aber wenn Sie meinen Segen wollen … den haben Sie! Werden Sie glücklich mit ihm!«

Chiara fuhr sich durch die Haare und schüttelte den Kopf, als hätte sie es völlig falsch angefangen und suche nun nach einem Weg, sich verständlicher auszudrücken.

»Das ist nicht irgend so eine Bettgeschichte. Wir gehören zusammen, verstehen Sie? Aber deswegen bin ich nicht gekommen …«

Isabelle machte eine wegwerfende Handbewegung, wandte sich aber immerhin vom Fenster ab und setzte sich Chiara gegenüber in einen Sessel. Sie ließ die Beine über die Lehne hängen, als wolle sie mit dieser bequemen Haltung demonstrieren, dass diese Geschichte, mit der Chiara hier aufgekreuzte, ganz sicher nicht ihr Herz rühren würde. Das Seidennachthemd verschob sich, aber es war ihr egal. Sie machte sich nicht einmal die Mühe, die kleine Blöße, die durch ihre Bewegung entstanden war, zu bedecken.

»Und wozu sind Sie gekommen? Wollen Sie nicht endlich mit der Sprache herausrücken, statt hier immer nur herumzudrucksen und mich von meinem Schlaf abzuhalten, den ich – das will ich Ihnen gern gestehen – nach den Aufregungen dieses Tages dringender denn je nötig habe?«

Chiara ließ sich von dem schroffen Ton, in dem Isabelle mit ihr sprach, nicht beeindrucken.

»Ich habe Andrew alles erzählt, und ich will Ihnen alles erzählen, bevor Sie morgen Venedig verlassen, wie ich hörte. Sie müssen die ganze Geschichte erfahren, nicht nur die romantische Liebesgeschichte …«

Isabelle stöhnte theatralisch auf. »Wie kommen Sie darauf, dass mich das jetzt noch interessiert? Bettgeschichte … Liebesgeschichte … das ist mir egal, Chiara, wirklich.«

»Ich fürchte, das missverstehen Sie.«

»Ach ja, tue ich das?«

»Ja, ganz gewiss. Sie kennen nicht die ganze Geschichte. Aber Sie müssen sie wissen, und ich werde sie Ihnen erzählen. Hier und jetzt.«

»Dann spannen Sie mich nicht weiter auf die Folter.«

Chiara stand auf und ging zu dem kleinen Schrank, in dem sie die Minibar vermutete. »Darf ich etwas zu trinken haben?«

»Aber ja. Bedienen Sie sich. Trinken Sie sich einen kleinen Rausch an. Oder Mut. Was immer Sie brauchen.«

»Sie müssen nicht so sarkastisch sein, Isabelle.«

Chiara holte sich ein Fläschchen Cognac aus der Minibar und goss sich die bernsteinfarbene Flüssigkeit in ein Glas, aus dem sie einen großen Schluck nahm.

»Ich weiß, was Sie denken. Sie glauben, ich habe Palmer mit der *Schönen Unbekannten* geködert, um ihn in mein Bett zu zerren, in der irrigen Annahme, die große Liebe meines Lebens zu erleben. Und dass ich alles erreicht habe, was ich wollte. Denn nun ist mir Andrew ja ins Netz gegangen …

wie ursprünglich geplant. Das denken Sie sicherlich. Ich habe ihn um eine schlappe Million erleichtert, ihm ein Gemälde angedreht und ihn zum Narren gehalten. Denn das Bild, das würde ich ihm wieder abschwatzen, um es meinem Großvater zurückzugeben. Und Andrew die Million. Das hätte auch alles wunderbar geklappt, wäre mein Großpapa nicht ausgerechnet jüngst auf die Idee gekommen, mal wieder in der Villa vorbeizuschauen. Und das Ende der Geschichte: Andrew und Chiara, die großen Liebenden, sind endlich ein Paar. Und Isabelle Silva, die Mohrin, hat ihre Schuldigkeit getan. So in etwa denken Sie sich die Geschichte, nicht wahr?«

Isabelle blickte sie direkt an. »Ja, so in etwa. Nur mit dem Unterschied, dass es das Bild nicht mehr gibt.«

Chiara zeigte sich nicht überrascht. »Sind Sie bereit für die Wahrheit?«

»Chiara, machen Sie es nicht so spannend.« Doch Isabelle beugte sich nun interessiert vor. Ihre Müdigkeit war wie weggeblasen.

Chiara holte tief Luft. »*Die schöne Unbekannte*, das Bild, das Éloise Ledoyen in Wien gestohlen hat und das nun in der *Villa Melanconia* in Flammen aufgegangen ist … ist eine Fälschung.«

»Wie bitte?«

»Ja, Sie haben richtig gehört. Ich habe das Bild, also … das Original … aus der Villa mitgenommen, vor Monaten, und Henri hat es kopiert. Aus Sicherheitsgründen. Um kein Risiko einzugehen.«

»Um kein Risiko einzugehen …«, wiederholte Isabelle. Jeglicher Sarkasmus war aus ihrer Stimme gewichen.

»Ja, ich hielt meine frappierende Ähnlichkeit mit der *Schönen Unbekannten* auf dem Sargent-Bild für einen Glücksfall, als ich verzweifelt darüber nachdachte, wie ich meinen mysteriösen Kunsthändler aus dem Nachtzug nach Barcelona ausfindig machen könnte. Einen Versuch war es wert, oder nicht? Sicherlich würde der Kunsthändler die wichtigsten Auktionskataloge studieren. Er hatte erwähnt, dass er regelmäßig nach Paris ... und nach Wien fuhr. Und wenn er mir gegenüber nur einen Funken Interesse empfand, würde er sich dieses Bild nicht entgehen lassen. Ich würde nach Wien fahren und persönlich an der Auktion teilnehmen. Die Chancen, dass sich auch mein Fremder dort blicken ließ und das Gemälde womöglich ersteigerte, standen doch nicht so schlecht, oder? Und wenn er es gekauft hätte, wäre dies schon fast so etwas wie ein Liebesbeweis gewesen.« Sie seufzte auf, als sei all dies schon lang zurückliegende Erinnerung.

»Als ich mir das zurechtgelegt und auch Henri in mein ›Projekt‹ eingeweiht hatte, gab es Auseinandersetzungen ohne Ende. Henri fand meinen Plan zu riskant, zu waghalsig. Anders als ich hielt er die Chancen, dass Andrew nach Wien kam, für gegen null. Doch schließlich rückte er mit einer anderen Idee heraus: Eine Kopie müsse her. Nach langem Hin und Her überredete er mich, dass eine Kopie meinen Unbekannten aus dem Nachtzug ebenso nach Wien locken würde wie ein Original. Und schließlich hätte es ja tatsächlich sein können, dass jemand anderer das Bild ersteigert, und es würde sozusagen vor meinen Augen verschwinden ... für immer ... Und so geschah es dann ja auch ...« Sie machte eine Pause, trank einen Schluck. »›Das solltest du deinem Großvater nicht antun, dieses Risiko‹, sagte Henri. Und so saß ich ihm Modell für einige Skizzen, tage- und nächtelang studierte er das Original, und dann malte er mich, wie einst John Singer Sargent seine Geliebte in Paris. Henri war amüsiert von meiner skurrilen Verliebtheit, vielleicht war er auch angetan von der Aussicht, das Bild nicht einfach kopieren zu müssen, was seinen Ehrgeiz kaum befriedigte hätte, sondern mich als Modell zur Verfügung zu haben. Während er an dem Gemälde arbeitete, fingen wir Feuer füreinander. Ich gab seinem Werben nach; ich fühlte mich geschmeichelt, mit welcher Präzision und Leidenschaft er mich … mein Porträt auf die Leinwand brachte. Ich stürzte mich in eine heftige, aber kurze Affäre mit ihm, hin und her gerissen zwischen meinen aufflammenden Gefühlen für Henri und meiner romantischen Schwärmerei für Andrew, den Unbekannten aus dem Nachtzug.«

»Und niemand«, sagte Isabelle leise, mehr zu sich selbst, »würde in der Lage sein, das Werk Henri Breguets als eine Fälschung zu identifizieren. Allenfalls würde man den Sargent-Spezialisten Orlando Vargas zu Rate ziehen, und der würde dann die ›richtige Expertise‹ liefern: dass es sich bei dem versteigerten Bild der *Schönen Unbekannten* unbezweifelbar um einen echten Sargent handelte.«

»Ja, so hatten wir es uns überlegt«, sagte Chiara.

»Unglaublich!«, entfuhr es Isabelle. »Und das Original?«

»Das Original steht bei Henri im Atelier. Das ist doch wunderbar, oder … ich meine, jetzt, wo die Kopie in der Gruft verbrannt ist. Ich hätte es längst in die Villa zurückgebracht, aber Henri konnte sich nicht davon trennen. Immer wieder vertröstete er mich. Vielleicht ist er noch immer verliebt in mich, oder in das Bild, ich weiß es nicht. Und das Ganze schien ja auch alles andere als eilig zu sein. Wie konnte ich ahnen, dass *Nonno* ausgerechnet jetzt, nach Jahren, wieder einmal zur Villa hinausfährt und den Diebstahl bemerkt?«

33

LONDON, ST JAMES'S, JERMYN STREET, TREVILLION GALLERIES

Der Empfang war herzlich wie immer. Mit einem warmen Lächeln blickte Adrienne, die äußerst ansehnliche Empfangsdame, Andrew Palmer, dem verlorenen Spross, entgegen, der durch den Haupteingang hereinspaziert kam. Die *Trevillion Galleries* residierten in einem fünfstöckigen neoklassizistischen Sandsteinbau an der Jermyn Street. Das ganze Gebäude verströmte das Flair von Geld und Macht. Palmer blieb vor dem kleinen Schaufenster stehen, das in die Kalksteinumrandung des Portals eingelassen war. Wie in einem kleinen Schrein hing dort hinter getöntem, die Sonneneinstrahlung abhaltendem Glas vor einer roten Samtwand ein Bild von Henri Matisse, nicht größer als eine Schachtel Cornflakes, als sei es eine Art Visitenkarte des Hauses. Es war die Zeichnung einer Frau mit zurückgekämmtem Haar und Mandelaugen. Irgendetwas an ihrem lächelnden Gesicht war betörend. Sie wirkte herausfordernd und verführerisch zugleich. Mit wenigen sparsamen Strichen hatte Matisse ihr ganzes Wesen eingefangen. Und was für ein Wesen sie gehabt haben musste: Selbst auf Papier wirkte sie wild und unzähmbar.

Von der Straße trat man in eine luxuriöse Atmosphäre, die von Privilegien und Reichtum kündete. Die in der Eingangshalle ausgestellten Kunstwerke schienen ihre Geschichte zu flüstern. Die riesige walnussgetäfelte Eingangshalle wurde von einer elegant geschwungenen Treppe aus reinweißem Marmor und einem darauf liegenden dunkelroten Teppich beherrscht. Auf beiden Seiten der Treppe hingen zwei kostbare antike flämische Gobelins im Stil der *Dame mit dem Einhorn*, die Palmer so oft im Musée de Cluny bewundert hatte. Unter diesen Wandteppichen standen zwei Louis-quinze-Lackschränke aus der Werkstatt des *maître ébéniste* Martin Carlin, die einmal Winston Churchill gehört hatten. Über der Marmortreppe hingen Gemälde von Gainsborough und Ingres. Der Treppe gegenüber prangte ein lebensgroßes Porträt der Kaiserin Elisabeth von Österreich, welches einst das Arbeitszimmer von Kaiser Franz Joseph I. in Schönbrunn geschmückt hatte. Diese eine Halle – nur ein kleiner Teil des fünfstöckigen Gebäudes – enthielt eine Handvoll Objekte, die mehr wert waren, als die meisten Museen für Anschaffungen in einem Jahrzehnt ausgeben konnten. Gott allein wusste, was die *Trevillion Galleries* in ihren tresorartig gesicherten unterirdischen Gewölben horteten.

Über all diese Schätze wachte das diskreteste Sicherheitspersonal. Diese Gentlemen trugen schwarze Anzüge und hatten jeweils einen kleinen Mikrofonknopf im Ohr, als seien sie vom MI5. Doch selbst maßgeschneiderte Anzüge konnten die verräterische Ausbuchtung unter den Achseln dieser zeitgenössischen Palastwachen nicht ganz tarnen. Wer immer die *Trevillion Galleries* betrat, begann angesichts dieser Zerberusse automatisch zu flüstern.

Die Räume im Erdgeschoss und im nicht weniger einschüchternden ersten Stock waren für Wechselausstellungen reserviert. Im zweiten Stock lagen Büros und ein privater Vorführraum, in dem betuchten Kunden ein königlicher Empfang bereitet wurde. Im Keller lagerten Kunstwerke im Wert von mehreren hundert Millionen Euro. Seine Hoheit Matthew Montgomery überwachte sein Reich vom dritten Stock aus, der sein Allerheiligstes beherbergte, eine luxuriöse Bürosuite, zu der auch einige holzgetäfelte Präsentations- und Konferenzräume gehörten. Mehrere Schlaf- und Badezimmer, ein Fitnessraum, eine Sauna, ein Whirlpool sowie ein privates Speisezimmer komplett mit Küche und französischem Koch nahmen das gesamte vierte Stockwerk ein. In der fünften Etage war die Bibliothek untergebracht, eine der besten der Welt.

Matthew Montgomery verkörperte die *Trevillion Galleries* wie ein unumschränkt herrschender Patriarch. Einen Trevillion hatte es allerdings nie gegeben. Das war lediglich ein altfranzösischer Name, den Montgomery aus dem Telefonbuch herausgesucht hatte. Mit dem englischen Plural *Galleries* unterstrich er den Anspruch eines globalen Unternehmens, das seinen Hauptsitz in London hatte, dazu größere Dependancen in Paris und New York sowie kleinere in Zürich und Madrid.

»Willkommen, Mr. Palmer«, sagte Adrienne und gab mit einem ironischen Lächeln zu verstehen, dass sie selbstverständlich wusste, den Montgomery-Sohn vor sich zu haben, auch wenn er sich mit anderem Namen anmeldete.

Er wurde in den dritten Stock geschickt. Der Aufzug glitt sanft nach oben; eines von Montgomerys überaus hübschen Geschöpfen, die sich Assistentin nennen durften, nahm ihn in Empfang und führte ihn in den größten Besprechungsraum, wo die Elfe mit einer grazilen Handbewegung darum bat, doch an dem großen runden Mahagonitisch in der Mitte des Raumes mit den wandhohen Bücherregalen, in die wieder Bilder eingelassen waren und raffiniert beleuchtet wurden, Platz zu nehmen. Sie blinzelte dem Besucher zu, lächelte und schloss beim Hinausgehen die Tür hinter sich. Danach drehte Palmer zwanzig Minuten lang Däumchen, wartete nervös auf das Erscheinen des Magnaten und versuchte sich vergeblich zurechtzulegen, was er seinem Vater sagen wollte.

Endlich flog die Tür auf und Montgomery stürmte in den Raum – anders lässt sich sein Auftritt nicht beschreiben. Der Kunsthändler kam niemals irgendwo einfach herein, immer betrat er eine Bühne. Eben war er noch nicht da gewesen; in der nächsten Sekunde stand er mit ausgestreckter Hand vor seinem Sohn. Seine Augen hinter den Brillengläsern blickten kühl. Palmer stand auf.

»Andrew, lieb von dir, dass du gekommen bist. Wie geht's dir, mein Junge?«, fragte er herablassend, ironisch, jedenfalls ohne Interesse.

»Danke, mir geht's gut. Und dir?« Palmer spürte, wie ihm ein Schweißfaden den Rücken herablief.

»Nimm Platz, mein Sohn«, sagte Montgomery, während er sich Palmer gegenüber an den Tisch setzte und die Brille abnahm, die er umständlich zu putzen begann. »Was führt dich zu mir?« Der Ton war geschäftsmäßig. An nichts in seinem Verhalten oder seiner Stimme ließ sich auch nur irgendein authentisches Gefühl identifizieren.

Palmer spielte einen Augenblick mit dem Gedanken, seinen Bruder Robert zu erwähnen, aber er würde nicht zu diesem billigen Trick greifen, um die Selbstsicherheit seines Vaters zu erschüttern. Er wies auf die schmale cognacfarbene Ledertasche, die er vor sich auf den Tisch gelegt hatte.

»Was ist das?«, fragte Montgomery, nun doch mit einem zwar mäßigen, aber spürbaren Interesse. Er setzte seine Brille wieder auf. »Willst du mir irgendwelche Skizzen zum Kauf anbieten?«

»Nichts dergleichen«, antwortete Palmer. »Dies hier ist dein Ende. Nicht mehr und nicht weniger.«

Nun zog Montgomery erstaunt seine Augenbrauen hoch und ruckte unmerklich den Kopf, als sei ihm die Fliege, die er zu seinem blütenweißen und gestärkten Hemd trug, zu eng geworden.

»Meine Güte, Andrew, was soll dieses Theater? Was immer du mir da angeschleppt hast … es wird mich ganz sicher nur mäßig interessieren.«

Palmer sagte nichts weiter, ließ nur unverwandt den Blick auf seinem Vater ruhen. Er erlaubte sich kein Lächeln oder sonst ein Zeichen von Triumph. Er schwieg nur.

Montgomery hielt seinem Blick stand. Dann versuchte er ihn niederzustarren. Seine Augen verengten sich. Schließlich seufzte er einmal kurz auf, beugte sich über den Tisch, zog die Ledertasche zu sich und öffnete sie.

»Du machst es ja spannend. Ich habe aber keine Zeit zu verschenken, nicht einmal für dich.«

Er zog ein kleines türkisfarbenes Notizbuch hervor. Eines von *Tiffany*. Die Leihgabe eines Commissario aus Rom.

Mit unbewegter Miene blätterte Montgomery es durch, Seite für Seite. Er ließ sich Zeit, ohne wahrnehmbare Reaktion auf das, was er las. Dann legte er beides akkurat vor sich hin, das Notizbuch und die Tasche.

»Was für ein Spiel treibst du mit mir, Andrew? Was sollen all diese Kürzel und Chiffren? Und was hat das mit mir zu tun? Willst du mich fertigmachen?« Und schließlich, noch immer mit unterkühlter Stimme: »Was beweist das schon?«

»Alles«, sagte Palmer. »Es beweist alles. Deine Mitarbeiterin Éloise Ledoyen hatte die Freundlichkeit, uns ihr umfassendes Geständnis auf einem Silbertablett zu servieren.«

Montgomery nickte, als gelte es nur etwas allgemein Bekanntes anzuerkennen.

Sie schwiegen. Palmer lehnte sich zurück und blickte seinen Vater an, der angelegentlich seine Hände betrachtete. Dann hob Montgomery den Blick und fragte mit etwas dünnerer Stimme:

»Und ... was willst du jetzt tun? Was willst du damit anfangen?«

»Das liegt ganz an dir. Welche Schlüsse du daraus ziehst.«

»Welche Schlüsse sollte ich daraus ziehen? Ganz recht, Éloise Ledoyen ist ... war meine Mitarbeiterin. Sie hat ohne mein Wissen und ohne meine Einwilligung über die Stränge geschlagen. Sie ist erwischt worden bei irgendwelchen kriminellen Aktivitäten, von denen ich nicht die geringste Ahnung hatte, geschweige denn, dass sie meine Zustimmung gefunden hätten. Nun versucht sie mir das anzuhängen. Und du lässt dich – wieder einmal – zu ihrem Handlanger machen. Du fällst auf diese kleine miese Intrige herein, die sie da gesponnen hat, um ihren Kopf aus der Schlinge zu ziehen. Und du merkst nicht einmal, dass sie dich instrumentalisiert. Gegen deinen eigenen Vater. Diese kleine Schlampe ... was für ein verkommenes Subjekt.«

Palmer hatte die Augen geschlossen, als wollte er sich vor dieser blamablen Rechtfertigung seines Vaters verschließen. Dann hob er nur kurz seine rechte Hand, wie um ihn zum Schweigen zu bringen, öffnete die Augen wieder und blickte ihn fest an.

»Matthew ... du kommst da nicht mehr raus ...«, sagte er leise. »Und du weißt es ...«

Schweigen breitete sich aus, nur Blicke sprachen.

»Was willst du tun?«, wiederholte Montgomery schließlich. »Willst du das Lebenswerk deines Großvaters und deines Vaters zerstören?«

»Nicht ich habe dein Lebenswerk zerstört. Du selbst hast es getan. Dies hier ist nur der Schlussstein in deinem Lügengebäude, das du dir seit Jahrzehnten gebaut hast. Nun fällt es in sich zusammen wie ein Kartenhaus. Aber du hast recht … ich bin es, der die letzte Karte zieht … die, auf welche es ankommt … die alles zusammenstürzen lässt.«

»Was willst du?«, fragte Montgomery noch einmal. Es klang wie ein Flüstern, aber die Drohung war unüberhörbar. Nun endlich, zum ersten Mal in seinem Leben, sah Palmer seinen Vater ohne den Panzer seiner Arroganz, seiner Macht, seiner brutalen Skrupellosigkeit. »Willst du die *Trevillion Galleries*? Soll ich etwa meinen Platz räumen, einfach so? Willst du mich hier hinausjagen wie einen räudigen Hund? Mich, der ich all dies erschaffen habe?« Er wies mit großer Geste um sich.

»Ich will die *Galleries* nicht«, sagte Palmer resigniert, als sei er es leid, sich gegen die immer gleichen ermüdenden Vorwürfe und Ansinnen wehren zu müssen. »Ich habe sie nie gewollt, das weißt du.«

Montgomery erlaubte sich den Anflug eines Lächelns, als habe er einen Silberstreif am Horizont entdeckt. »Nicht?«, fragte er nur.

»Nein. Ich lasse die Gerechtigkeit einfach ihren Lauf nehmen.«

»Gerechtigkeit?« Montgomery war aufgesprungen und hatte dieses Wort herausgeschrien, als hätte es ihn ultimativ beleidigt. »Gerechtigkeit? Was weißt du denn davon? Du kleiner, selbstgerechter Pimpf! Du Pfadfinder! Du willst mir hier mit Recht und Gerechtigkeit kommen? Das sind Kategorien, die in unserem Geschäft nichts zu suchen haben. Aber das hast du nie kapiert und wirst du nie kapieren. Deshalb habe ich dich hier nicht zu meinem Nachfolger ernannt, sondern dich in deine kleine heile Welt geschickt, mit ein paar Millionen im Koffer, wenn ich dich daran erinnern darf. Du bist kleinlaut winselnd zurück zu deiner labilen Mom gegangen, hast sogar ihren Namen angenommen. Wie ein tragischer Märchenheld, wie ein Hans im Glück hast du alles … alles verspielt, eingetauscht gegen deine lächerliche Galerie, wo du Papiertheater ins Schaufenster stellst! Und jetzt kommst du hierher, mit diesen … Papierchen … und glaubst, meine Welt aus den Angeln zu heben. Und mich gleich dazu. Aber …«

»Matthew«, unterbrach Palmer mit ausdrucksloser Stimme. Er schüttelte den Kopf und erhob sich. Der Rücken seines Hemdes schien plötzlich an seiner Haut zu kleben. Doch das Adrenalin flutete kühl durch seinen Körper und ließ ihn kaltblütig werden. »Matthew«, sagte er dann wieder. »Ich kann mich nur wiederholen. Die *Trevillion Galleries* sind Geschichte. Und du bist es auch. In diesem Augenblick überstellen die Questura in Venedig und das Kunstdezernat in Rom ihre Dossiers an Scotland Yard. Du wirst sehr bald Besuch bekommen, gegen den meine kleine Visite hier wie eine laue Brise ist. Ich bin sicher, sie kommen mit einem richterlichen Durchsuchungsbeschluss. Und sie werden in deinen Depots eine Menge Gemälde und andere Kunstwerke entdecken, die Éloise hier für dich und in deinem Auftrag angeschafft hat. Tja, die Ledoyens waren kein Glücksgriff. In keiner Weise.«

Palmer schob die Unterlippe vor und tat so, als dächte er über die Richtigkeit seiner Angabe nach. Dann nickte er. Der Raum kam ihm überheizt vor. Doch innerlich fühlte er sich kalt. »Es wird einen ungeheuren Skandal geben. Die Kunstwelt ist sehr klein. Ganz oben wird die Luft dünn, wie du immer gesagt hast. Dein guter Ruf war dein wertvollster Aktivposten … der ist nun dahin, für immer. Ich kann nicht einmal sagen, dass es mir leidtut.«

Er lächelte blass, aber in den Mundwinkeln lag keine Wärme. Palmer nahm das kleine türkisfarbene Notizbuch an sich, das er sich von Commissario Silvestri »ausgeliehen« hatte, und steckte es zurück in die Ledertasche, die er übertrieben vorsichtig schloss.

Montgomery schien zu begreifen, streckte ihm die Hand hin, um ihn aufzuhalten oder damit er einschlagen konnte. »Andrew, du kannst doch nicht …«

Palmer wusste, dass er seinen Vater womöglich nie wieder sehen würde. Er wusste, dass dies ein Abschied war, wahrscheinlich für immer. Aber Wissen und Handeln sind zwei verschiedene Dinge. Er sah zu ihm auf, der da in seiner tadellos gebügelten dunkelgrauen Flanellhose und nun mit flackernden Blicken voller Panik vor seinen Bücherregalen und ausgeleuchteten Gemälden stand, und brachte es einfach nicht über sich, die ihm entgegengestreckte Hand zu ergreifen.

Dann schüttelte Palmer den Kopf und verließ die Bibliothek fast so schnell, wie Montgomery sie vor einer halben Stunde betreten hatte. Die Tür schloss er besonders leise. Der Herr der Bilder starrte ihm nach, senkte dann den Blick und merkte, dass er seine Hand noch immer ausgestreckt hielt.

34

PARIS, RUE DES BEAUX-ARTS, GALERIE LUMIÈRE

Es war an einem Montag im Juni um neun Uhr, als Gabrielle Obéron das Eisengitter hochzog und die Tür zur *Galerie Lumière* aufschloss. Ein rosafarbener Himmel hatte seinen Morgenmantel über Paris geworfen, der wie ein durchsichtiger Musselin die ersten Sonnenstrahlen durchließ. Noch brannte die Sonne nicht vom Himmel, noch waren die Strahlen kaum mehr als fragile Lichtbündel, doch sie überzogen schon die Häuser und Dächer und das Pflaster mit der Ahnung eines Sommertages wie aus dem Bilderbuch.

Gabrielle schaltete die Alarmanlage aus, nahm die Nachtdekoration aus den beiden Schaufenstern und trug die Zeitungen herein, die sie später Julien Silva auf die gebohnerte Holztreppe nach oben legen würde, dort, wo sie den Bogen in die erste Etage nahm.

Sie war eine Stunde zu früh, normalerweise öffnete die Galerie erst um zehn Uhr. Aber für heute hatte sich Isabelle Silva angekündigt, die sich nach wochenlanger Abwesenheit wieder einmal in der Galerie blicken lassen wollte. Nach den Recherchen und Ermittlungen im »Fall Sargent«, wie es nun hieß, hatte Isabelle ihre Eltern in Florenz besucht und war dann zwei Wochen in den Ferien gewesen, auf Capri. Anscheinend allein. Dann hatte es einen weiteren Auftrag gegeben, in den sie sich hineingestürzt hatte, als suchte sie das Vergessen. Am Abend vorher hatte sie zurückkehren wollen. »Dann kümmere ich mich mit aller Kraft wieder um die Galerie«, hatte sie am Telefon gesagt. Und als sie Gabrielles Luftholen bemerkte, gleich hinzugefügt: »Keine Angst, Mademoiselle Obéron, das war ein Scherz! Ich schaue nur mal vorbei. Sie machen das ganz prima ohne mich!«

Gabrielle hatte den »Fall Sargent« verfolgt, so gut es ihr möglich war. Einiges hatte ihr Julien Silva erzählt, der jeden Tag einmal nach unten in die Galerie kam, um mit ihr einen Kaffee zu trinken. So hatte sie von Isabelles Auktionserfolg ebenso erfahren wie von dem Raub des Gemäldes. Das meiste aber entnahm sie wie alle Pariser der Presse: die Verhaftung von Éloise Ledoyen in Venedig, die großangelegte Razzia im Londoner Stammhaus und in der Pariser Niederlassung der *Trevillion Galleries*, die Durchsuchung der Wirtschaftskanzlei von Maître Ledoyen. Tagelang hatten sich die Ermittler und Staatsanwälte dort ausgetobt, kein Stein war auf dem anderen geblieben, kein Aktenordner ungeöffnet und keine Festplatte ungefilzt. Den meisten Wirbel aber hatte Éloise, die Gesellschaftskolumnistin, entfacht, und der Aufschrei in der Klatschpresse hätte nicht größer sein können, wenn Präsident François Hollande eine Affäre mit Carla Bruni und gleich darauf – aus Rache – Nicolas Sarkozy eine mit Valérie Trierweiler angefangen hätte.

Éloises Sturz war tief. Und endgültig. Man ließ sie fallen, als würde man bei ihrer bloßen Berührung in Feuer aufgehen. Die Gazetten waren voll von Bekenntnissen ehemaliger Freunde und Bekannter, und jeder von ihnen hatte irgendeinen kleinen Skandal beizusteuern, irgendeine kleine Sottise auf Lager, irgendein kleines Gerücht gehört. Man konnte fast Mitleid mit ihr haben.

Nicht, dass Gabrielle solches empfunden hätte. Natürlich kannte sie die *Trevillion Galleries*, schließlich waren sie die übermächtige Konkurrenz am Platz. *Le Monde* hatte in einem ausführlichen Artikel im Wirtschaftsteil berichtet, dass der Sohn des ebenfalls verhafteten Matthew Montgomery einen Käufer suchte, bislang vergeblich. Andrew Palmer stand überhaupt im Fokus des allgemeinen Interesses, spätestens seit seiner stürmischen Liaison mit einer italienischen Adligen, Chiara D'Amario, die eine Kunstsammlung von unermesslichem Wert besitzen sollte. Gabrielle hatte Photos des Paares gesehen, Saint-Tropez, Portofino, Positano, sie hatten nichts ausgelassen. Doch die ersten Klatschreporter begannen bald darüber zu spekulieren, das Feuer der Leidenschaft habe seinen Zenit bereits überschritten; zum *Le Sirenuse* reisten sie getrennt an; und auch die Abreise erfolgte nicht gemeinsam. Im *Hotel Splendido* habe das Paar sogar schon getrennte Zimmer gebucht. Nein, Andrew Palmer und Chiara D'Amario würden die *Trevillion Galleries* ganz sicher nicht gemeinsam führen.

Gabrielle mochte keinen Kaffee, sie bereitete sich jeden Morgen, bevor sie die Tür der *Galerie Lumière* aufschloss, eine Tasse heiße Schokolade zu. Nicht irgendeine Schokolade, von *Ladurée* musste sie schon sein. An diesem Vormittag genoss sie es, durch die Zeitungen zu blättern und sich ein bisschen auf Isabelle einzustimmen. In welcher Verfassung sie wohl sein würde? Von Julien Silva hatte es Andeutungen gegeben, dass sie und dieser Palmer … Das hatte sie zunächst nicht glauben wollen. Isabelle tat ihr leid. Einfach so abserviert zu werden … tragisch.

Sie freute sich auf Mademoiselle Silva. Es war immer angenehm mit ihr, denn sie kehrte nicht die Chefin heraus, sie ließ Gabrielle vertrauensvoll gewähren. So durfte sich Gabrielle als die Seele der Galerie fühlen. Und das war sie auch. Jedenfalls empfanden es die beiden Silvas so.

Sie kamen zufällig zusammen an. Isabelle und der Kurier. Gabrielle ließ sie beide herein, und der Kurierfahrer wuchtete ein in grobes braunes Packpapier geschlagenes Paket aus seinem Wagen, dessen unhandliche Größe ihn ächzen ließ. Es schien nicht schwer zu sein, nur sperrig. Isabelle half ihm, während Gabrielle ihnen die Tür aufhielt und dann den riesigen Tisch in der Mitte des großen Galerieraumes freiräumte. Der Kurier ließ sich den Empfangsschein abzeichnen, erhielt ein fürstliches Trinkgeld, murmelte *»Merci«* und tippte an seine Mütze. *»B'jour, Mesdames«*, sagte er und zog die Tür hinter sich zu.

»Gabrielle … wie schön, Sie zu sehen!«, sagte Isabelle und legte ein Täschchen, das sie sich wohl in Capri gekauft haben musste, da Gabrielle es noch nie an ihr gesehen hatte, auf einem Stuhl ab. »Ich habe einiges zu erzählen. Wir haben viel Zeit oder? Montags ist in der *Lumière* ja nicht viel los.«

»Alle Zeit der Welt«, bestätigte Gabrielle und fragte, ob Isabelle einen Kaffee wolle.

»Oh, gern. Aber wollen wir nicht vorher dieses Paket hier öffnen?«

»Meinetwegen. Ich hole eine Schere.«

Es war jedoch nicht nur eine Schere erforderlich, sondern ein ganzer Werkzeugkasten. Denn unter dem Packpapier befand sich eine dünne Spanholzverkleidung, deren Nägel einer nach dem anderen gezogen werden mussten. Dann eine Plastikfolie. Dann nochmal Packpapier, etwas feineres nun.

Als sie die ganze Verpackung entfernt hatten und der Boden wie bei der *distribution des cadeaux de Noël* einer großen Familie mit Geschenkpapier-Abfall bedeckt war, zog Isabelle ein Gemälde in einem großen prunkvollen Belle-Époque-Rahmen hervor. Ihre Miene war undurchdringlich, aber es schien sich ein Lächeln hervorzuwagen, das sie kaum zu unterdrücken vermochte.

»Was ist das?«, fragte Gabrielle und trat näher.

»Darf ich vorstellen?«, sagte Isabelle und hielt ihr das Bild hin. »Eine *Schöne Unbekannte*. Allerdings nicht von Sargent. Sondern von Breguet.«

Gabrielle schaute das Bild mit ungläubigem Erstaunen an. »Aber … aber … das sind ja Sie!«, kicherte sie.

Es war ein Bild im Stil John Singer Sargents. Und es zeigte tatsächlich und unzweifelhaft Isabelle Silva. Doch für ein Mal – wahrscheinlich das erste und einzige Mal in seiner künstlerischen Laufbahn – hatte Henri Breguet nicht eine falsche Signatur angebracht, sondern mit seinem eigenen Namen signiert.

Isabelle war von ihm in einer Phase höchster Verliebtheit auf die Leinwand gebannt worden: Sie blickte über ihre Schulter den Betrachter direkt an, sprühte förmlich vor Leidenschaft. Der kleinste Lichtreflex war perfekt wiedergegeben, die tizianrote Tönung der braunen Haare zum Verwechseln genau getroffen. Die Porträtierte machte einen leicht amüsierten, ironischen Eindruck, aber es war für niemanden zu übersehen, dass diese Frau zur Liebe bereit war.

»Der Absender ist aber Andrew Palmer«, stellte Gabrielle Obéron mit Blick auf den Adressaufkleber fest. Sie sagte es in einem Ton, als sei nichts anderes zu erwarten gewesen.

»Sie wissen davon?«

»Alle Welt weiß davon«, erklärte sie großspurig. »Aber wie kommt Monsieur Palmer dazu, Ihnen jetzt ein Bild zu schicken, das Sie zeigt? Vor allem Ihren beneidenswert schönen Rücken?«

»Vielleicht erfahren wir es aus diesem Brief hier?« Isabelle zog einen Umschlag hervor, der hinten an das Bild geklebt war, und entnahm ihm eine Karte.

Auf ihr stand nur ein einziger Satz.

Dieses Bild soll in unserem Schlafzimmer hängen.

Isabelle reagierte in gespielter Empörung, schüttelte den Kopf. »Da kannst du lange drauf warten.«

Gabrielle knuffte sie in die Seite. »Ich glaube Ihnen kein Wort. Nein, wirklich, Isabelle … kein einziges Wort.«